Por encima de mi cadáver

Jeffrey Archer

Por encima de mi cadáver

Editado por HarperCollins Ibérica, S.A.
Núñez de Balboa, 56
28001 Madrid

Por encima de mi cadáver
Título original: Over my Dead Body

Diseño de cubierta: CalderónStudio
Imágenes de cubierta: Dreamstime.com y Shutterstock

ISBN: 978-84-9139-645-1
Depósito legal: M-2830-2022

1

—Señor, ¿usted es detective?

William miró al joven que acababa de hacerle la pregunta.

—No, soy el subdirector del Banco Midland de Shoreham, Kent.

—En ese caso —continuó el joven, que no parecía muy convencido—, podrá usted decirme qué tipo de cambio daba esta mañana el mercado de divisas entre el dólar y la libra.

William intentó recordar cuántos dólares había recibido la víspera al cambiar cien libras justo antes de subirse al barco, pero tardó demasiado.

—Un dólar con cincuenta y cuatro centavos la libra —dijo el joven antes de que pudiera responder—. Bueno, y disculpe la pregunta, señor, ¿por qué no quiere reconocer que es detective?

William dejó el libro sobre la mesa que tenía delante y miró con más detenimiento al serio joven americano, que parecía empeñado en que no se le tomase por un chiquillo, aunque todavía no había empezado a afeitarse. Lo primero que le vino a la cabeza fue «niño pijo».

—¿Sabes guardar un secreto? —susurró.

—Sí, claro —dijo el joven con tono ofendido.

—Entonces, siéntate —dijo William, señalando la cómoda silla que tenía delante. Esperó a que el joven se acomodase—. Estoy de vacaciones y le prometí a mi mujer que durante los próximos diez días no le iba a contar a nadie que soy detective, porque siempre que lo digo me cae un chorreo de preguntas que me chafa las vacaciones.

—Pero ¿por qué ha elegido la profesión de banquero como tapadera? —preguntó el joven—. Me da la impresión de que no sabría distinguir entre una hoja de cálculo y una hoja de balance…

—Mi mujer y yo le dimos muchas vueltas antes de decidirnos por lo del banquero. Me crie en Shoreham, una pequeña ciudad de Inglaterra, en los años sesenta, y el gerente del banco de la zona era amigo de mi padre. Así que pensé que, para un par de semanas, podría servirme.

—¿Qué otras posibilidades barajaron?

—Agente inmobiliario, vendedor de coches y director de funeraria. Estábamos bastante seguros de que ninguna de ellas daría pie a una ristra interminable de preguntas.

El joven se rio.

—¿Qué profesión habrías elegido tú? —preguntó William, intentando recuperar la iniciativa.

—Sicario. Así nadie me habría incordiado con más preguntitas.

—Yo habría sabido al instante que se trataba de una tapadera —dijo William, moviendo la mano con aire desdeñoso—, porque un sicario no me habría preguntado si soy detective. Ya lo sabría. Bueno, ¿y a qué te dedicas en realidad cuando no eres un sicario?

—Estoy terminando mis estudios en Choate, un colegio privado de Connecticut.

—¿Y sabes lo que quieres hacer después? Suponiendo que no sigas deseando ser un sicario, claro.

—Voy a estudiar Historia en Harvard, y luego haré Derecho.

—Y seguro que después te incorporarás a algún bufete famoso y en menos que canta un gallo te harán socio minoritario.

—No, señor, quiero ser agente de la ley. Seré redactor de la *Law Review* de Harvard durante un año y después me incorporaré al FBI.

—Parece que tienes tu carrera profesional muy bien trazada, para ser tan joven.

El muchacho frunció el ceño, claramente ofendido, de manera que William se apresuró a añadir:

—A tu edad, yo era como tú. A los ocho años ya sabía que quería ser detective y terminar en Scotland Yard.

—¿Tan tarde?

William sonrió al espabilado muchacho, que sin duda entendía el significado de la palabra «precoz» sin darse cuenta de que también se le podía aplicar a él. Pero William se dijo que él había padecido el mismo problema cuando era un colegial. Se inclinó hacia delante, le tendió la mano y dijo:

—Inspector jefe William Warwick.

—James Buchanan —respondió el joven, estrechando con firmeza la mano de William—. ¿Me permite que le pregunte cómo ha llegado tan alto en el escalafón? Porque si en los años sesenta era un colegial, no puede tener más de...

—¿Por qué estás tan seguro de que te ofrecerán una plaza en Harvard? —preguntó William, intentando eludir la pregunta—. Tú no puedes tener más de...

—Diecisiete años —dijo James—. Soy el primero de mi curso con una media de 9,6, y estoy seguro de que me va a ir bien en los exámenes de acceso a la universidad. —Hizo una pausa antes de añadir—: ¿Acierto si digo que consiguió entrar en Scotland Yard, inspector?

—Sí —contestó William, que, aunque estaba acostumbrado a que le interrogasen letrados y no adolescentes, estaba disfrutando del encuentro—. Pero con lo listo que eres, ¿por qué no has pensado en ser abogado, o en meterte en política?

—Hay demasiados abogados en Estados Unidos —dijo James, encogiéndose de hombros—, y la mayoría acaban de picapleitos.

—¿Y qué me dices de la política?

—No sirvo para soportar de buena gana a imbéciles, y no quiero pasar el resto de mis días a merced del electorado ni que mis opiniones vengan dictadas por grupos focales.

—Mientras que si acabaras de director del FBI...

—Sería dueño de mí mismo. Solo tendría que rendir cuentas al presidente, y ni siquiera le tendría siempre al corriente de lo que estuviera tramando.

William se rio de las palabras del joven, que a todas luces no sufría de baja autoestima.

—Y usted, señor —dijo James con voz más relajada—, ¿está destinado a convertirse en el jefe de la Policía Metropolitana de Londres?

William titubeó de nuevo.

—Porque está claro que lo considera una posibilidad —continuó James, y, sin darle tiempo a responder, añadió—: ¿Puedo hacerle otra pregunta?

—No se me ocurre qué podría impedírtelo.

—A su juicio, ¿qué cualidades son las más importantes para ser un detective de primera categoría?

William se lo pensó un rato antes de responder.

—Una curiosidad natural —dijo al fin—. Así detectarás inmediatamente cuándo hay algo que no termina de encajar.

James se sacó un bolígrafo de un bolsillo interior y empezó a anotar las palabras de William al dorso del *Alden Daily News.*

—También has de ser capaz de hacer preguntas relevantes a sospechosos, testigos y colegas. No dar nada por sentado. Y, sobre todo, ser paciente. Este es el motivo por el que a menudo las mujeres puede que sean mejores policías que los hombres. Por último, tienes que ser capaz de utilizar todos tus sentidos: vista, oído, tacto, olfato y gusto.

—No sé si entiendo bien a qué se refiere…

—Seguro que es la primera vez que no entiendes algo —dijo William, arrepintiéndose de sus palabras nada más pronunciarlas, aunque el joven se rio por primera vez—. Cierra los ojos —continuó, y esperó unos instantes antes de decir—: Descríbeme.

El joven se lo tomó con calma antes de responder:

—Tiene treinta años, como mucho treinta y cinco, y mide un poco más de metro ochenta; rubio, ojos azules, unos setenta y cinco kilos, en forma pero no tanto como antes, y hace tiempo sufrió una grave lesión en el hombro.

—¿Qué te hace pensar que ya no estoy tan en forma como antes? —dijo William, poniéndose a la defensiva.

—Le sobran dos o tres kilos, y, teniendo en cuenta que es el primer día de travesía, no puede echarle la culpa a las interminables comidas que sirven a bordo de los barcos.

William frunció el ceño.

—¿Y la lesión?

—Los dos botones de arriba de su camisa están desabrochados, y cuando se inclinó para darme la mano me fijé en la cicatriz desdibujada que tiene justo debajo del hombro izquierdo.

William, como en tantas otras ocasiones, se acordó de su mentor, el agente de policía Fred Yates, que le había salvado la vida a costa de sacrificar la suya. El trabajo policial no siempre era tan romántico como daban a entender algunos escritores. Pasó rápidamente a la siguiente pregunta.

—¿Qué libro estoy leyendo?

—*La colina de Watership,* de Richard Adams. Y, antes de que me lo pregunte, va por la página ciento cuarenta y tres.

—Y mi ropa, ¿qué te dice?

—Reconozco que no acabo de tenerlo claro. Tendría que hacerle unas cuantas preguntas sutiles para encontrar una respuesta, y eso solo si me dijera usted la verdad.

—Supongamos que soy un delincuente que se niega a responder a tus preguntas antes de hacer una llamada a su representante legal.

James vaciló un momento.

—Eso, en sí mismo, sería una pista.

—¿Por qué?

—Sugiere que ya ha tenido problemas con la ley, y, si se sabe de memoria el teléfono de su abogado, entonces ya no hay ninguna duda.

—Vale. Supongamos que no tengo un abogado, pero que he visto los suficientes programas de televisión como para saber que no estoy obligado a responder a ninguna de sus preguntas. ¿A qué conclusión has conseguido llegar sin hacerme ninguna pregunta?

—No viste ropa cara, probablemente sea *prêt-à-porter*, y sin embargo viaja usted en primera clase.

—¿Y qué deduces de eso?

—Lleva una alianza, así que a lo mejor tiene una mujer rica. O puede que le hayan asignado una misión especial.

—Ni lo uno ni lo otro —dijo William—. Ahí es donde termina la observación y comienza la labor de investigación. Pero no está mal.

El joven abrió los ojos y sonrió.

—Ahora me toca a mí, señor. Por favor, cierre los ojos.

William pareció sorprendido, pero siguió con el juego.

—Descríbame.

—Inteligente, desenvuelto y, a la vez, inseguro.

—¿Inseguro?

—Puede que seas el primero de la clase, pero sigues queriendo impresionar a toda costa.

—¿Cómo voy vestido?

—Camisa blanca de algodón, seguramente de Brooks Brothers. Pantalón corto azul marino, calcetines blancos de algodón y deportivas Puma, aunque te pasas poco por el gimnasio, si es que te pasas.

—¿Cómo está tan seguro?

—Me fijé cuando venías hacia mí en que caminabas con los pies abiertos. Si fueras un atleta, estarían en línea recta. Si no me crees, echa un vistazo a las huellas que deja un corredor olímpico sobre una pista de ceniza.

—¿Alguna marca característica?

—Justo debajo de la oreja izquierda tienes una pequeña marca de nacimiento que intentas ocultar dejándote el pelo largo, aunque tendrás que cortártelo cuando te incorpores al FBI.

—Describa el cuadro que hay detrás de mí.

—Una foto en blanco y negro de este barco, el *Alden,* zarpando de la bahía de Nueva York el 23 de mayo de 1977. Lo acompaña una flotilla, lo cual hace pensar que era la travesía inaugural.

—¿Por qué se llama *Alden?*

—Eso no pone a prueba mis capacidades de observación, sino mis conocimientos. Si me hiciera falta saber la respuesta a esta pregunta, siempre podría enterarme más adelante. Las primeras impresiones suelen ser engañosas, así que no des nada por supuesto. Pero si tuviera que adivinar, y un detective no debería hacerlo, diría que, teniendo en cuenta que este barco pertenece a la compañía naviera Pilgrim, Alden era el nombre de uno de los primeros colonos que zarparon de Plymouth en el Mayflower con rumbo a América en 1620.

—¿Cuánto mido?

—Eres un par de centímetros más bajo que yo, pero acabarás siendo un par de centímetros más alto. Pesas unos sesenta y tres kilos, y acabas de empezar a afeitarte.

—¿Cuánta gente ha pasado por nuestro lado desde que ha cerrado los ojos?

—Una madre con dos hijos, uno de ellos un niño llamado Bobby, americanos, y un momento después uno de los oficiales del barco.

—¿Cómo sabe que era un oficial?

—Se ha cruzado con un marinero de cubierta que le ha llamado «señor». También ha pasado un anciano caballero.

—¿Cómo ha sabido que era viejo?

—Usaba bastón, y el sonido de los golpecitos tardó un rato en desvanecerse.

—Debo de estar medio ciego —dijo James a la vez que William abría los ojos.

—Ni mucho menos —dijo William—. Ahora me toca a mí hacerle unas preguntas al sospechoso.

James se irguió de golpe con expresión concentrada.

—Un buen detective debería fiarse siempre de los hechos y no dar nunca nada por sentado. De manera que lo primero que tengo que averiguar es si Fraser Buchanan, el presidente de la naviera Pilgrim, es tu abuelo.

—Sí, lo es. Y mi padre, Angus, es el vicepresidente.

—Fraser, Angus y James. Ascendencia escocesa, ¿no?

James asintió con la cabeza.

—Seguro que los dos dan por hecho que con el paso del tiempo tú serás el presidente.

—Ya he dejado bien claro que eso no va a pasar —dijo James sin pestañear.

—Por todo lo que he leído y oído sobre tu abuelo, está acostumbrado a salirse con la suya.

—Cierto —respondió James—. Pero a veces olvida que venimos de la misma cepa —añadió con una sonrisita.

—Yo tenía el mismo problema con mi padre —admitió William—. Es abogado criminalista, Consejero de la Reina, y siempre dio por hecho que me iría con él al despacho del juez y después ingresaría en el colegio de abogados, a pesar de que le vengo diciendo desde una edad muy temprana que yo lo que quiero es meter entre rejas a los delincuentes, no cobrar unos honorarios exorbitantes por evitar que vayan a la cárcel. Pero no has respondido a mi pregunta: ¿qué piensa tu abuelo de que no quieras ser presidente de la compañía?

—Mi abuelo, me temo, es peor que el padre de usted —dijo James—. Ya me está amenazando con borrarme de su testamento si no me incorporo a la compañía cuando salga de Harvard. Pero mientras viva mi abuela, no se lo consentirá.

William se rio por lo bajo.

—¿Le parecería un abuso, señor, que le pida que me permita pasar con usted una hora o así al día durante la travesía? —preguntó James, sin hacer gala de la confianza en sí mismo de antes.

—Será un placer. Por mí, lo mejor sería por la mañana, más o menos a esta hora, porque es cuando mi mujer está en clase de yoga. Pero con una condición: si llegas a conocerla, no le contarás nada de lo que hemos estado hablando.

—¿Y de qué habéis estado hablando? —preguntó Beth, apareciendo de repente.

James se levantó de un salto.

—Del precio del oro, señora Warwick —dijo con expresión sincera.

—Pues no habrás tardado en descubrir que es un tema del que mi marido sabe bien poco —dijo Beth, dedicando una cálida sonrisa al joven.

—Estaba a punto de decirte, James, que mi mujer es mucho más inteligente que yo, lo cual explica que ella sea conservadora de cuadros en el museo Fitzmolean y yo un simple inspector jefe.

—El más joven de la historia de la Policía Metropolitana —dijo Beth.

—Aunque si alguna vez te refieres al cuerpo de policía de Londres como el «Met», mi mujer dará por supuesto que estás hablando de uno de los mejores museos del mundo…

—Me alegró mucho que consiguieran recuperar el Vermeer —dijo James, dirigiéndose a la señora Warwick.

Esta vez fue Beth la que pareció sorprendida.

—Sí —dijo tras unos instantes de vacilación—, y afortunadamente no puede ser robado de nuevo porque el ladrón está muerto.

—Miles Faulkner —dijo James—, que murió en Suiza de un ataque al corazón.

William y Beth cruzaron una mirada pero guardaron silencio.

—Y usted, inspector, incluso asistió al funeral, cabe suponer que para convencerse de que, en efecto, estaba muerto.

—¿Cómo es posible que lo sepas? —dijo William, de nuevo a la defensiva.

—Cada semana leo *The Spectator* y el *New Statesman* para mantenerme al día de todo lo que pasa en Gran Bretaña, y luego intento formarme mi propia opinión.

—Y vaya si lo haces —dijo William.

—Estoy deseando volver a verle mañana, señor —dijo James—. Me interesa saber si cree usted posible que Miles Faulkner siga vivo.

2

Miles Faulkner cruzó tranquilamente el comedor del Savoy justo después de las ocho de la mañana siguiente y vio que su abogado ya estaba sentado en su sitio habitual. Nadie se volvió a mirarle mientras se abría paso entre las mesas.

—Buenos días —dijo Booth Watson mirando a su único cliente, un hombre que ni le caía bien ni le despertaba confianza. No obstante, Faulkner era el que le permitía disfrutar de un estilo de vida que pocos de sus colegas del colegio de abogados podían aspirar a emular.

—Buenos días, BW —saludó Miles mientras tomaba asiento frente a él.

Enseguida apareció un camarero, bolígrafo en ristre sobre la libreta abierta.

—¿Qué desean tomar los señores esta mañana?

—Desayuno inglés completo —dijo Miles, sin mirar el menú.

—¿Y usted tomará lo de siempre, señor?

—Sí —confirmó Booth Watson, escudriñando a su cliente. Tenía que admitir que el cirujano plástico suizo había hecho un trabajo primoroso. Nadie le habría reconocido como el hombre que se había fugado de la cárcel, había asistido a su propio funeral y recientemente había resucitado. El hombre que tenía delante no guardaba ningún parecido con el próspero empresario que en otros tiempos había sido dueño de una de las mayores colecciones de arte privadas; ahora era, de la cabeza a los pies, el capitán de marina retirado y veterano de la campaña de las Malvinas Ralph Neville. Pero si William Warwick llegase a descubrir que su antiguo archienemigo seguía vivo, no descansaría hasta volver a ponerle entre rejas. Para Warwick sería un asunto personal… el hombre que escapó de sus garras, el hombre que dejó en ridículo a la Policía Metropolitana, el hombre que…

—¿Por qué necesitaba verme con tanta urgencia? —preguntó Miles una vez que se hubo marchado el camarero.

—Una periodista del equipo de investigación del *Sunday Times* me llamó ayer para preguntarme si sabía algo acerca de un Rafael que acababa de venderse en Christie's y que había resultado ser una falsificación.

—¿Qué le dijiste? —preguntó Miles, nervioso.

—Le aseguré que el original formaba parte de la colección privada del difunto Miles Faulkner, y que sigue colgado en la villa de su viuda en Montecarlo.

—No por mucho tiempo —le confió Miles—. Cuando Christina descubrió que en realidad no era viuda, no tuve más remedio que trasladar la colección entera a un lugar más seguro para evitar que le pusiera las manos encima.

—¿Y qué lugar es ese? —preguntó Booth Watson, dudando de que fuese a obtener una respuesta sincera.

—He encontrado un sitio en el que no hay lugareños que puedan espiarme, y solo las gaviotas pueden cagarse encima de mí —se limitó a explicar Miles.

—Me alegra saberlo, porque creo que sería prudente que te marcharas unas semanas de Inglaterra antes de reaparecer como el capitán Neville, y qué mejor momento que mientras el inspector jefe Warwick y su esposa disfrutan de unas vacaciones en Nueva York.

—Unas vacaciones que les ha organizado Christina para asegurarse de que están bien lejos cuando ella y yo nos casemos por segunda vez.

—Pero ¿no iba a ser Beth Warwick la dama de honor de Christina?

—Sí, pero eso era antes de que Christina descubriera por qué no puedo permitirme que me vean a bordo del *Alden.*

—Tienes que admitir que tu exmujer es la mar de útil —dijo Booth Watson—, entre otras cosas porque puede aprovecharse de la estrecha relación que ha entablado con la señora Warwick.

—Francamente, BW, mejor me irían las cosas si Christina no hubiera descubierto que sigo vivo. De modo que explícame, por favor, por qué tengo que casarme con esa condenada mujer por segunda vez.

—Porque, al final, estar casado con ella te resuelve todos los problemas. No olvides que es la única persona que puede echarle un ojo al inspector Warwick sin que este empiece a sospechar.

—Pero ¿y si Christina cambia de bando?

—Mientras sigas administrando tú el dinero, es poco probable.

Faulkner no parecía convencido.

—Dejaría de serlo si descubrieran quién es en realidad el capitán Ralph Neville y me mandasen otra vez a la cárcel.

—Christina todavía tendría que pasar por mí, y entonces descubriría rápidamente de parte de quién estoy.

—Además, no tienes alternativa —dijo Miles—, porque tendrías que explicarle al colegio de abogados por qué te has pasado los últimos años representando a un delincuente fugado cuando sabías perfectamente que era tu antiguo cliente.

—Razón de más —sugirió Booth Watson— para asegurarse de que Christina firma un contrato vinculante, de tal manera que, si lo rompiera, tendría tanto que perder como tú o como yo.

—Y asegúrate de que lo firma antes de casarse con el capitán Neville, y sobre todo antes de que los Warwick vuelvan a Blighty.

—¿A Blighty? —dijo BW.

—Significa Inglaterra... Así lo diría el capitán Neville, amigo —dijo Miles, con tono bastante ufano—. Bueno, y ¿cuándo vas a ver a Christina?

—Hemos quedado en el bufete mañana por la mañana. Mi objetivo es repasar con ella el contrato cláusula por cláusula, haciendo hincapié en las consecuencias que le acarrearía no firmarlo.

—Bien, porque si en algún momento se le pasara por la cabeza apoderarse de mi colección de arte diciéndole a su amiga Beth que Miles Faulkner sigue vivito y coleando…

—Acabarías desayunando en la cárcel de Pentonville y no en el Savoy.

—Si se diera el caso —dijo Miles— no dudaría en matarla.

—Eso ya lo he dejado yo bien claro por escrito —dijo Booth Watson mientras el camarero volvía con su desayuno—. Aunque confieso que no lo he formulado de una manera tan explícita en el contrato final.

—¿Desayuno inglés completo, señora?

—Claro que no, Franco—dijo Beth, leyendo el nombre en el distintivo que llevaba en la solapa—. Tomaremos cereales con melón y una tostada de pan integral.

—¿Desean melón cantalupo, melón chino o sandía?

—Sandía, gracias —dijo William.

—Sabia decisión —dijo Beth—. No sé dónde leí que la gente engorda medio kilo al día durante las travesías marítimas.

—Entonces, alegrémonos de que vamos a Nueva York y no a Sídney.

—Pues yo estaría tan contenta de ir a Sídney en este palacio flotante —admitió Beth, echando un vistazo a la sala—. ¿Te has fijado en todos esos detalles tan exquisitos? Cada día cambian las sábanas, los manteles y las servilletas. Y cuando vuelves al camarote, la cama ya está hecha y la ropa de la víspera recogida y colgada. También me encanta que por la tarde nos devuelvan la ropa limpia en cestitas de mimbre. Deben de tener a un montón de personas trabajando como esclavos para que todo funcione tan bien.

—Abajo llevamos escondidos a ochocientos treinta filipinos, señora —dijo el camarero con una risita—. Sirven a nuestros mil doscientos clientes. No obstante, hoy en día disponemos de una sala de máquinas, así que los galeotes ya no tienen que remar.

—Y ese que está ahí sentado a la cabecera de la mesa, el que está en medio de la sala ¿es el amo de los esclavos? —preguntó Beth.

—Sí, es el capitán Buchanan —dijo Franco—, que, cuando no está dando latigazos a los esclavos, es el presidente de la naviera Pilgrim.

—¿El capitán Buchanan? —preguntó William.

—Sí, el presidente fue oficial de Marina en la Segunda Guerra Mundial. Quizá también le interese saber que era amigo del difunto Miles Faulkner y de su mujer Christina, que, dicho sea de paso, nos llamó para decirnos que ustedes vendrían en su lugar y nos pidió que los atendiésemos con especial esmero.

—¡Vaya! ¿De veras? —dijo William.

—La que está allí sentada en la otra punta de la mesa ¿es la mujer del presidente?

—Sí, señora. El señor y la señora Buchanan suelen ser los primeros en presentarse a desayunar —comentó, antes de irse a encargar los desayunos.

—Impone tanto como Miles Faulkner —dijo Beth, mirando con más detenimiento al presidente—, aunque es obvio que ha utilizado sus talentos para conseguir algo mucho más loable que robar a sus semejantes.

—Fraser Buchanan nació en Glasgow en 1921 —dijo William—. Abandonó la escuela a los catorce años, e ingresó en la marina mercante como marinero de cubierta. Al estallar la guerra, ingresó como marinero en la Marina Real, pero acabó de teniente en el Buque de Su Majestad *Nelson*. A pesar de que en 1945 le ascendieron a capitán, renunció a su graduación a los pocos días de que se firmase el armisticio. Regresó a Escocia y compró una pequeña compañía de ferris para pasajeros y coches que cubría el trayecto hasta la isla de Iona. Ahora es dueño de una flota de veintiséis embarcaciones, la naviera Pilgrim, que solo tiene por delante a Cunard en lo que a tamaño y reputación se refiere.

—Información que, sin duda, le has sonsacado al joven James mientras yo estaba en clase de yoga, ¿no? —insinuó Beth.

—No. Puedes leer la historia de la compañía en el cuaderno de bitácora del barco. Estaba en mi mesilla de noche —dijo William mientras Franco les servía unos cereales y una raja de sandía.

—¿Quién es ese que acaba de sentarse al lado de la señora Buchanan? —susurró William.

—Disculpe a mi marido, Franco —dijo Beth—, es detective y para él la vida es una investigación sin fin.

—Es Hamish Buchanan —dijo Franco—, el hijo mayor del presidente. Hasta hace poco era el vicepresidente de la compañía.

—¿Hasta hace poco? —interrumpió William—. Pero si todavía no ha cumplido los cuarenta…

—Compórtate —dijo Beth.

—Si nos guiamos por lo que dice la prensa —dijo en confianza Franco—, fue sustituido en la última reunión general anual por su hermano Angus, que acaba de entrar con su mujer Alice y su hijo…

—James —dijo William.

—¡Vaya! —dijo Franco—. Por lo visto ya ha conocido al niño prodigio…

—¿Y la señora que acaba de sentarse a la izquierda del señor Buchanan? Veo que ni siquiera se ha molestado en darle los buenos días al presidente.

—Es la mujer del señor Hamish, Sara.

—¿Y por qué habrá accedido a hacer este viaje cuando acaban de darle la patada a su marido? —preguntó Beth.

—Más bien, de sustituirle por su hermano Angus, según la versión oficial… —dijo Franco, sirviéndole una taza de humeante café—. Y como el señor Hamish sigue siendo uno de los directores de la compañía, se supone que tendrá que asistir a la reunión de la junta directiva que se celebra siempre el último día de la travesía.

—Está usted sorprendentemente bien informado, Franco —dijo William.

Franco dio la callada por respuesta antes de acercarse a la siguiente mesa.

—Menudo viaje más entretenido —dijo Beth, sofocando un bostezo mientras seguía mirando hacia la mesa del presidente—. Me pregunto quién será la mujer que acaba de sumarse al grupo.

—Eres peor que yo —dijo William mirando a James y a Hamish, que se ponían de pie mientras una anciana tomaba asiento—. Parece de la misma edad que el presidente, y, dado que los dos son pelirrojos, no me sorprendería que fuera su hermana.

William estudió la distribución de los comensales, fijándose en que cada lugar había sido cuidadosamente asignado por el presidente a fin de tenerlo todo bajo su control.

—Bueno, siempre puedes preguntarle a James quién es mientras yo estoy en clase de yoga... Pero olvidémonos de la familia Buchanan por unos instantes y te cuento los planes que tengo para nuestra semana neoyorquina.

—Me imagino que el museo Metropolitano será lo primero de la lista —dijo William—, y no me cabe la menor duda de que requerirá más de una visita.

—Tres —dijo Beth—. Todo lo anterior a 1850 el sábado, arte indígena el lunes, y el miércoles quiero ver la colección impresionista, que, según me ha dicho Tim Knox, solo tiene que envidiar a la del Musée d'Orsay.

—Buff... ¿Y no podríamos hacer una paradita el martes y el jueves? —preguntó William después de dar un sorbo al café.

—Por supuesto que no. El martes iremos al Frick, donde...

—... veremos el increíble retrato que le hizo Holbein a Thomas Cromwell, y el *San Francisco en éxtasis* de Bellini.

—A veces se me olvida que eres un cavernícola medio culto.

—Gracias a mi esposa, que me educó cuando salí de la universidad —respondió William—. ¿Y el jueves?

—Al MoMA. Una oportunidad para ver lo mejor del periodo cubista: Picasso y Braque. Y ahí descubriremos si eres capaz de distinguir al uno del otro.

—Pero ¿es que no ponen sus nombres debajo de los cuadros? —bromeó William.

—Eso es solo para los turistas, que no estarán con nosotros porque nunca van a las veladas vespertinas del MoMA. También tenemos entradas para el Lincoln Center: Brahms, interpretado por la Orquesta Sinfónica de Nueva York.

—Seguro que es el *Concierto para piano n.º 2 en si mayor* —dijo William—, uno de tus favoritos.

—Pero tampoco me he olvidado de una de tus favoritas —contestó Beth—, porque el viernes por la tarde, la víspera del viaje de vuelta, tenemos entradas para ver a Ella Fitzgerald en el Carnegie Hall.

—¿Cómo las has conseguido? ¡Deben de llevar meses agotadas!

—Se encargó Christina. Al parecer, conoce a alguien de la junta directiva. —Beth hizo una breve pausa antes de añadir—: Estoy empezando a sentirme culpable.

—¿Por qué? Si no ha podido viajar a Nueva York es porque se va a casar con Ralph, y estaba encantada de haber encontrado a alguien que pudiera ir en su lugar en el último momento.

—Es la boda lo que me hace sentir culpable. No te olvides de que me había pedido que fuera su dama de honor. Y precisamente por haber aceptado su generosa oferta, me pierdo la boda.

—¿No te pareció demasiada casualidad?

—La verdad es que no. El quince de agosto era el único sábado libre antes de acabar septiembre en el que podían casarse en la iglesia de su parroquia de Limpton-in-the-Marsh, así que ya no pudo devolver los billetes del barco. A caballo regalado no le mires el diente.

William decidió que no era el momento para decirle a Beth que le había bastado una llamada telefónica para descubrir que la iglesia parroquial de Christina había estado disponible dos semanas antes, con lo cual ella y el capitán Ralph Neville perfectamente habrían podido celebrar su luna de miel en el barco. Pero si él se hubiera negado a hacer la travesía a fin de poder vigilar más de cerca a Christina y a su nuevo marido, Beth habría sido capaz de marcharse tranquilamente sin él.

—¿Te has fijado en que Sara Buchanan no le ha dirigido ni una vez la palabra al presidente desde que se ha sentado? —dijo Beth, sin apartar la vista de la mesa del capitán.

—Será porque despidió a su marido del cargo de vicepresidente —sugirió William, untando de mantequilla una segunda tostada.

—¿Qué más has observado mientras fingías que me estabas escuchando?

—Hamish Buchanan ha estado enfrascado en una conversación con su madre mientras James finge que no le interesa pero en realidad no pierde ripio.

—Y seguro que te informará de todo, ahora que le has reclutado para que sea tu agente secreto durante el viaje.

—Fue James el que se ofreció. Y como es el nieto del presidente, está bien situado para darme información privilegiada a mansalva.

—Para un hombre, es información —comentó Beth—; para una mujer, cotilleo.

—James ya me ha advertido de que no le sorprendería que estallase una bronca tremenda en algún momento de la travesía —añadió William pasando por alto el comentario de Beth.

—Ya me gustaría ser uno de los saleros de esa mesa…

—Pórtate bien, o tendré que vigilar más de cerca a ese joven que te da clases de yoga.

—Se llama Stefan. A las demás maduritas de la clase les gusta —suspiró—, así que no lo tengo fácil.

—Tú no eres una madurita —dijo William, cogiéndole la mano.

—Gracias, cavernícola, pero, por si no te habías dado cuenta, ya he celebrado dos cumpleaños con el número treinta, y a los niños no les queda nada para empezar a ir a la guardería.

—Me pregunto cómo se estarán apañando nuestros padres con ellos.

—Tu padre estará enseñando a Artemisia a defender casos de agravios...

—... y tu madre estará enseñando a Peter a dibujar.

—¡Qué suerte tienen estos niños! —dijeron los dos a la vez.

—En fin, volvamos al presente —dijo Beth cogiendo el programa de actividades del crucero—. Esta mañana dan una charla en la sala de conferencias a la que me gustaría ir.

William arqueó una ceja.

—*Lady* Catherine Whittaker va a hablar sobre las óperas de Puccini.

—Creo que no voy a ir. Aunque si es la mujer del juez Whittaker —dijo William mirando en derredor—, sería fascinante tener una conversación con él.

—Y en el teatro hay un espectáculo diferente cada noche —continuó Beth—. Hoy actúa Lázaro, un mago que por lo visto va a dejarnos a todos patidifusos haciendo que desaparezcan objetos e incluso pasajeros delante de nuestros propios ojos. Podemos ir a la función de las siete o a la de las nueve.

—¿Qué turno de cena desean los señores? —preguntó Franco cuando volvió a la mesa y empezó a servirles un segundo café.

—¿A qué hora suelen bajar el presidente y su familia? —preguntó William.

—Antes de cenar, sobre las ocho y media, se toman un cóctel, señor.

—Entonces nos apuntamos al segundo turno.

—¿Qué te traes entre manos? —preguntó Beth escudriñando a su marido.

—Sospecho que si vamos al segundo turno nos quedaremos más patidifusos, y seguramente veremos desaparecer a más personas que si vamos a ver a Lázaro al teatro.

3

Booth Watson se levantó del escritorio cuando su reacia cliente entró en la habitación. La señora Christina Faulkner se sentó frente a él, sin molestarse en estrechar la mano del abogado de su marido.

Booth Watson miró a la elegante dama que había estado casada once años con su cliente antes de que decidieran seguir cada uno por su camino.

Ambos habían tenido innumerables amoríos mucho antes de que ella iniciase el proceso de divorcio. Pero después de que Miles fuera declarado culpable del robo de un Caravaggio y acabase en la cárcel, Christina sintió que pisaba un terreno más firme, hasta que Miles murió y ella dio por hecho que lo había perdido todo. Eso fue antes de presentarse en el funeral, cuando descubrió que su difunto esposo estaba vivito y coleando, y que tendría que llegar a un acuerdo con ella si quería seguir así. Christina sabía perfectamente que esto cambiaba las reglas del juego.

Pero la alegre viuda también había entendido que Miles Faulkner —o el capitán Ralph Neville, como se llamaba ahora— estaba mejor vivo que muerto: de este modo, ella podría hacerse con la mitad, al menos, de la legendaria colección de arte de Miles, a la que había renunciado en el acuerdo original de divorcio.

Booth Watson era plenamente consciente de las arenas movedizas sobre las estaba caminando de puntillas, pero todavía tenía un as guardado en la manga: el amor que profesaba Christina al dinero.

—He pensado que deberíamos hablar sobre lo que sucederá una vez que se haya celebrado la boda, señora Faulkner —dijo Booth Watson.

—¿Me permite preguntar qué es lo que han decidido Miles y usted por mí?

—No creo que la situación vaya a cambiar mucho respecto a cómo está ahora —se escabulló Booth Watson, ignorando la pulla—. Conservará usted la casa que tiene en el campo, además del apartamento de Belgravia. Sin embargo, en el futuro Montecarlo le estará vedado.

—¿Qué, ha encontrado a otra mujer, verdad?

Ha encontrado otro lugar, podría haberle dicho Booth Watson, pero no entraba dentro de sus competencias.

—Usted seguirá percibiendo dos mil libras a la semana para gastos, y conservará a su ama de llaves, a la criada y al chófer.

—¿Y han decidido adónde van a ir ustedes dos a celebrar mi luna de miel? —preguntó Christina sin esforzarse por rebajar el sarcasmo.

—Miles no va a pasar mucho tiempo en Inglaterra durante los próximos meses, así que de hecho va a ser un matrimonio de conveniencia. A tal efecto he redactado un contrato vinculante, que está listo para que usted lo firme. Eso sí, recuerde que lo que recibirá a cambio de su silencio supera con creces cualquier posible expectativa. No hace falta que se moleste en leerlo porque no va a haber ninguna modificación.

—¿De manera que no vamos a vivir juntos? —dijo Christina, fingiendo pasmo.

—Eso jamás ha entrado en los planes, como bien sabe. Miles no tiene ningún inconveniente en que usted mantenga su estilo de vida actual, pero quiere pedirle que en el futuro sea un poco más discreta, y que esté disponible para acompañarle en ocasiones formales, por así decirlo, como señora de Ralph Neville.

—¿Y si no estoy dispuesta a firmar? —dijo Christina, recostándose en la silla a pesar de que Booth Watson ya le había quitado la capucha al bolígrafo, había abierto el documento por la última página y había plantado un dedo sobre la línea de puntos.

—Se quedaría usted en la miseria, y acabaría viviendo en una residencia tutelada.

—Y Miles volvería a la cárcel por mucho tiempo, a no ser que...

—¿A no ser...? —repitió Booth Watson.

—A no ser que me dé el millón adicional que se me prometió en el acuerdo original de divorcio. No es necesario que le recuerde, señor Booth Watson, que Miles está muerto. También yo asistí a su funeral en Ginebra; el conmovedor discurso que soltó usted me llegó al alma. Si la policía llega a descubrir que no eran sus cenizas las que me entregó el obediente sacerdote, quizá Miles acabe teniendo que sacrificar mucho más que un millón de libras. No obstante, si Miles se siente incapaz de cumplir su palabra, ya puede ir usted devolviendo la tarta nupcial y suspendiendo el convite.

Durante el largo silencio que se hizo a continuación, cada contendiente esperó a que el otro parpadease primero.

—Y, por favor, recuérdele que todavía tengo sus cenizas, que son, ni más ni menos, mi póliza de seguros por si no cumpliera lo prometido.

—Las pólizas de seguros de vida solo se pagan cuando uno se muere.

—Dejé la urna al inspector William Warwick en mi testamento. Creo que eso tal vez ayude a Miles a decidirse.

—Cuidado —dijo William sentándose en un rincón enfrente del detective en ciernes—. Si yo fuera un asesino a sueldo, habría sabido exactamente dónde encontrarte a estas horas, con lo cual me habría sido mucho más fácil liquidarte. Si piensas ser un detective, no puedes permitirte ser un animal de costumbres. A partir de ahora, James, cuento con que seas tú el que me encuentre a mí. Y jamás estaré dos veces en el mismo lugar.

—Pero no es muy probable que un asesino a sueldo vaya a bordo de un crucero de lujo.

—A no ser que su víctima se dirija a Nueva York... y en ese caso la lista superaría los dos mil.

—Le he visto desayunando esta mañana con su mujer —dijo James con ganas de cambiar de tema.

—Nunca des nada por supuesto —dijo William—. Inicia siempre las investigaciones con una página en blanco.

—Pero si usted me la presentó como su mujer...

—Eso no demuestra nada.

—Llevaba una alianza.

—Nadie dice que una mujer casada no pueda tener una aventura.

—No creo que una amante hubiese pedido el desayuno por usted —dijo James, contraatacando.

—Una suposición razonable, pero no está más allá de toda duda legítima. ¿Cuál es el término legal equivalente en Estados Unidos?

—«Suposición no basada en pruebas objetivas» —contestó James—. También me fijé en que su mujer parecía más interesada en nuestra mesa que en la suya —continuó sin dejarle cambiar de tema.

—A eso se le llama «matrimonio» —dijo William con una risita—. Pero confieso que mi mujer ya ha convertido a tu familia en una novela gótica, gracias a todos los detalles sabrosos que ha aportado nuestro camarero.

—Franco lleva más de treinta años trabajando a bordo de los barcos de mi abuelo. Nadie conoce la compañía, ni a la familia, mejor que él. Mi abuelo le ofreció ser el maître de *The Pilgrim*, nuestro buque insignia, pero rechazó la propuesta.

—¿Y eso por qué?

—Me dijo que no quería perder el contacto con los pasajeros, pero sospecho que es más probable que no quisiera privarse de las propinas que gana en cada viaje. —James hizo una pausa—. Dudo que Franco sea su verdadero nombre, y lo que está claro es que no es italiano de nacimiento.

—¿Qué prueba tienes?

—De vez en cuando le falla el acento, y una vez le pregunté qué pensaba de Caruso y era evidente que no había oído hablar del gran tenor.

—Razón para sospechar, pero no una prueba. Aunque sí creo que está ocultando algo.

—¿Por qué lo dice?

—He visto ya esa mirada cuando alguien descubre que soy un poli.

—Estuvo una temporadita en la cárcel antes de entrar en la compañía —dijo James—. Pero ni siquiera mi abuelo lo sabe.

—Y tú ¿cómo te has enterado?

—Hace tiempo, en un barco que había zarpado de Southampton, vi que pedía que le asignasen una mesa distinta.

—¿Averiguaste por qué?

—Uno de los pasajeros era de un lugar llamado Hackney, y me fijé en que nada más ver a Franco puso cara de haberlo reconocido. Una noche me encargué de que el pasajero y su mujer se sentasen a la mesa del capitán, a cambio de que me dieran información. Ni siquiera Franco sabe que lo sé. De todos modos, le puede ocurrir a cualquiera… incluso a mi abuelo: varios cuasi accidentes de barcos, la prensa informó de ello largo y tendido, y una comparecencia ante un tribunal, en la que el jurado concluyó que «no había pruebas».

—Una sentencia escocesa muy poco sutil. Suele significar que ni el juez ni el jurado albergan grandes dudas de que el acusado sea culpable, pero que no hay suficientes pruebas para condenarlo. No obstante, si quieres llegar tan alto como tu abuelo, me temo que de vez en cuando tendrás que correr riesgos, sobre todo teniendo en cuenta que empiezas sin nada.

—El abuelo empezó con menos que nada. Al morir su padre, dejó a su mujer y a sus dos hijos con deudas que ascendían más o menos a cien libras. Imagínese lo que sería eso en dinero de hoy en día. Su mujer tardó años en saldarlas, lo cual seguramente fue el motivo de que muriera tan joven.

—Quizá también explique por qué es tan duro con sus propios hijos.

—¿Pruebas? —dijo James, imitando a su maestro.

—Franco me dijo que tu tío Hamish ha sido despedido hace poco de su cargo de vicepresidente de la compañía, en la última asamblea general ordinaria. Para ser justos, creo que la palabra que utilizó fue «sustituido».

—Eso lo sabe todo el mundo —dijo James—. La prensa lo cubrió ampliamente a ambos lados del Atlántico. Oí a mi padre decirle a mi madre que lo único que impedía que los periódicos publicasen toda la historia eran las leyes contra la difamación.

Franco apareció con una bandeja en la que había una taza de café y otra de chocolate caliente.

—¿Le cuento al inspector toda la historia de por qué mi padre se convirtió en vicepresidente, Franco? —dijo James mientras el camarero colocaba delante de él el chocolate caliente.

—Sí, siempre y cuando me deje a mí fuera —dijo Franco antes de desaparecer aún más deprisa de lo que había tardado en materializarse.

—Dudo que tú, o tu padre, conozcáis toda la historia —dijo William—. Sospecho que el presidente guarda secretos que pretende llevarse a la tumba.

—La tía abuela Flora seguro que conoce toda la historia —dijo James con tono confidencial.

—¿La tía abuela Flora? —preguntó William, y dejó el nombre suspendido en el aire con la esperanza de inducir al joven a cometer indiscreciones aún mayores.

—Después de que el abuelo se fuera de casa para incorporarse a la marina mercante, su hermana Flora se convirtió en la primera persona de nuestra familia en ir a la universidad. Se licenció en Glasgow con un diploma de honor en Matemáticas, y luego estudió contabilidad y fue la primera de su curso. Bueno, compartió el primer puesto: al parecer, no estaban del todo dispuestos a admitir que una mujer pudiera ser más inteligente que el resto de los hombres de su curso. Todo esto sucedió más o menos por las mismas fechas en las que la Royal Navy dio de baja al abuelo, después de haber servido al Rey y a la patria con honores, como no se cansa de recordarnos. Luego, se las apañó para reunir el dinero suficiente para comprar una compañía de ferris ruinosa que transportaba vehículos y pasajeros a la isla de Iona.

—Yo mismo he viajado en uno de esos barcos —dijo William.

—La tía abuela Flora le dijo que estaba chalado, pero como después de la guerra no había muchas empresas que ofrecieran buenos empleos a las mujeres, se incorporó a regañadientes a la compañía y se encargó de la contabilidad. Su frase favorita sigue siendo: «Mientras él ganaba las libras, yo me encargaba de los peniques». Sin embargo, a pesar de su cautela natural y de su astuto sentido común, la compañía estuvo a punto de quebrar en más de una ocasión.

—¿Qué millonario hecho a sí mismo no ha tenido que enfrentarse a ese problema en algún momento?

—En cierta ocasión, el abuelo estuvo a menos de veinticuatro horas de declararse en bancarrota, y lo habría hecho si el Banco Comercial de Dundee no hubiese acudido en su rescate. Ni siquiera yo he sido capaz de averiguar cómo lo consiguió. Lo único que sé con certeza es que cuando se estaba construyendo su primer crucero en el Clyde, hubo una semana en la que no pudo pagar los salarios de los estibadores, y le amenazaron con ponerse en huelga. Me dijo una vez que estuvo una semana sin pegar ojo, y eso en boca de un hombre que durante la Batalla del Atlántico dormía cada noche como un lirón.

—Leí todo lo que venía en el cuaderno de bitácora sobre el papel que jugó en aquella contienda.

—No es fiable —dijo James, lanzando una pelota al aire.

—¿Por qué no? —preguntó William, sinceramente curioso.

—Lo escribió el propio abuelo. O, dicho más exactamente, por si me llamaran a testificar ante los tribunales, dictó todas y cada una de las palabras a Kaye Patterson, su secretaria particular.

—Que, sospecho, era la dama que estaba sentada a tu lado en el desayuno.

—No está mal, inspector. Pero si le dijera que mi abuelo tiene dos secretarias, una que escribe correctamente y otra que comete faltas, ¿cuál diría que es Kaye?

—La que escribe bien.

—¿Por qué está tan seguro?

—Tu abuela estaba sosteniendo una conversación muy animada con ella, y saltaba a la vista que disfrutaba —dijo William mientras Franco volvía a aparecer a su lado.

—¿Algo más, caballeros?

—No, gracias, Franco —dijo James.

—¿Por qué quiere Franco que los pasajeros le tomen por italiano? —preguntó William una vez que se hubo ido el camarero.

—Me dijo una vez que los pasajeros te dan mejores propinas si creen que eres italiano.

—No había caído en que hay que dar propina al personal —dijo William, ligeramente abochornado.

—Hasta que atraquemos en Nueva York, no —le tranquilizó James—. Dejarán unos sobrecitos marrones en su camarote, para la criada y para el camarero. La tarifa habitual es de cien dólares por barba, a no ser que uno considere que lo han hecho especialmente bien.

—Adoras a tu abuelo, ¿verdad? —dijo William, empeñado en que no se desviase del tema.

—Sin reservas. Él es la razón por la que estoy seguro de que me ofrecerán una plaza en Harvard.

—¿Por su dinero y sus contactos?

—No, no los necesito. Por algo mucho más importante. He heredado su energía y su espíritu competitivo, aunque carezco de su genio emprendedor.

—Sospecho que él todavía tiene la esperanza de que seas el presidente de la compañía algún día, cuando hagan falta un par de manos prudentes que sustituyan a su genio emprendedor.

—Eso nunca va a pasar. Es muy probable que mi padre le suceda, pero yo no.

—¿Y qué opina al respecto tu tío Hamish?

—Sigue pensando que tiene posibilidades de ser presidente; si no, no estaría aquí, humillándose a sí mismo y a su mujer con su decisión de acompañarnos en este viaje.

—¿Tan mal está la cosa?

—Peor. Creo que haría lo que fuera por impedir que mi padre sea presidente. Y si él no lo hiciera, la tía Sara desde luego que sí.

—Pero al sustituirle por tu padre en el cargo de vicepresidente, tu abuelo no habría podido dejar más clara su postura.

—Cierto, pero no olvide que el tío Hamish sigue siendo miembro de la junta principal, y es imposible saber hacia dónde tirará la tía abuela Flora cuando llegue el momento de elegir al siguiente presidente; es perfectamente posible que sea ella la que tenga el voto del desempate. Aunque de la boca del abuelo nunca he oído salir la palabra «jubilación».

—¿Y tú cómo puedes saber tanto de todo lo que pasa cuando no eres más que…?

—¿Un colegial? Esa es otra cosa a la que le he sacado partido. De pequeño, mis padres no se daban cuenta de que no perdía ripio de nada de lo que hablaban durante el desayuno. Pero últimamente todos se han vuelto mucho más cautos, sobre todo el tío Hamish, así que en el futuro voy a tener que ser mucho más ingenioso. Y ahí es donde entra usted en escena.

De nuevo, a William le cogió por sorpresa, pero no le hizo falta preguntar a James qué tenía en mente.

—Le contaré todo lo que sé sobre mi familia a cambio de que usted me enseñe a sacarle partido. Con sus conocimientos y su experiencia, a lo mejor consigo llevarle la delantera al tío Hamish.

—Pero ¿para qué ibas a tomarte la molestia, si no tienes ningún interés por incorporarte a la compañía?

—Aun así, quiero que mi padre sea el próximo presidente; de este modo, con el tiempo acabaré siendo el dueño de la naviera Pilgrim.

—Añade «taimado» a los dones que has heredado de tu abuelo —dijo William, sonriendo cálidamente.

—Tal vez. Pero tengo que ser todavía más astuto que mi tío Hamish, y más taimado que la tía Sara, si quiero tener alguna posibilidad de heredar la compañía. No olvide que ellos también tienen hijos que solo son un poco más jóvenes que yo.

—Con lo cual vas a tener que dejar de pensar como un detective para empezar a pensar como un delincuente.

4

—Que exigió ¿qué? —dijo Miles mientras el camarero les servía un café humeante.

—El millón que le había sido prometido en el acuerdo original de divorcio —dijo Booth Watson.

—Pero, por desgracia, yo me morí antes de que se llegase a firmar la sentencia provisional de divorcio.

—Y ella tiene tus cenizas para demostrarlo.

—¿Y qué?

—Salta a la vista que no has oído hablar de Crick and Watson —dijo Booth Watson—, porque le han permitido a Christina demostrar que estás vivito y coleando.

—Muerta, no podría —dijo Faulkner.

—Si Christina fuese a morir a destiempo —dijo Booth Watson, escogiendo con cuidado las palabras—, la primera persona a la que interrogarían sería a su nuevo marido, el capitán de la Marina Real Ralph Neville. No tardarían mucho en averiguar su verdadera identidad. De manera que te recomiendo que le des el millón de libras si quieres seguir siendo un hombre libre.

—Por encima de mi cadáver —dijo Miles categóricamente.

—Que es justo lo que creo que tiene en mente Christina, si le cuenta a su amiga Beth Warwick con quién está a punto de casarse en realidad.

—Si lo hiciera, se quedaría sin un céntimo de la noche a la mañana.

—No creo que sea un riesgo que puedas permitirte. A saber qué podría llegar a hacer mientras tú estuvieras otra vez a buen recaudo en la cárcel. Me siento obligado a preguntar: ¿merece la pena arriesgarse a la cadena perpetua por un cuadro?

Miles no respondió mientras el camarero les servía, y se limitó a decir «Supongo que no» una vez que se hubo marchado.

—Razón de más para que te ausentes del país las próximas semanas mientras yo me encargo de que Christina cumpla con su parte del trato y de que el capitán Ralph Neville pueda volver sin riesgo a estas tierras cuando le plazca.

—Siempre había pensado mudarme a mi nuevo hogar inmediatamente después de la boda —dijo Miles—. Te puedo asegurar, BW, que ni Warwick ni Christina nos encontrarán jamás allí ni a mí ni a mis cuadros.

—Me alegra saberlo. Pero, en mi opinión, tenemos que conseguir que Christina esté de nuestra parte mientras todavía pueda darnos información de primera mano sobre los Warwick. No olvides lo amiga que es de Beth Warwick, que inocentemente le pasa información sobre lo que trama su marido.

—O no tan inocentemente —sugirió Miles.

—Y con esta intención, estoy pensando en volver a poner en nómina al comisario Lamont para que la vigile.

—Excomisario —le recordó Miles—. No olvides que ya no está «dentro», y, lo que es más importante, que ese hombre es capaz de hacer cualquier cosa por dinero mientras tenga una esposa «trofeo» que le mantenga la cuenta en números rojos, por no hablar de lo bien que se le da apostar por caballos que no logran encontrar el camino hasta el recinto de los ganadores.

—Puede ser. Pero no olvides que el excomisario fue en otros tiempos el lugarteniente del comandante Hawksby.

—Hasta que tuvo que dimitir.

—Pero todavía conoce a mucha gente de «dentro», y en concreto a una persona.

—¿Lo conozco?

—«La». Está en el equipo de William Warwick, y, lo más importante, no es reacia a recibir un sobrecito de vez en cuando.

—Pues sigue dándoselos. Así podremos mantenernos por delante de Christina y de los Warwick.

—Entonces, qué, ¿estás dispuesto a desembolsar el millón que pide Christina?

Miles sonrió mientras cogía el cuchillo y el tenedor.

—Con una condición. Deja bien claro que si Christina llegase a romper el trato alguna vez, recuperaré el millón descontándoselo de su asignación mensual.

—¿Qué tal ha ido la conferencia? —preguntó William retirando la silla de Beth para que tomase asiento.

—Escuchamos unas arias de *La bohème*, y después Catherine explicó el realismo dramático de las óperas de Puccini. Estoy deseando que llegue mañana.

—¿*Tosca* o *Madame Butterfly*? —preguntó William mientras Franco le daba un menú.

—*Madame Butterfly*... ¿Te apuntas?

—Me temo que tengo otro compromiso... con una crisálida que tiene la esperanza de convertirse en mariposa. ¿Has averiguado si Catherine es la mujer del juez Whittaker?

—La misma, y Charlotte nos ha invitado a cenar con ellos mañana—dijo Beth.

William se distrajo cuando Fraser Buchanan entró en el comedor con su mujer del brazo. Llevaba un elegante esmoquin cruzado que disimulaba su volumen, y ella lucía un refinado vestido de noche color crema que hizo que varias mujeres de la sala, incluida Beth, se volvieran a mirarla.

El presidente tomó asiento a la cabecera de la mesa. Los hombres se levantaron y esperaron a que su mujer se sentase al otro extremo de la mesa, a varios metros de distancia.

—¿Quién es el hombre que está sentado al lado de Flora, la

hermana del presidente? —preguntó Beth una vez que Franco hubo tomado nota.

—Andrew Lockhart —dijo William—. Es el médico de la compañía y miembro de la junta directiva. También es el galeno personal del presidente. Buchanan tuvo un infarto hace varios años y desde entonces Lockhart le acompaña en todos sus viajes.

—No me sorprende —dijo Beth—. Le sobran unos quince kilos.

—A mí también me sobrarían si me pasara la vida en un crucero.

—¿Quiere que le tome nota, señora? —dijo Franco.

—De primero, dos consomés, y después dos ensaladas César —dijo Beth sin mirar el menú.

William sonrió a la vez que cerraba el menú y se lo devolvía a Franco.

—¿Estás casado, Franco? —preguntó con tono inocente.

—Solo catorce semanas al año, señor.

—Más o menos igual que yo —dijo Beth cogiéndole la mano a William.

«Los británicos tienen muchas cualidades y todavía más defectos», le dijo una vez George Bernard Shaw a la Unión de Hablantes del Inglés, «y entre sus cualidades está la de ignorar cualquier altercado que tenga lugar delante de ellos. Los italianos no pueden resistirse a mirar de lejos, los alemanes siempre quieren tomar partido y los irlandeses, sencillamente, tienen que participar a toda costa».

Beth fingió no darse cuenta de las voces exaltadas procedentes de la mesa del presidente mientras seguía tomándose el consomé.

—El mago de esta noche me ha parecido... —empezó a decir William.

—Shh —dijo Beth—. Desde tu sitio se ve mucho mejor lo que está pasando, así que podrías darme un informe detallado.

William contuvo una sonrisa y empezó a prestar más atención a la mesa de los Buchanan.

—Me da la impresión de que el presidente está discutiendo acaloradamente con su anterior vicepresidente mientras el resto de la mesa se esmera en ignorarlos.

—Será que no quieren implicarse —sugirió Beth.

—Una observación sagaz.

—¿Y de qué va la bronca?

—No estoy seguro. Solo pillo palabras sueltas. Pero no desesperes, James me dará un informe detallado por la mañana.

—No puedo esperar hasta entonces —dijo Beth con tono de exasperación—. Lo mismo ya se han asesinado todos los unos a los otros para cuando te reúnas la próxima vez con James. Quiero enterarme ahora.

—Parece que es algo relacionado con los hábitos alcohólicos de Hamish Buchanan —dijo William, pero se interrumpió cuando Franco reapareció con los segundos. El camarero sirvió las dos ensaladas César como si no estuviese sucediendo nada indecoroso a tan solo un par de mesas de distancia.

—Supongo que esto ya lo habrá visto muchas veces —dijo Beth mirándole.

—Tan tremendo como hoy no, señora —admitió Franco sirviéndoles a ambos una copa de vino blanco.

—Quizá no haya sido buena idea que todos los miembros de la familia vuelvan juntos a Nueva York —observó Beth—, después de lo sucedido el año pasado en la asamblea general ordinaria.

—James me ha dicho que su abuelo insistió en ello —dijo William—, a pesar del malestar existente entre él y su hijo Hamish. Sospecho que para el abuelo no es más que un ruido de fondo.

—No puedo menos que alegrarme de no estar a cargo de esa mesa esta noche —dijo Franco antes de colocar de nuevo la botella de vino en la cubitera y alejarse.

—Ojalá lo estuviese yo —dijo Beth viendo cómo Hamish

Buchanan cogía una petaca de plata de un bolsillo interior y vertía el contenido en su café.

—¡Pensaba que me habías dicho que habías dejado de beber! —vociferó el presidente desde la cabecera de la mesa.

—Pues claro que lo he dejado —repuso Hamish mientras volvía a enroscar la tapa de la petaca—. Esto no es más que un sedante suave recetado por el doctor Lockhart para ayudarme a dormir, porque como bien sabes, papá, no soy un buen marinero.

—No hay ni una ola esta noche —contestó el presidente—. Por no mencionar que me he gastado una fortuna en estabilizadores para poder garantizar una travesía tranquila a todos los pasajeros. En la cama, bien arropado, nadie sabría siquiera que está en alta mar. —Al ver que Hamish bebía otro sorbito de la petaca, Fraser alargó la mano como si fuera una orden y no una petición y dijo—: Me gustaría probar ese supuesto sedante.

—Como quieras, papá —dijo Hamish pasándole la botellita de plata a su tía Flora, que a su vez la hizo llegar hasta el presidente. Varios pasajeros, incluidos Beth y William, vieron a Fraser desenroscar la tapa, llevarse la petaca a los labios y echar un trago largo. Esperaban un estallido de ira, pero el presidente hizo una breve pausa.

—Está asqueroso —dijo antes de enroscar nuevamente la tapa.

—¿Sería demasiado pedir que te disculparas? —preguntó la mujer de Hamish mientras Fraser devolvía la petaca. Todos se volvieron para ver cómo reaccionaba el presidente a la sugerencia de Sara.

—No pienso hacerlo, querida —contestó Fraser con frialdad—, porque nadie se cree que Hamish haya dejado de beber. Si dudas de mis palabras, te sugiero que eches un vistazo al contenido de vuestro mueble bar cuando volváis al camarote después de la cena.

Hamish no respondió, sino que desenroscó de nuevo la tapa

de la petaca y dio un trago muy largo antes de volver a cerrarla y guardársela en un bolsillo interior.

El comandante Hawksby estaba sentado a su escritorio, pensando en su próxima reunión y en las posibles consecuencias de que saliera mal. Sabía que le llamaban «el Halcón» a sus espaldas y lo consideraba un cumplido, pero no le faltaba mucho para jubilarse y no quería que su reputación se viera perjudicada a estas alturas de su carrera. El inspector Ross Hogan era la pieza que faltaba para completar la imagen del rompecabezas.

William Warwick era el líder natural del equipo, y el subinspector Adaja, a pesar de ser excelente, no estaba preparado para asumir el papel de lugarteniente. La subinspectora Roycroft no habría querido el puesto, mientras que el detective Pankhurst acabaría adelantándolos a ambos, pero todavía no.

El Halcón no necesitaba comprobar el historial de Ross Hogan. Había servido cuatro años en el Servicio Especial Aéreo antes de ingresar en la Policía Metropolitana. Solo había hecho la ronda un par de años antes de presentarse al examen de detectives e ingresar en la brigada de Homicidios. Cuatro años más tarde se hallaba entre la minoría privilegiada de los agentes secretos, y fue ahí donde halló su vocación: si un grupo de rebeldes hubiera formado una banda, él habría sido su jefe. Su currículum vitae lo completaban una Medalla de la Reina a la Valentía, tres amonestaciones oficiales y una suspensión por acostarse con una sospechosa. Pero el Halcón sabía que no podía mantenerlo infiltrado mucho más tiempo. Si quería que Ross volviese algún día al mundo real y siguiera siendo capaz de obedecer una orden, tenía que ser antes de que fuera demasiado tarde para él cambiar sus costumbres. ¿Era ya demasiado tarde? ¿Dimitiría?

Ross ya había desempeñado un papel crucial recopilando las pruebas suficientes para condenar a Miles Faulkner y mandarle a chirona; incluso se había encarcelado él mismo para reunir las pruebas necesarias. Hasta los más temerarios lo consideraban temerario.

Cuando Faulkner se escapó, Ross se había ausentado sin permiso y se había empeñado todavía más en volver a esposarle, porque en ningún momento se había creído que estuviera muerto.

Llamaron a la puerta.

—Adelante —dijo el Halcón.

Nadie que hubiera visto al hombre que entró en el despacho del comandante Hawksby aquella mañana se habría creído que era un agente de policía. Con su camiseta mugrienta, sus vaqueros rotos y su chaqueta de cuero, Ross Hogan tenía más aspecto de chico malo que de defensor de la ley.

—Buenos días, señor —dijo a la vez que se sentaba.

El Halcón se quedó mirando a su arma secreta, preguntándose cómo iba a darle la noticia, pero Ross acudió en su rescate.

—Como me ha pedido que venga a Scotland Yard para la reunión de esta mañana, ¿debo suponer, señor, que mis días de agente secreto están contados?

—Contados, no, terminados —dijo el Halcón—. Llevas demasiado tiempo sobre el terreno, Ross. Aunque va a ser casi imposible sustituirte, he decidido que ya es hora de que te reincorpores a la especie humana.

—¿En qué humanos está pensando, señor?

—Hace poco he puesto en marcha una pequeña unidad de casos abiertos para investigar asesinatos no resueltos; hay algunos que llevan años acumulando polvo.

—¿Quién va a ser el agente especial de inteligencia que se encargue de la unidad?

—El inspector jefe Warwick.

Ross asintió y dijo:

—Llevo un par de años observándolo de cerca, y no me sorprendió su ascenso. ¿Y yo cómo encajaría exactamente?

—El resto del equipo está compuesto por el subinspector Paul Adaja, la subinspectora Jackie Roycroft y la detective Rebecca

Pankhurst. Los tres son estupendos agentes. Quiero que tú, inspector Hogan, seas el lugarteniente de William.

Ross sonrió.

—¿Hay alguna alternativa, señor?

—Sí, también puedes volver a tu antiguo territorio de Chiswick como agente de tráfico.

—O podría dimitir.

—A ti no te puede dar trabajo nadie —dijo el Halcón, incapaz de contener una sonrisa—. A no ser que quieras acabar como un detective privado de mala muerte, fisgoneando en las vidas de maridos descarriados, pero no es precisamente tu estilo.

—¿Cuándo empiezo?

—El inspector jefe Warwick volverá dentro de diez días. En estos momentos está disfrutando de unas merecidas vacaciones en alta mar, de manera que te sugiero que tú también te tomes un descanso hasta que vuelva. Eso sí, asegúrate de afeitarte y darte un baño antes de conocer al Monaguillo, como le llamo yo.

—No me va a reconocer nadie —dijo Ross.

—Forma parte de mis planes —dijo el comandante.

Franco estaba sirviendo salsa de chocolate sobre una enorme ración de helado de vainilla cuando el grito agudo de una mujer resonó por todo el comedor. Beth se giró y vio a Fraser Buchanan caído hacia delante, temblando y respirando con dificultad a la vez que se agarraba al borde de la mesa.

El doctor Lockhart se levantó de un salto y acudió inmediatamente al lado del presidente. Le desató la pajarita y le aflojó el cuello de la camisa. Franco corrió a ayudarle.

—¿Puedo hacer algo?

—Necesito una camilla cuanto antes —dijo con calma el médico—, y tráigame el maletín de la enfermería.

Franco salió corriendo del comedor mientras el resto de los

comensales abandonaban sus platos y se convertían en un público no solicitado del drama que se estaba desarrollando ante sus ojos.

En el otro extremo de la mesa, la señora Buchanan se había levantado y se había apresurado junto a su marido para cogerle de la mano. Estaba temblando, pero por lo demás parecía sorprendentemente tranquila y dejaba que el médico cumpliese con su deber mientras el resto de los presentes observaban la escena consternados. Bueno, no todos. Los ojos de William no se apartaron ni un instante de Hamish Buchanan, que no manifestaba ninguna emoción, mientras que su hermano Angus se acercaba a su madre y le pasaba cariñosamente el brazo por los hombros.

De repente, Fraser Buchanan se puso blanco y su cabeza chocó con la mesa. El médico intentó con todas sus fuerzas reanimarle, pero William sabía que solo era cuestión de tiempo que confirmase que el presidente había muerto.

La señora Buchanan, sollozando, se arrodilló junto a su esposo y lo estrechó entre sus brazos. James, como si fuera de nuevo un chiquillo, se echó a llorar. Desde la distancia, William escudriñó los rostros de los comensales a la mesa del presidente. Sus ojos iban recorriendo lentamente a los demás miembros de la familia en busca de pistas; se le había olvidado por completo que estaba de vacaciones. No todos daban muestras de dolor, y dos de ellos ni siquiera parecían sorprenderse de lo sucedido. De repente, la puerta del comedor se abrió de par en par y Franco entró corriendo con el maletín del médico. Le seguían dos jóvenes marineros con una camilla de lona.

William se levantó sin pensárselo dos veces y se acercó a la mesa del presidente a ver si podía hacer algo para ayudar.

—No necesitamos su ayuda, inspector jefe —dijo Hamish Buchanan mientras los marineros tendían delicadamente a su padre sobre la camilla—. No tiene usted ninguna autoridad a bordo de esta nave.

Lo primero que pensó William fue que era un comentario impulsivo e innecesario, y se dijo que quizás el trágico suceso no estuviera tan claro como parecía. Recordó el consejo que le había dado el Halcón para investigar muertes intempestivas: «Escucha, escucha, escucha. Si das la cuerda suficiente, a veces la gente se ahorca a sí misma». No obstante, William sabía que Hamish Buchanan tenía razón, y a punto estaba de volver a su mesa para ocuparse de mala gana de sus propios asuntos cuando intervino Angus Buchanan:

—A no ser que yo le dé la autoridad.

—Supongo que entiendes, Angus, que ahora soy yo el cabeza de familia —contestó Hamish, fulminando a su hermano con la mirada.

—Sobra que te recuerde, Hamish, que ahora soy yo el vicepresidente de la naviera Pilgrim, y esta tragedia ha tenido lugar en uno de los barcos de la compañía.

Los dos hombres siguieron cruzando miradas hostiles, hasta que Hamish dijo:

—Quizá deberíamos saber qué opina el doctor Lockhart.

—Su padre ha sufrido un infarto masivo. Como todos sabemos, no era su primer infarto.

William no pudo evitar pensar que las palabras del médico sonaban demasiado bien ensayadas. Y, más raro aún, no daba ninguna muestra de dolor por la muerte de su viejo amigo, como si fuera un espectador profesional, nada más.

—Ya le he dicho que no precisamos de sus servicios, inspector jefe —repitió Hamish buscando el apoyo de su tía, que, sin embargo, no respondió inmediatamente.

—Creo que lo más sensato sería dejar que el inspector jefe lleve a cabo una investigación rutinaria —dijo Flora, esforzándose por serenarse y representar su nuevo papel de *grande dame* de la familia—. No queremos que nadie sugiera que la familia estaba intentando encubrir algo.

Nadie la contradijo.

Incluso Hamish permaneció en silencio mientras los dos marineros, acompañados por el médico y por la señora Buchanan, sacaban del comedor el cuerpo del difunto presidente.

—¿Qué quiere que hagamos, inspector? —preguntó Flora, que parecía haberse puesto al mando.

—Quiero que todos, a excepción de James, regresen a sus camarotes y permanezcan allí hasta que haya tenido la oportunidad de hablar con ustedes. Señor Buchanan, antes de irse, ¿sería tan amable de dejar la petaca en la mesa?

Hamish titubeó antes de sacar la petaca de un bolsillo interior y dejarla sobre la mesa. Una sonrisa asomó a su rostro cuando vio entrar al capitán en el comedor, seguido de Franco a un metro de distancia.

—¡Ah! —dijo—. La persona que detenta la máxima autoridad en un barco. Tal vez pueda usted decirle al inspector jefe Warwick que ya no necesitamos sus servicios.

—El señor Buchanan está en lo cierto el recordarle, inspector jefe, que yo soy el patrón de esta nave —dijo con tono serio el capitán—, y que mi decisión es inapelable.

—Acato su autoridad sin reservas —dijo William.

Hamish cogió la petaca de plata y se la volvió a meter en el bolsillo.

—Teniendo esto en cuenta, inspector jefe —dijo el capitán—, le agradecería que tuviese a bien llevar a cabo una investigación preliminar. Aunque no tengo ninguna duda de que concluirá con que el presidente ha fallecido de un infarto, su confirmación zanjará el asunto. ¿Cómo desea empezar la investigación?

—Pidiéndole al señor Hamish Buchanan que vuelva a dejar la petaca sobre la mesa.

5

El excomisario Lamont estaba en casa leyendo el *Racing Post* cuando el secretario de Booth Watson lo llamó para informarle de que su jefe solicitaba su presencia a las diez de la mañana del día siguiente. Era la primera vez que Booth Watson se ponía en contacto con él desde el juicio por corrupción policial celebrado en el Old Bailey, cuando a Jerry Summers, un subinspector que había corrido algún que otro riesgo de más, le habían caído diez años porque Lamont no había eliminado una prueba clave que le habría librado de la condena. Después de aquella pifia, Lamont había dado más o menos por hecho que Booth Watson no volvería a requerir sus servicios. Aunque tenía auténtica aversión al servil Consejero de la Reina, pensaba llegar puntualmente a la cita… no estaba en condiciones de elegir.

Durante las últimas semanas también había hecho un par de encargos para la señora Christina Faulkner, y se preguntó si Booth Watson lo consideraría un conflicto de intereses. Después de consultar su saldo bancario, Lamont decidió no mencionar su cita doble a ninguna de las dos partes y se aseguró de estar en la sala de espera número uno del juzgado de Fetter a las diez menos diez de la mañana del día siguiente. Le hicieron esperar.

Cuando Booth Watson por fin le hizo pasar, no mencionó a Summers ni la prueba clave que Lamont debería haber cambiado, sino que fue directo al grano.

—Necesito saber qué se trae entre manos en estos momentos su viejo amigo Warwick.

—Warwick no es amigo mío —dijo Lamont, casi escupiendo las palabras.

—Me alegra saberlo —dijo Booth Watson—. Así se divertirá todavía más con su tarea. Le puedo decir que en estos momentos el inspector y su esposa están navegando en primera clase a Nueva York a bordo del *Alden.*

—Unas vacaciones que habrán sido sufragadas por el padre de Warwick, porque lo que está claro es que el sueldo de inspector jefe no le da para viajar en primera.

Booth Watson sabía exactamente quién había pagado el viaje, pero se contentó con repetir las palabras:

—¿Inspector jefe?

—Warwick fue ascendido después del éxito del juicio de Summers —dijo Lamont, que, al ver que su pagador torcía el gesto, inmediatamente se arrepintió de haber pronunciado la palabra «éxito».

—¿Puede contarme algo sobre esta nueva brigada que dirige?

—Unidad, no brigada —dijo Lamont.

De nuevo torció el gesto; a Booth Watson no le hacía ninguna gracia que nadie, ni siquiera los jueces, le corrigiera.

Lamont continuó.

—Warwick tiene cuatro agentes a sus órdenes: por un lado, el subinspector Paul Adaja, que no es de los nuestros; la subinspectora Jackie Roycroft, que ya está en mi nómina, y la detective Rebecca Pankhurst, que todavía es una novata. A ellos se les sumará el inspector Ross Hogan, pero no antes de que Warwick vuelva de sus vacaciones.

—No conozco a Hogan —dijo Booth Watson—. ¿Qué me puede contar de él?

—Duro, resistente, pero un tanto inconformista… no le hace ascos a correr algún que otro riesgo. Hace tres años que trabaja como agente secreto, pero Hawksby debe de haber decidido darle más visibilidad.

—¿Por qué? —se interesó Booth Watson.

—Apostaría que porque necesita apuntalar el equipo con alguien que tenga experiencia en primera línea de fuego. Así que tendremos que vigilarlo de cerca, porque, por muy inconformista que sea, su lealtad a Hawksby está fuera de toda duda.

Booth Watson hizo una pausa antes de lanzar la siguiente pregunta.

—¿Cree que a Hogan se le podría tentar para que cometiera una indiscreción?

—Jamás. Si encontrase un monedero en el metro de Londres lleno de billetes de cincuenta libras, lo entregaría en la comisaría más cercana sin esperar una recompensa.

—Puede que el dinero sea la raíz de todos los males, comisario, pero no es el único pecado que Moisés grabó en la tabla que bajó del monte Sinaí.

Lamont estuvo un rato pensando antes de responder.

—Hogan ha tenido relaciones esporádicas en el pasado con varias agentes, incluso con una sospechosa en cierta ocasión, motivo por el cual le suspendieron temporalmente de empleo y sueldo. Su última conquista es la subinspectora Roycroft, pero estoy bastante seguro de que la cosa está a punto de terminarse.

—Conque, si encontrásemos a la Eva adecuada —dijo Booth Watson—, podría caer en la tentación de morder la manzana.

—No soy un proxeneta —dijo Lamont mordazmente.

—Pues claro que no, comisario. Pero, por fortuna, tengo un cliente que nada en este tipo de aguas, así que deje a Hogan en mis manos mientras usted se concentra en la subinspectora Roycroft.

—¿Hay algo en concreto que quiera usted que averigüe la próxima vez que la vea?

—Los nombres de todas las personas investigadas por la nueva unidad de Warwick.

—No creo que sea difícil, pero tampoco será barato.

Booth Watson abrió un cajón, sacó un grueso sobre marrón y lo deslizó sobre la superficie del escritorio, seguro de que si el excomisario se encontraba un monedero lleno de billetes de cincuenta libras, no lo entregaría en la comisaría más cercana.

—Me imagino lo mal que lo debes de estar pasando —dijo William sentándose al lado de James y pasándole el brazo por el hombro—. Pero no estoy convencido de que tu abuelo muriera de un infarto.

—Yo tampoco —dijo James con el rostro surcado por las lágrimas—. Y aunque así fuera, me gustaría saber qué había en esa petaca.

—Entonces necesitaré que estés lo más espabilado que puedas durante las próximas cuarenta y ocho horas, porque, en cuanto atraquemos, el Departamento de Policía de Nueva York no tendrá ningún interés en lo que yo pueda decir, a no ser que sea capaz de demostrar que hay fundamentos razonables para sospechar.

—Dígame qué quiere que haga.

—Necesito un plano detallado de la distribución de los comensales durante la cena. Y, lo más importante, quiero que escribas lo que recuerdes de la conversación que tuvo lugar entre tu abuelo y tu tío Hamish sobre lo que estaba bebiendo.

—Eso sería difícil de olvidar —dijo James. Cogió unos cuantos menús, dio la vuelta a uno y empezó a dibujar un rectángulo. Ya había escrito el último nombre cuando Franco apareció de nuevo con tres pares de guantes blancos. Dio un par a William y otro a James y se quedó con el tercero.

—¿Y ahora qué, señor? —preguntó Franco.

—Quiero que se acordone toda esta zona y que se cierren las puertas con llave. Nadie podrá entrar en el comedor a no ser que yo le dé permiso.

—Entendido, señor.

—Voy a interrogar al doctor Lockhart y a Hamish Buchanan. Tengo que hablar con ellos antes de irme a la cama, aunque sospecho que Hamish ya tiene su historia bien preparada. Calculo que volveré dentro de una hora, más o menos. Mientras tanto, Franco, no te olvides de asegurarte de que ningún pasajero entra en la sala. —Tocó a James en el hombro y dijo—: Haz que tu abuelo se sienta orgulloso de ti.

William no tuvo que preguntar dónde estaba el camarote del presidente. James ya le había informado de que estaba en la cubierta número siete junto con los del resto de la familia, y en aquella cubierta no había más pasajeros.

Cuando William salió del ascensor, fue recibido por el estremecedor silencio del duelo. Un miembro de la tripulación hacía guardia en la otra punta del pasillo delante de una puerta que William supuso que se abría al camarote del presidente.

El hombre alto y fornido abrió la puerta del camarote antes de que William tuviese la oportunidad de llamar. Al entrar, se encontró a la señora Buchanan sentada junto al cadáver de su esposo, cogiéndolo todavía de la mano. No alzó la mirada.

El doctor Lockhart estaba de pie al otro lado de la cama. Sin cruzar una palabra con William, le invitó con un gesto a pasar a una habitación contigua y cerró suavemente la puerta.

—Siento mucho inmiscuirme en su dolor, señor Lockhart —dijo William—, pero tengo que preguntarle si alberga usted dudas acerca de la causa de la muerte del presidente.

—Absolutamente ninguna —dijo Lockhart con firmeza—. De hecho, ya he firmado el certificado de defunción, que entregaré al forense tan pronto como atraquemos en Nueva York. Lo único que me sorprende es que no ocurriera antes. Francamente, Fraser Buchanan era una bomba de relojería a punto de estallar.

—Puede que tenga razón —dijo William—. Sin embargo, hay una o dos cuestiones que aún tengo que aclarar. Hamish Buchanan sostiene que la petaca que le dio a su padre solo contenía un sedante suave que le había recetado usted.

—Así es. Un par de miembros de la familia, incluido Hamish, padecen de vez en cuando mal de mar, así que siempre tengo algo a mano para ayudarles a dormir. En cualquier caso, todo el mundo vio beber a Hamish y a Fraser del mismo recipiente, de manera que no hay motivo para sospechar que su muerte se debiese a nada que no fueran causas naturales.

De nuevo, se había pronunciado una frase que no era necesaria. William se preguntó qué más escondería el médico.

—¿Le queda algo de esa medicina, doctor? Porque me temo que esta noche me va a costar mucho dormirme.

—Por supuesto —respondió Lockhart abriendo el maletín de cuero para sacar un frasco medio vacío. Al dárselo a William, este se fijó en otra cosa que había al fondo del maletín y que respondía a la pregunta que ya no iba a tener necesidad de formular.

—Bueno, doctor, le dejo. Estoy seguro de que la señora Buchanan agradecerá su compañía. Pero, antes de irme, ¿podría decirme cuál es el camarote de Hamish Buchanan?

—El número tres. La primera puerta a la izquierda nada más salir.

—Gracias, doctor.

William abrió la puerta, salió al pasillo y se acercó lentamente al número tres. Respiró hondo y llamó.

—Pase —dijo una voz que sonaba completamente despierta.

William entró en el camarote y se encontró a Hamish Buchanan sentado en una butaca grande y cómoda con una copa de brandi en una mano y un cigarrillo a medio fumar en la otra. No había señales de su mujer.

—Lamento molestarle a estas horas —dijo William—, pero tengo que hacerle un par de preguntas antes de que se acueste.

—No hace falta que pierda el tiempo, inspector jefe —dijo Hamish sin molestarse en ofrecerle un asiento—. Ya he hablado con mi abogado de Nueva York y me ha aconsejado que no responda a ninguna de sus preguntas hasta que pueda estar él presente. Está convencido de que no tendré que recordarle que esta nave está registrada bajo la bandera de Estados Unidos, país sobre el que no tiene usted ninguna jurisdicción.

—Pero lo que sí tengo es el visto bueno del capitán para investigar la muerte de su padre —respondió William—. No se me ocurre por qué iban a preocuparle mis preguntas a alguien que no tiene nada que ocultar.

—No va a conseguir tan fácilmente que responda a sus provocaciones, inspector jefe, así que le pido que me deje llorar a mi padre en paz. —Hamish echó la punta de la ceniza a un cenicero que había a su lado antes de añadir—: Mi abogado también me dijo que una vez que entremos en aguas estadounidenses usted ya no tendrá ninguna autoridad a bordo de este barco, diga lo que diga el capitán. Así pues, permítame que le sugiera que se vaya a la cama y procure dormir bien.

—Eso haré —dijo William sacando el frasco que le había dado el doctor Lockhart y logrando que, al menos, asomara fugazmente al rostro de Hamish un atisbo de inquietud—. Mientras tanto, le ruego que permanezca en su camarote mientras sigo investigando.

—Y si me niego, inspector jefe, ¿qué va a hacer? ¿Ordenar que me pongan los grilletes para pasearme por la tabla? Lo dudo. Hala, largo de aquí.

Levantó la copa con gesto burlón, fingiendo un brindis.

William se marchó, convencido de que, al igual que el médico, Hamish Buchanan tenía algo que ocultar. Pero ambos, cada uno a su manera, le habían hecho darse cuenta del poquísimo tiempo que le quedaba para descubrir qué era ese algo. «Durante las primeras cuarenta y ocho horas de la investigación de un asesinato, solo te duermes si te quedas dormido», era uno de los mantras preferidos del Halcón. Y pasado ese plazo, solo después de haber arrestado a alguien.

William volvió rápidamente a la cubierta número tres, donde se alegró de encontrar a Franco apostado como un centurión a la entrada del comedor.

—¿Se le ocurre ya quién puede ser el culpable? —susurró Franco mientras le abría la puerta.

—Puede que solo haya sido un infarto —dijo William, poco convencido.

—Fraser Buchanan estaba hecho un roble. Que yo sepa, jamás había tenido un infarto, a pesar de lo que ha dicho el médico. Conque fuera cual fuera el contenido de esa petaca, lo ha matado.

William sospechaba que Franco podía estar en lo cierto, pero una intuición no era una prueba. Al entrar en el comedor se encontró a James manos a la obra, escribiendo frenéticamente. William se sentó a su lado y estudió la distribución de los asientos que había dibujado. Después, uno a uno, fue dando la vuelta a varios menús más y empezó a leer las conversaciones de la velada, que James había registrado meticulosamente. Había palabras tachadas, sustituidas por otras, pero el tenor de la conversación saltaba a la vista.

Había llegado al dorso del tercer menú cuando se detuvo y releyó un párrafo no dos, sino tres veces.

—¿Estás seguro de esto? —preguntó señalando seis o siete renglones que James había subrayado.

—Completamente —dijo James sin levantar la cabeza—. Por supuesto, no tengo pruebas, así que no puedo demostrarlo. Pero estoy seguro de que sé dónde va a encontrar la otra petaca.

—Ya la he visto —dijo William.

Se quedaron tumbados boca arriba, exhaustos. Pasó un rato antes de que Jackie hablase.

—Supongo que esto no puede durar mucho más —dijo subiéndose la sábana hasta la barbilla.

—Qué remedio —dijo Ross encendiendo un cigarrillo—. Si no le ponemos fin ahora, me da la sensación de que lo hará el Halcón.

—Te echaré de menos —dijo ella en voz baja.

—Al menos, seguiremos viéndonos todos los días.

—No será lo mismo —dijo ella acurrucándose contra su hombro—. ¿Tú crees que el Halcón sabe lo nuestro?

Ross dio una larga calada al cigarrillo antes de responder.

—Pues claro. A ese hombre no se le escapa nada. Solo por curiosidad: ¿qué tal te llevas con el Monaguillo?

—Es la única persona que conozco con capacidad para sustituir al Halcón —respondió ella con evidente respeto.

—¿Tan bueno es?

—No lo dudes. El Halcón ya lo trata como a un igual.

—¿Y el resto del equipo?

—Un grupo de tipos estupendos con los que se trabaja muy bien. Vas a tener que estar en plena forma solo para estar a su altura —bromeó.

—¿Algo más que deba saber antes de aparecer la semana que viene?

—Ya te he informado de los cinco casos en los que estamos trabajando, y el Halcón ha reservado el más difícil para ti. Pero también deberías saber que sigo en contacto con Bruce Lamont, y que estoy siendo generosamente recompensada por las molestias.

—¿Con el dinero de quién? Lamont sigue viviendo muy por encima de sus posibilidades, así que alguien tiene que estar respaldándole.

—William cree que debe de ser Booth Watson.

—¿De qué más podría servirle Lamont a ese delincuente de guante blanco ahora que Summers está a buen recaudo en la prisión de Pentonville?

—Miles Faulkner.

—Pensaba que habías ido a su funeral…

—Pero a su entierro, al parecer, no, o al menos eso es lo que opina Warwick —dijo Jackie.

—Pero si Faulkner sigue vivo, Lamont sería la última persona en la que confiaría Booth Watson. Sospecho que estima tanto a ese hombre como el resto de nosotros.

—En estos momentos no tenemos más pistas —admitió Jackie—, salvo Christina Faulkner, que es amiga de la mujer de William.

—Esa solo hace lo que mejor le conviene a ella. —Ross exhaló un gran círculo de humo antes de añadir—: Ojalá siguiera siendo un agente secreto, porque nada me daría más placer que desenmascarar a Faulkner y poner a los tres entre rejas.

—¿Tres?

—Faulkner, Booth Watson y Lamont.

—¿Y a Christina no? —bromeó Jackie.

—No es mi tipo —dijo Ross subiéndose de nuevo encima de ella.

6

—Creo que he resuelto el problema de las huellas —dijo James mientras se sentaba a desayunar a la mañana siguiente.

—¿Cómo —preguntó William—, si no tenemos un laboratorio forense a nuestra disposición?

—No lo necesitamos; tenemos una tienda que vende juguetes en la cubierta cuatro —dijo con aspecto de estar muy satisfecho de sí mismo.

—Deja de fanfarronear —dijo William sonriendo.

—No hizo falta investigar mucho para descubrir que uno de los artículos más populares de la tienda es un kit de Sherlock Holmes para aspirantes a detective. Compré los tres últimos que quedaban —dijo James sacando uno de debajo de la mesa con gesto triunfal—. Contiene una almohadilla para tomar las huellas dactilares, papel especial, polvos secantes, un pincelito y una lupa. ¿Qué más se puede pedir?

—Bien hecho, agente Buchanan. A eso se le llama pensamiento creativo.

—Mire lo que hay dentro —dijo James quitando la tapa y dejando ver varios compartimentos pequeños.

—Penoso —dijo William—, pero bravo.

—¿Qué huellas quiere que comprobemos, inspector jefe? —preguntó James a la vez que daba un sorbo al zumo de naranja.

—Puedes empezar con tu tío Hamish —dijo William echando

un vistazo al plano de la mesa de James—. Empieza con su petaca de plata, y después la taza de café, para tener huellas emparejadas. Después pasa a tu tía abuela Flora, que estaba sentada a su izquierda, al lado del doctor Lockhart; luego a tu madre, y por último a tu abuelo.

—¿Y qué me dice de esos dos que estaban sentados enfrente?

—No necesitamos las suyas.

—¿Por qué no?

—Piénsalo, detective, y cuando caigas en la cuenta me lo dices.

—Bueno, ¿dónde empiezo a buscar las huellas?

—En los vasos de agua, las copas de vino y las tazas de café. Recuerda que los camareros llevan guantes, así que quedan descartados.

—¿Y después?

—Volveré a comprobar las huellas que encontrarás en la petaca de Hamish. Una vez que haya identificado todas, sabremos si tu teoría se sostiene.

—¿Y si no?

—Entonces tu abuelo habrá muerto de un infarto, y me encargaré de informar al capitán de que no tengo ningún motivo para sospechar que haya nada sucio.

—¿Y si las huellas de mi abuelo no están en la petaca de Hamish?

—Entonces necesitaré que Franco y tú llevéis a cabo unas maniobras de vigilancia.

—¿Qué tiene en mente, señor? —preguntó Franco sirviéndole a William una segunda taza de café.

—Cuando baje a desayunar el doctor Lockhart, yo me iré directamente a la cubierta siete. Si parece que piensa volver a su camarote, tú, James, tienes que venir lo antes posible a avisarme. Mientras tanto, Franco, intenta retrasarle, aunque solo sea unos instantes.

—Le diré que la rodilla que tengo fastidiada me está dando guerra otra vez.

—¿Cómo puedo conseguir una llave maestra de los camarotes de la cubierta siete? —preguntó William.

—Muy fácil, señor.

Franco se sacó un enorme manojo de llaves de un bolsillo interior, cogió una que tenía grabado el número 7 y se la entregó a William, que dijo:

—Espero que esto no le meta a usted en un lío.

—Imposible —dijo Franco—. El capitán me dio instrucciones claras para que le ayudase a usted en todo lo que pudiera, así que no hago más que obedecer órdenes.

Instantes después, pasaron a desayunar los primeros viajeros. Se quedaron mirando la mesa del presidente, que estaba acordonada, mientras Franco los acompañaba a sus lugares habituales.

—Ya caigo —dijo James—. Acabo de entender por qué no necesita usted las huellas de ninguno de los que estaban sentados al otro lado de la mesa.

Franco, como era de esperar, puso cara de desconcierto.

—Hora de ponerme en marcha —dijo William mientras Hamish Buchanan y el doctor Lockhart pasaban al comedor. No le sorprendió verlos juntos—. Ponte con las huellas inmediatamente —susurró—. Aunque el tiempo no corre precisamente a tu favor, no te apresures y asegúrate de hacerlo a conciencia —añadió antes de escabullirse de la sala.

James esperó a que su tío y el doctor Lockhart se sentasen a desayunar antes de acomodarse al otro lado de la mesa y darles la espalda. Cogió la petaca de plata y espolvoreó una fina capa de polvos secantes sobre su superficie.

—Capitán Neville, qué sorpresa más agradable verlo en París —dijo una mujer de mediana edad, elegantemente vestida, a la que Miles conocía desde hacía muchos años; incluso le había enviado flores a su funeral—. Por desgracia, ninguna de mis señoritas estará disponible hasta las nueve de esta noche, más o menos.

—He venido temprano —dijo Miles— porque tengo que hablar con usted en privado, antes de que llegue el primer cliente.

—Entonces vayamos a mi despacho. Allí no nos molestará nadie.

Miles entró en una alcoba victoriana que conocía desde mucho antes de que su aspecto físico hubiese sido transformado hasta el punto de volverle irreconocible. Pero a veces se preguntaba si Blanche tendría sus sospechas acerca del capitán que jamás discutía por el precio, a pesar de que nunca había visto la única parte de su anatomía que no había cambiado.

—Necesito algo un poco fuera de lo habitual —dijo sentándose en el sofá al lado de la madama. Era una petición a la que Blanche estaba acostumbrada, pero cuando Miles le detalló lo que tenía en mente, hasta a ella la cogió por sorpresa.

Miles sacó del maletín varias fotografías de gran tamaño que le había dado Lamont y se las pasó a Blanche, que las estudió cuidadosamente.

—El uniforme de policía es muy convincente. Si esta chica viene alguna vez a París, le puedo encontrar trabajo.

—Hasta hace nada era la novia del objetivo —dijo Miles sin entrar en pormenores—. Espero que pueda proporcionarle usted una sustituta.

—A ver qué puedo encontrar, capitán. —Blanche se levantó del sofá y se acercó a un gran fichero. Abrió el segundo cajón, clasificado como *Rubias, europeas, buen dominio del inglés*, y extrajo dos archivos.

Blanche se sentó al escritorio y pasó lentamente las páginas, echando un vistazo de vez en cuando a la foto que había traído el capitán Neville. Al cabo de un rato, escogió tres candidatas y le puso delante sus fotografías.

Miles miró de cerca a las tres jóvenes seleccionadas.

—¿Qué más se supone que tendrá que hacer —preguntó Blanche—, aparte de seducirlo?

—El objetivo tiene la energía de diez hombres juntos, pero no es su potencia sexual lo que me interesa.

—Cualquiera de ellas podría encargarse de eso. Al fin y al cabo, son profesionales. Pero ¿qué otras habilidades se precisan?

—La chica tiene que ser inteligente e irresistible. Una combinación de Mata Hari y Becky Sharp. Lo más importante van a ser las conversaciones de alcoba.

—Entonces me decidiría por Josephine antes que por Avril o Michelle —dijo, señalando una de las fotos—. ¿Qué tal si vuelve a medianoche, capitán, y juzga usted mismo cuál cumple con los requisitos?

—Eso haré. Sospecho que la factura será cuantiosa —dijo Miles—, porque puede que precise de sus servicios durante bastante tiempo.

—¿Qué piensas? —dijo Beth.

—Es magnífico. Quedaría aún mejor colgando de tu cuello —dijo William mirando el exquisito collar expuesto en el escaparate de la joyería del barco—. No sé si atreverme a preguntar el precio...

—Muy por encima de tus posibilidades, cavernícola. Debería haberme casado con un banquero.

William echó otro vistazo al collar y se sintió culpable. Se suponía que iban a descansar unos días, pero desde que habían embarcado apenas había visto a Beth. El yoga, la charla matinal y la película a la que iba cada tarde con su nueva amiga íntima Catherine Whittaker la tenían tan ocupada que a William se le aligeraba la mala conciencia, pero no llegaba a desaparecer del todo.

Beth le arregló el nudo de la corbata.

—Esta noche tienes que ir hecho un pincel —dijo sacudiéndole un pelo de la hombrera del esmoquin—. Catherine es divertidísima, y me muero de ganas de conocer a su marido.

—La última vez que vi al juez Whittaker —reflexionó William—, yo estaba en el estrado y me dijo que no le interesaban mis opiniones, y que me atuviese a las pruebas.

Beth se rio, y la cogió de la mano para bajar a la cubierta del comedor. William sonrió para sus adentros al pasar por delante de un escaparate lleno de juguetes y ver que había un estante vacío.

Pasaron al comedor, donde Franco, siempre al pie del cañón, los estaba esperando para acompañarlos. La mesa del presidente ya no estaba acordonada, pero seguía vacía. La familia Buchanan se había repartido en dos mesas distintas al otro lado de la sala, los dos hermanos sentados llamativamente lejos el uno del otro. Franco acompañó a William y a Beth a la mesa de los Whittaker, donde el juez se levantó para saludarlos.

—William, qué bien que cenes con nosotros después de estos días, que han tenido que ser agotadores. Me imagino que no habrás dormido mucho.

—No mucho, señor —dijo William estrechándole la mano.

—Llámame George, por favor. Creo que no conoces a mi esposa, Catherine.

—Beth ya me ha hablado de tu fascinante charla sobre Puccini.

—Pues yo me muero de ganas de volver al Fitzmolean —dijo Catherine— ahora que tengo una guía para mí sola.

—Así fue como nos conocimos —dijo William mientras Franco se acercaba a darles la carta.

—La especialidad de hoy es el chuletón de lomo, pero para los más frugales tenemos también un exquisito salmón ahumado.

William pidió el lomo sabiendo que Beth no intentaría vetarle, aunque sí que frunció el ceño. Una vez que hubieron pedido todos, Beth les habló de la conferencia a la que había ido con Catherine esa mañana, «La gran Manzana: ¡dale un mordisco!», impartida por el profesor Samuels de la Universidad de Columbia.

—El profesor me ha hecho replantearme los planes que tenía para Nueva York —comentó—. Ahora quiero cruzar el puente de Brooklyn en coche, dar un paseo por Central Park…

—De noche no —interrumpió William.

—… y ver el zoo del Bronx —continuó Beth.

—Y algún espectáculo de Broadway, no nos olvidemos —dijo Catherine—. El profesor nos aconsejó que sacásemos entradas para *La Cage aux Folles,* si es que podemos —añadió mientras Franco volvía con el primer plato.

Beth y Catherine siguieron charlando con entusiasmo sobre la conferencia mientras el juez se comía sus espárragos y se limitaba a comentar que la salsa holandesa estaba exquisita. Esperó a que les retirasen los platos y sirvieran los segundos para dirigirse a William:

—¿Puedo preguntar cómo va la investigación?

—Es todo muy complicado. Pero puedo decirte que le he entregado mi informe al capitán —dijo William cortando el filete y viendo cómo salía la sangre. Alzó la mirada y vio que los tres habían soltado los cubiertos y le observaban con ojos expectantes.

—¿El presidente murió de un infarto? —preguntó el juez yendo al grano.

—Es perfectamente posible —dijo William—. Pero a mí me interesa más qué fue lo que causó el infarto.

De nuevo, los tres esperaron con impaciencia mientras William untaba un poco de mostaza a un lado del plato.

—¿Vas a responder —le apremió por fin Beth—, o prefieres que esperemos a que se nos quede la comida fría?

William soltó el cuchillo, se pasó la servilleta por los labios y dijo:

—Estoy ya en condiciones de contaros cómo se cometió el asesinato, siempre y cuando no le digáis ni pío a nadie.

—Y date por aludida, cariño —le dijo George a su mujer con una sonrisa.

William esperó a que Franco volviese a llenarles las copas de vino antes de sacar el plano de la disposición de los asientos y colocarlo en el centro de la mesa.

Les dejó que lo estudiaran unos instantes antes de continuar:

—Primero, fijaos en que Hamish Buchanan está sentado en el lado izquierdo de la mesa, entre su madre y Flora Buchanan.

—¿Y esa quién es? —preguntó Catherine.

—La hermana de Fraser Buchanan. La imponente *grande dame* del grupo, que infunde un temor reverencial en el resto de la familia.

—¿Y a su lado? —preguntó el juez escudriñando el plano.

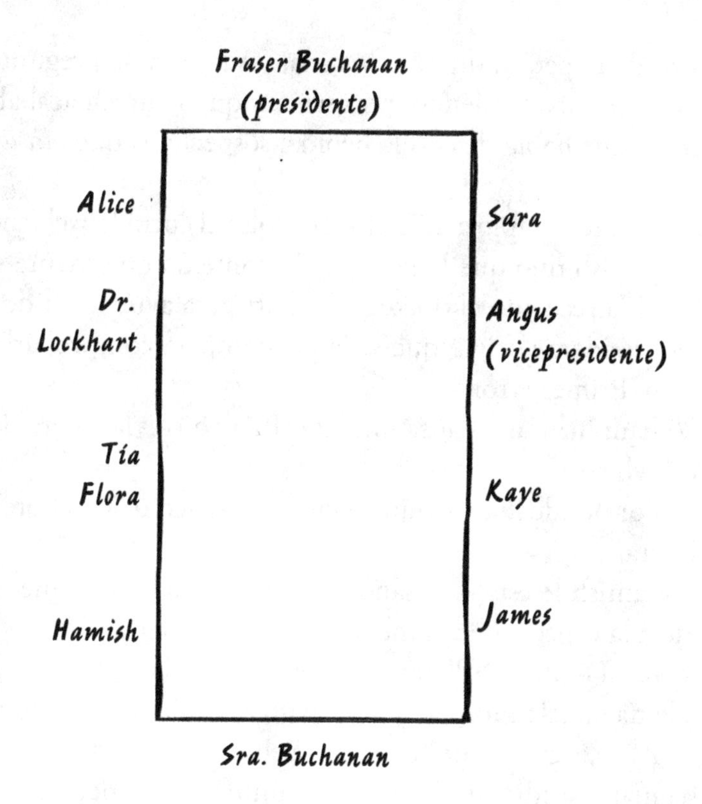

—El doctor Lockhart, cuyo único propósito en la vida era mantener vivo al presidente. Pero no lo ha sido en esta ocasión.

La revelación hizo que sus tres interlocutores guardaran silencio por unos instantes, y William aprovechó para disfrutar de su filete.

—¿Y a su izquierda? —preguntó Beth.

—Alice Buchanan, madre de James y esposa de Angus Buchanan —desplazó el dedo hacia el otro lado de la mesa—, que hace poco sustituyó a su hermano Hamish en la vicepresidencia de la compañía.

—Tengo la impresión de que ese lado de la mesa no tiene importancia… —dijo el juez.

—Una observación muy sagaz —dijo William—, pero todavía vas a tener que concentrarte mucho si quieres averiguar qué se traía entre manos Hamish Buchanan. Todo el mundo le vio dar un trago de la petaca durante la cena, y su padre le preguntó sin rodeos qué estaba bebiendo, porque, aunque Hamish acababa de asegurarle que había dejado la bebida, sospechaba que era *whisky* o brandi.

Nadie interrumpió a William, que soltó el cuchillo y el tenedor.

—Hamish dijo que la petaca solo contenía un sedante suave que le había recetado el doctor Lockhart para ayudarle a dormir. Pero el presidente exigió que se la pasaran para comprobarlo por sí mismo. Primer error.

William hizo una pausa mientras Franco volvía a llenarles los vasos de vino.

—¿Por dónde iba? —dijo en cuanto Franco dejó la botella en la cubitera.

—Hamish le estaba pasando la petaca a su padre, que estaba sentado a la cabecera de la mesa —le recordó Beth.

—Ah, sí —dijo William—. Bueno, pues Hamish le dio la petaca a la tía abuela Flora, que se la pasó al médico, que a su vez se la dio a Alice, y esta al presidente. —Bebió un sorbo de vino mientras seguían estudiando la distribución de los comensales—. El presidente echó un buen trago de la petaca, y, aunque le pareció que tenía un sabor desagradable, claramente no era alcohol, y por tanto dio por sentado que sería la medicina que le había recetado el doctor Lockhart. Después devolvió la petaca a su hijo, que estaba en la otra punta de la mesa.

—¿Por qué lado se la hizo llegar? —preguntó el juez.

—Esa es la cuestión —dijo William—. Por el mismo.

—Lo que me imaginaba —dijo el juez—. Pero todavía estoy a medio camino.

—Cuando Hamish recuperó la petaca, se metió otro lingotazo haciendo un gran alarde. Su segundo error.

—Estoy perdida —dijo Beth.

—Paciencia —dijo William—. Concéntrate en el plano de los asientos y todo quedará claro. James Buchanan, mi recién ascendido subinspector, se ha pasado la mañana identificando todas las huellas que ha podido encontrar en los vasos, en las copas de vino y en las tazas de café de todos los comensales del lado izquierdo de la mesa, mientras yo hacía lo mismo con la petaca de Hamish.

—Sigo sin poder seguirte —dijo Catherine—. Si la petaca de Hamish pasó de mano en mano hasta su padre, que estaba en la cabecera de la mesa, tenían que estar las huellas de todos los que estaban sentados a ese lado de la mesa.

—Pero no estaban —sugirió el juez— porque alguien había cambiado la petaca por otra similar antes de que llegase hasta el presidente, y esa persona será la única cuyas huellas estén en ambas petacas.

—No es un mal resumen, su Señoría —dijo William con una sonrisa—. Para decidir quién es el culpable, el jurado deberá tener en cuenta primero las pruebas. Flora cogió la petaca de Hamish y se la pasó al médico como un testigo en una carrera de relevos, y cuando el presidente la hizo volver por el mismo camino, se llevó a cabo la misma maniobra a la inversa. Sencillo y bien planeado, salvo que los cómplices cometieron dos errores. Primero... —William se interrumpió al ver que Franco volvía para retirar sus platos.

—¿Desean los señores ver la carta de los postres?

—No, gracias —dijo Catherine sin alzar siquiera la vista.

—¿Un licor digestivo, tal vez?

—No, gracias —repitió el juez con un poco más de firmeza y los ojos clavados todavía en el reparto de asientos del dibujo de James. Franco, en vista de que no podía ser de utilidad, se marchó.

William esperó a ver si alguien había deducido cuáles eran esos errores.

—¿De quién eran las huellas que encontraste en la petaca de Hamish? —preguntó el juez—. Y, más importante aún, ¿qué huellas faltaban? Porque eso nos dirá quién cambió las petacas.

William hizo una leve inclinación de cabeza, como si estuvieran en los tribunales.

—Las únicas huellas que pude identificar en la petaca de Hamish fueron las de Flora, que estaba a su lado; las del doctor Lockhart, que no es tan bueno como parece, y, por supuesto, las de Hamish.

—Entendido —dijo Beth.

—Entonces sabrás explicar qué tramaban —dijo William.

—Tuvo que ser el doctor Lockhart el que dio el cambiazo las dos veces —dijo Beth—. De otro modo, las huellas del presidente también habrían estado en la petaca de Hamish cuando se la devolvieron.

—Y también las de la madre de James, que estaba sentada entre el médico y el presidente, y que le pasó la petaca.

—¿Habéis encontrado la segunda petaca? —preguntó el juez—. ¿La petaca de la que tuvo que beber Fraser Buchanan?

—Sí —dijo William—. La primera vez, en el maletín del doctor Lockhart anoche, mientras le interrogaba, y después otra vez esta mañana cuando registré su camarote mientras estaba desayunando. Pero las únicas huellas que encontré en esa petaca eran las suyas.

—Había tenido tiempo más que de sobra para limpiarla —dijo el juez— y dejar solamente sus huellas para que las encontraras. Pero ¿qué hay del contenido?

—El médico del barco confirmó que no era nada más que un sedante suave, tal y como había dicho Hamish —contestó William.

—Te vieron venir —dijo el juez— y han conseguido que te resulte prácticamente imposible demostrar que Hamish Buchanan y el doctor Lockhart estaban trabajando en equipo.

—Y así habría sido de no ser por el ingenioso y observador James Buchanan, al que algunos todavía consideran un niño en lugar de un joven que planea ser director del FBI, y no presidente de la naviera Pilgrim.

—¿Y qué observó él? —preguntó Catherine.

—Antes de responder a eso tenéis que echar otro vistazo a la distribución de los asientos. Veréis que el joven James estaba situado enfrente de su tío Hamish, desde donde veía perfectamente todo lo que estaba pasando, incluido el momento en el que Hamish bebió de su petaca. Pero no ató cabos hasta más tarde, cuando comprendió que su tío no había estado bebiendo de la misma petaca que su abuelo.

—¿Cómo se le ocurrió? —preguntó Beth.

—Durante la cena, Hamish había dejado la petaca sobre la mesa para que todo el mundo la viera —dijo William—. Un error estúpido, porque James se fijó en las iniciales «HB», que estaban grabadas en un lateral, mientras que la petaca de la que bebió el presidente no las tenía, como pude confirmar más tarde cuando la encontré en el camarote del médico.

—Un joven muy inteligente —dijo el juez—. Sin embargo, puede que no baste para inculparlos. —Se quedó pensando unos instantes—. Si estuviera representando a Hamish Buchanan, le sugeriría al jurado que no debería apoyarse exclusivamente en unas huellas que faltan y en el testimonio no corroborado de un menor para enviar a dos hombres a la cárcel a cadena perpetua.

—Estoy de acuerdo —dijo William—. Pero no olvide que todavía tenemos el cuerpo del difunto Fraser Buchanan. Ya he avisado al Departamento de Policía de Nueva York para comunicarles que tengo motivos para sospechar que se ha cometido un asesinato, y han accedido a reunirse conmigo en el muelle mañana por la mañana, cuando atraquemos. Estoy seguro de que una autopsia demostrará que el presidente fue envenenado, y logrará que se los inculpe a los dos.

—Bravo —dijo el juez—. Es usted un digno hijo de *sir* Julian Warwick.

—Y no se olvide de la extraordinaria *lady* Warwick —apuntó Beth.

—Se habrían salido con la suya si yo no hubiera tenido de ayudante al joven James Buchanan —reconoció William mientras Franco les servía los cafés y, al juez, su brandi de siempre antes de darle un sobre sellado a William.

—¿Una confesión firmada? —sugirió Catherine mientras William lo rasgaba para abrirlo.

—No creo —dijo después de extraer un vale de mil libras. Leyó la carta que lo acompañaba.

NAVIERA PILGRIM

Estimado inspector jefe Warwick:

En nombre de la junta directiva de la naviera Pilgrim, quiero darle las gracias por haberse hecho cargo de la nada envidiable tarea de investigar el fallecimiento de nuestro presidente.

La junta lamenta que por este motivo no haya podido usted disfrutar plenamente de sus vacaciones, y por consiguiente estima oportuno ofrecerle una compensación.

La compañía aceptará el vale adjunto en caso de que usted y su esposa deseen embarcar en cualquiera de nuestros cruceros o comprar en nuestras tiendas de regalos.

Atentamente,

Flora Buchanan

Presidenta interina

—Son mis vacaciones las que se han echado a perder, no las tuyas —dijo Beth—. De hecho, jamás te había visto tan contento —añadió cogiendo el vale y guardándoselo en el bolso.

—¿A qué hora creéis que abre la joyería por la mañana? —preguntó Catherine con tono inocente.

7

Alguien aporreaba la puerta con insistencia. Al principio, William se preguntó si estaría soñando, pero al espabilarse comprobó que los golpes seguían. Era la primera noche que dormía bien desde hacía varios días y alguien le estaba perturbando el sueño.

Salió a regañadientes de la cama, se puso la bata y al abrir se encontró a James en medio del pasillo.

—Venga enseguida —dijo—, es usted la única persona que puede impedirlo.

—Impedir ¿qué? —preguntó William, pero James ya estaba en marcha. Cerró la puerta del camarote con cuidado, pero oyó que Beth se daba la vuelta en la cama y murmuraba algo. Medio dormido todavía, siguió a James por el pasillo y por las escaleras que bajaban a la cubierta uno, donde su ayudante le mantuvo la puerta abierta para que pasara.

William salió a la cubierta inferior, donde el capitán, vestido con el uniforme completo, estaba dirigiéndose solemnemente a un pequeño grupo.

—Encomendamos el alma de nuestro hermano a Dios Todopoderoso, y entregamos su cuerpo a las profundidades…

William se quedó horrorizado al ver a la familia Buchanan, todos con las cabezas agachadas, en torno a un ataúd situado sobre una pequeña plataforma elevada.

—... con la esperanza cierta de la resurrección a la vida eterna a través de nuestro señor Jesucristo...

—¿No puede hacer nada? —susurró desesperadamente James.

—Nada —respondió William negando con la cabeza, plenamente consciente de que la autoridad del capitán prevalecía sobre todos los que iban a bordo del barco.

—... cuando venga en su gloriosa majestad a juzgar el mundo, el mar entregará a sus muertos...

William se quedó un poco apartado del círculo de los reunidos, un espectador del juego que estaba desarrollándose delante de él.

—... y los cuerpos corruptibles de aquellos que duermen en él habrán de transformarse y hacerse a imagen y semejanza de su cuerpo glorioso...

Miró con más detenimiento a los reunidos y vio que la señora Buchanan lloraba silenciosamente mientras su hijo Angus intentaba consolarla. Flora Buchanan estaba un paso atrás, serena y solemne; el bastón de mando estaba ahora en sus manos. Hamish Buchanan, con los labios apretados, estaba junto al doctor Lockhart, cuya expresión no delataba nada.

—... dado el poder con el que es capaz incluso de someter a su imperio el universo.

El capitán cerró el devocionario, se cuadró rígidamente y saludó. Dos jóvenes oficiales dieron un paso al frente y elevaron un extremo de la plataforma sobre la que reposaba el féretro. La comitiva fúnebre vio cómo se deslizaba lenta y decididamente hacia el mar antes de hundirse rumbo a su salada tumba subacuática.

El inspector jefe Warwick tal vez habría podido convencer a un juez de instrucción para que exhumara un cuerpo enterrado a varios metros bajo tierra en un cementerio, pero no uno que descansaba en el fondo del océano. La familia Buchanan no solo había sepultado a uno de los suyos, sino también la única prueba que habría condenado a sus asesinos.

Se hizo a continuación un minuto de silencio, y después el capitán saludó de nuevo y emitió una orden. Enseguida, las hélices empezaron a rotar lentamente y el barco pudo continuar la travesía rumbo a Nueva York.

William se apartó mientras la familia se marchaba: la señora Buchanan del brazo de Angus, silenciosa y resuelta; Hamish y el médico un paso por detrás, charlando, haciendo del duelo una pantomima, y, por último, el resto de la familia, con Flora Buchanan y el capitán a la cola. Cuando la nueva presidenta vio a William, se separó para acercarse a él.

—Creo que le debo una explicación —dijo con voz serena. William no supo cómo reaccionar, y se sintió ligeramente avergonzado de ir en bata y zapatillas mientras los demás iban vestidos de manera más o menos formal—. En la reunión que celebró ayer la junta directiva, los directores acordaron cumplir con la última voluntad de Fraser, expresada en su testamento: que su cadáver fuese arrojado al mar.

—A pesar, imagino, de que sospecharían ustedes que el responsable de su prematura muerte era precisamente uno de esos directores —espetó William sin rodeos.

—Consideramos esa posibilidad —admitió Flora—. Pero como el médico personal de Fraser ya había firmado el certificado de defunción confirmando que había fallecido de un infarto, la familia, y en concreto la señora Buchanan, decidió que lo mejor era que cumpliéramos con su última voluntad en vez de enfrentarnos a una larga investigación policial. Investigación que habría dado a la prensa la suficiente carnaza como para mancillar irremediablemente la reputación de la compañía..., lo último que habría deseado Fraser.

—Yo diría que su último deseo habría sido ver a su hijo castigado por el crimen que había cometido.

—Me imagino lo que estará pensando, inspector jefe —dijo Flora—. Así que tal vez le interese saber que entre las otras decisiones que tomó la junta está la de destituir a Hamish del cargo de director y soltarlo a la deriva.

—Para que sobreviva con una inmensa herencia, claro... —dijo William amargamente.

—Por desgracia, no —dijo la presidenta—. Lo único que le dejó su padre, como descubrirá cuando se lea hoy el testamento, es una brújula. Una metáfora que seguro que usted entiende.

—¿Y nuestro buen doctor?

—Dimitió antes de que pudieran darle la patada. Y pienso encargarme personalmente de que no le contrate nadie que nos pida referencias suyas.

Cuando Flora se disponía a marcharse, William le preguntó en voz baja:

—¿Cuándo descubrió usted la verdad?

—Como sabrá, inspector, el joven James es un gran admirador suyo. Aun así, no me costó engatusarle, y al final no pudo resistirse a contarme que usted había conseguido demostrar que mi hermano no falleció de un infarto.

William debería haber pensado que, al final, la sangre siempre tira...

—No culpe al chico —dijo Flora—. En esta travesía, todos hemos aprendido muchas cosas.

—¿Qué ha aprendido usted?

—Que, con el tiempo, James será un extraordinario presidente de la naviera Pilgrim. Que es exactamente lo que su abuelo, que en paz descanse, habría querido.

William volvió a su camarote y se metió sigilosamente en la cama, aliviado al ver que Beth estaba en el quinto sueño. Unos golpecitos en la puerta le despertaron varias horas más tarde.

Beth, que ya estaba vestida, abrió la puerta y vio a un joven alférez, que hizo el saludo militar y dijo:

—Buenos días, señora. El capitán desea saber si el inspector jefe Warwick y usted querrían reunirse con él en el puente de mando sobre las diez, cuando empecemos a entrar en la bahía de Nueva York.

—¡Vaya si queremos! —dijo Beth, incapaz de ocultar su entusiasmo—. ¡Qué amable!

William se incorporó en la cama, y a punto estaba de protestar cuando vio la mirada que asomaba al rostro de Beth.

—Eres una sinvergüenza —dijo William al salir del cuarto de baño y ver a su mujer contemplándose en el espejo.

—Ya lo sé, pero es que no he podido resistirme…

—¿Cuánto ha costado? —preguntó William, que a su pesar no podía evitar admirar el collar que había visto por última vez en el escaparate de la tienda de regalos.

—Novecientas noventa y cinco libras —dijo Beth sin una pizca de remordimiento en la voz.

—¿Y a mí qué me toca con las cinco libras que han sobrado? ¿Un Rolex Submariner, tal vez, o un anillo de brillantes y oro de dieciocho quilates?

—Me temo que no. Lo único que encontraron fue un par de lengüetas de plástico para cuellos de camisa… Eso sí, las mejores, según la dependienta. Considero el collar como una pequeña compensación para una mujer cuyo marido la ha abandonado durante el día y ha desaparecido en plena noche —dijo Beth echándole los brazos al cuello.

—Eso no impide que seas una sinvergüenza.

—¿Y adónde te has ido en mitad de la noche?

—A ver cómo entregaban el cuerpo de Fraser Buchanan al mar.

—Vaya, pensaba que…

—Yo también.

—Qué astutos han sido —dijo Beth mientras William encajaba una lengüeta en el cuello de su camisa—. De este modo no habrá autopsia, ni juicio ni publicidad desfavorable.

—Ni tampoco justicia —dijo William.

Llamaron a la puerta y abrió Beth. El joven alférez había regresado.

—El capitán ha pedido que los acompañe a su marido y a usted al puente de mando, señora.

—Gracias —dijo Beth agarrando al alférez del brazo sin esperar a William, que, después de coger su chaqueta y cerrar la puerta, les dio alcance.

—Si me permite decirlo, señora Warwick, lleva usted un collar precioso.

—Regalo de mi marido —dijo Beth, provocando una sonrisa del aludido.

Por mucho que William solo hubiese aceptado la invitación del capitán a regañadientes, en cuanto puso el pie sobre el puente de mando cambió de actitud. Se quedó fascinado con el tamaño del cuadro de mandos que se extendía de un lado de la cubierta al otro, ofreciendo al capitán una vista panorámica de todo lo que sucedía a su alrededor, incluido un panel de señales luminosas que los jóvenes oficiales estudiaban atentamente. William oyó las órdenes serenas y eficientes que daba el oficial de guardia en la sala de máquinas de debajo.

También se fijó en que el personal de cubierta llevaba un brazalete negro.

—Hoy en día todo es electrónico —dijo el alférez interrumpiendo sus pensamientos—. Aunque todavía tenemos dos oficiales en activo, uno de ellos el capitán, que iniciaron sus carreras marítimas en una compañía naviera.

—¿Quién está a cargo de todo esto? —susurró William al alférez.

—El capitán Maitland, que es el oficial de guardia.

—¿Y el capitán del navío? ¿Él no? —preguntó William, que se había fijado en que estaba unos pasos más atrás mirándolo todo, sin moverse y con los brazos a la espalda.

—De ninguna manera. Solo asumiría el mando si hubiera una emergencia.

—¿Qué tipo de emergencia? —preguntó Beth.

—Un temporal, o si el oficial de guardia estuviera borracho o estuviese presente algún miembro de la familia real. Jamás, en los cuatro años que llevo a bordo del *Alden,* le he visto asumir el mando.

—¿Y cuándo le va a tocar a usted ser oficial de guardia? —preguntó Beth.

—Aún falta mucho, señora. De vez en cuando sustituyo al oficial segundo en mitad de la noche, pero solo si estamos muy lejos del litoral, el mar está en calma y no hay señales de que haya otro barco cerca. El *Titanic* todavía sirve para recordar a los marineros que al mar hay que tenerle respeto, así que cuando me dejan a cargo de todo, incluso el oficial de navegación me vigila de cerca. Lo cual me recuerda, inspector, que el oficial superior de navegación, que está al timón esta mañana, tenía muchas ganas de conocerle, ya que al parecer tienen ustedes un amigo en común.

—Me pregunto quién será —dijo Beth mientras el alférez los acompañaba hasta el timón y les presentaba al marinero de primera Ned Turnbull.

El oficial superior retiró una mano del timón, estrechó la de William y dijo:

—Bienvenido al puente de mando, señor.

—Por lo visto, tenemos un amigo en común —dijo William.

—Sí, así es. Creo que conoce usted a *Ee by gum* —dijo el oficial de navegación, y, al ver la mirada de desconcierto de William, añadió—: El capitán Ralph Neville. Estaba deseando volver a verle. Servimos juntos en el *Illustrious,* durante la crisis de las Malvinas. Eso sí, en aquella época él no era más que un marinero de primera.

—¿*Ee by gum*? —repitió Beth, sin entender nada.

—Es una exclamación típica del inglés de Yorkshire. Era su apodo bajo cubierta, debido a su fuerte acento de Yorkshire y a que creía a pies juntillas que *sir* Leonard Hutton era el inglés vivo más importante. Perdimos el contacto después de que se casara con una chica australiana y se fuese a vivir a Perth. Por favor, dele un cordial saludo de mi parte si vuelve a encontrarse con él.

—Por supuesto que sí —dijo William.

—No se pierdan la Estatua de la Libertad —dijo el alférez llevando a Beth y a William a estribor.

Clavaron los ojos en la simbólica estatua, pero en realidad no la estaban mirando.

—¡Qué boba he sido! —susurró Beth—. Debería haberte hecho caso.

—Siempre has sido un alma cándida —dijo William—. Es una de las muchas razones por las que te adoro. Y, en honor a la verdad, Christina debe de llevar todo el año mintiendo descaradamente.

—Hay algo que se me escapa, ¿no? —dijo Beth—. ¿Qué as se ha guardado en la manga Ralph Neville para conseguir que Christina baile a su son tan oportunamente?

—Pregunta equivocada.

—¿Cuál es la correcta, entonces?

—¿Por qué estaba Christina tan dispuesta a desprenderse de sus billetes para este viaje?

—¿Y la respuesta?

—Ralph no podía permitirse ser visto a bordo por un hombre que había servido con el auténtico capitán Neville.

—Pero Christina me dijo que se iban a casar.

—Sí, se va a casar, pero ¿con quién?

Beth se quedó mirando un buen rato a William antes de decir:

—¿Hace cuánto que sabes esto?

William echó un vistazo a su reloj.

—¡*Ee by gum*! Solo hace diez minutos que estoy seguro.

Beth quería coger el primer vuelo de vuelta a Inglaterra para enfrentarse a Christina antes de que se celebrase la boda, pero William consiguió disuadirla. Sabía que lo único que conseguiría sería darle a Faulkner otra oportunidad para huir, y, si lo hacía, sería lo único que habría de recordar nadie sobre su breve y anodina trayectoria profesional. Le vino bien que Catherine interviniera para insistir en que Beth se quedase con ellos en Nueva York.

—El Metropolitan, el Frick y el MoMA con nuestro propio guía privado… —dijo Catherine—. ¿Qué más puedes pedir?

El juez Whittaker asintió moviendo la cabeza con aire sabio, pero no hizo ningún comentario cuando su esposa dijo que le encantaría acompañar a Beth al Carnegie Hall y utilizar la entrada de William para el concierto de Ella Fitzgerald. El juez no puso ninguna objeción, pero es que ni siquiera había oído hablar de Ella Fitzgerald. Estaba deseando volver a Inglaterra y presidir de nuevo el juicio de Miles Faulkner, y ya había decidido a cuánto le iba a condenar.

—¿Y Christina? —le preguntó Beth.

—Será acusada de ayudar a un delincuente —dictaminó el juez—, aunque al señor Booth Watson no le costaría mucho conseguir que se le retirasen los cargos, siempre y cuando no vaya a visitar al capitán Ralph Neville a la cárcel.

William se moría de ganas de volver a Inglaterra.

—¿Cuántos asesinatos hubo en Londres el año pasado? —preguntó el comandante Hawksby, sentándose a la cabecera de la mesa para dar paso a la primera reunión de la recién formada Unidad de Asesinatos No Resueltos.

—Ciento ochenta y uno, señor —respondió el subinspector Adaja.

—¿Cuántos fueron domésticos? —preguntó el Halcón fijando su atención en el otro lado de la mesa. Aunque la sala era grande en comparación con la conejera en la que trabajaba el resto del equipo, en la mesa del centro apenas cabían seis personas. En la pared de detrás del escritorio del Halcón había una fotografía de la reina, y la copa de plata de la estantería les recordó a todos que en tiempos había sido campeón de los pesos medios de la Policía Metropolitana.

—Treinta y cuatro —dijo Jackie.

—¿Y cuántos de ellos acabaron en condena?

—Veintinueve. La mayoría estaba esperando a que apareciéramos nosotros, y el resto fue detenido antes de veinticuatro horas.

—Ese es el secreto. La mayoría de los asesinatos domésticos se resuelve en las primeras veinticuatro horas, cuarenta y ocho como mucho —dijo el Halcón—. Pasado ese tiempo, empiezan a pensar que se han salido con la suya, y con cada día que pasa se vuelven más confiados.

—Desde luego, así fue en el caso del señor Clive Pugh —dijo Jackie abriendo su expediente judicial—. Asesinó a su mujer varios meses después de contratarle un seguro de vida por valor de un millón de libras, y recibió una generosa recompensa por haberse tomado la molestia.

—¿Por qué no fue condenado? —preguntó el Halcón.

—No teníamos suficientes pruebas para acusarle, así que se fue de rositas.

—Entonces, encuentre las pruebas necesarias, subinspectora Roycroft —dijo el Halcón—. Porque si hay algo que hace que un asesino potencial se lo piense dos veces, es saber que no se va a ir de rositas. En fin, todavía nos quedan ciento cuarenta y siete asesinatos que no entran en la categoría de domésticos. Detective Pankhurst: de estos, ¿cuántos terminaron en detenciones?

Rebecca no necesitaba abrir el fichero que tenía delante para responder a la pregunta del comandante.

—Ciento cuarenta y tres, señor.

—Y de estos, ¿cuántos acabaron en la cárcel?

—Ciento treinta y nueve, señor, y, de los otros cuatro, sabemos quiénes son los asesinos, pero no disponíamos de las suficientes pruebas sólidas para convencer a la Fiscalía de la Corona de que había que llevarlos a juicio.

—¿Puede dar más detalles? —dijo el Halcón.

—Uno de ellos, un tal Max Sleeman, es un mal bicho donde los haya —dijo el subinspector Adaja abriendo el expediente del caso—. Es un usurero, y si no le pagas a tiempo, acabas con un brazo o una pierna rotos. Y si aun así no pagas, se encarga de alquilar un coche fúnebre, pero no de cubrir los gastos funerarios.

—Quiero que detengan a Sleeman —dijo el Halcón—, y a poder ser antes de que elimine a otro pobre diablo.

—Ya estoy en ello —dijo Paul.

—Quedan tres —dijo el Halcón—. Detective Pankhurst, ¿qué puede decirme acerca de un tal Darren Carter?

—Es un gorila del club Eve, en el Soho —dijo Rebecca—. Se declaró culpable de homicidio y consiguió que solo le condenasen a dos años. Aunque no tengo ninguna duda de que fue un asesinato premeditado, que llevó a cabo por encargo del dueño del local.

—Entonces quiero que vuelva a la cárcel. El principio de prohibición de doble enjuiciamiento no se aplica si se pueden aportar pruebas nuevas —le recordó el Halcón—. Y, detective Pankhurst, también quiero que se cierre el club y que nos aseguremos de que al dueño no le vuelven a dar una licencia jamás. Por el momento ya tiene usted tarea de sobra con esto. Y así llegamos a los dos últimos casos que llevan acumulando polvo desde hace demasiado tiempo.

Todos los presentes sabían exactamente a qué casos se refería el comandante: Ron Abbott y Terry Roach. Dos tipos duros de dos bandas rivales del East End que estaban enfrentadas por el control del juego, del negocio de la protección, la prostitución y la distribución de drogas en su territorio.

—Sé que les alegrará saber que he reservado a esos dos tipos tan desagradables para el inspector Hogan. Que se encargue él de lidiar con ellos cuando se incorpore a la unidad la semana que viene en calidad de lugarteniente del inspector jefe Warwick.

Paul pareció decepcionado.

—Pero —continuó el Halcón— no vayan a imaginarse ni por un momento que esto es todo, porque cuento con ver informes detallados sobre mi mesa, incluidos los pasos a seguir, antes de que nos reunamos dentro de una semana. —Los bolígrafos garabateaban sin parar—. Y si quieren saber la mala noticia, les diré que acabo de recibir una llamada del inspector jefe Warwick, cuyo avión ha aterrizado en Heathrow hace más o menos una hora.

—Pensaba que iba a estar fuera otra semana más —dijo el subinspector Adaja.

—Y así era. Pero se ha propuesto ser el agente que detenga a Miles Faulkner.

—Eso quizá le resulte un poco difícil —dijo Jackie—, porque los dos asistimos al funeral de Faulkner en Ginebra y presenciamos su cremación.

—«Asistieron», en efecto —dijo el Halcón—. Pero de quién eran las cenizas que había en la urna cuando el sacerdote se las entregó a la señora Faulkner sigue siendo un misterio.

—¿Qué le hace pensar que no eran las de Faulkner? —preguntó Jackie, a la defensiva.

—Un Rafael que sabemos que Faulkner consideraba como la obra más importante de su colección salió hace poco a subasta en Christie's, y se vendió por 2,2 millones de libras.

—Eso no demuestra que siga vivo —dijo Paul, ejerciendo de abogado del diablo.

—Le daría la razón, subinspector Adaja, si el inspector Warwick no hubiera visto el cuadro colgado en la casa de Montecarlo de Faulkner no hace mucho. Lo cual nos lleva a pensar que el que se vendió en la subasta era una copia, y como el vendedor tenía los papeles auténticos que demostraban su procedencia, hasta los expertos se lo tragaron.

—¿Quién estaría dispuesto a pagar 2,2 millones de libras por una falsificación? —preguntó Jackie.

—Alguien que no quiere que sepamos que sigue vivo.

—No puede decirse que el argumento esté más allá de toda duda razonable…

—A no ser que tengamos en cuenta —interrumpió el Halcón— que fue nada más y nada menos que nuestro viejo amigo el Consejero de la Reina Booth Watson el que compró el cuadro —hizo una pausa— en nombre de un cliente.

—Que pudo ser la señora Faulkner —respondió Paul.

—Es poco probable —dijo el Halcón—. Christina Faulkner

jamás ha mostrado el menor interés por comprar cuadros, solo por venderlos.

—Necesitaría alguna prueba más que esta si fuera miembro de un jurado —dijo Paul en el mismo instante en que la puerta se abría de par en par y entraba William con paso resuelto.

—Hablando del rey de Roma… —dijo el Halcón—. Estaba a punto de explicarles a los subinspectores Adaja y Roycroft por qué ahora estás convencido de que Miles Faulkner sigue vivo.

—*Ee by gum,* lo estoy —dijo William ocupando la única silla vacía de la mesa—. Así que si tenéis planes para el sábado por la mañana, canceladlos, porque vais a tener que ir a la boda de Ralph Neville, capitán retirado de la Marina Real, y la señora Christina Faulkner, viuda, a pesar de que ambos están ya casados. —Hizo una pausa—. El uno con el otro.

8

Dieciséis agentes, a las órdenes del inspector Hogan, rodearon la iglesia parroquial normanda de Limpton-in-the-Marsh aquella mañana de sábado. Ninguno iba uniformado. Varios agentes del cuerpo secreto de vigilancia rural iban armados.

Las amonestaciones se habían anunciado en la revista parroquial y el párroco las había proclamado desde el púlpito los tres domingos anteriores. Anunció que la ceremonia tendría lugar a las dos de la tarde del sábado quince de agosto. Varias personas que no habían sido invitadas aparecieron poco antes de las nupcias, entre las siete y las ocho de esa misma mañana, pero ninguna entró en la iglesia.

El primer invitado oficial en hacer acto de presencia fue el señor Booth Watson, Consejero de la Reina y amigo del novio... De hecho, el único amigo del novio. Entró por la puerta oeste de la iglesia justo después de la una... Al fin y al cabo, cobraba por horas.

Christina fue la siguiente en llegar, poco antes de las dos. Eso de que la novia llegase antes que el novio no era normal, pero es que la boda tampoco era normal. Llevaba un elegante traje color turquesa con un pañuelo de seda y un abrigo largo a juego, más parecido al atuendo propio de una recién casada a punto de emprender el viaje de luna de miel que a un vestido de novia. Y no es que estuviera pensando en irse a ningún sitio con su marido.

Miles llevaba unos minutos de retraso, a pesar de que su chófer se mantenía más cerca de los ciento treinta kilómetros por hora que de los ciento quince mientras iban por la autopista. Cogió la salida 13 y se dirigió hacia Limpton.

—No vuelva la cabeza, jefe, pero creo que nos están siguiendo.

—¿Por qué lo dices, Eddie?

—Un taxi que vi en la autopista ha tomado la misma salida que nosotros, y no creo que sea uno de sus invitados.

—¿Puedes ir a la iglesia por otra ruta distinta?

—Sí, pero tardaríamos muchísimo más, sobre todo si nos paran en el paso a nivel.

—Tómala. Así descubriremos si nos está siguiendo.

En la siguiente intersección, Eddie dobló a la derecha, e instantes después el taxi volvió a aparecer en su espejo retrovisor.

—Ahí lo tenemos. ¿Qué quiere que haga?

—Sigue un rato —dijo Miles. El camión que tenían delante aminoró la velocidad mientras bajaban las barreras del paso a nivel.

—Hemos calculado mal, jefe —dijo Eddie.

—Pues yo creo que a lo mejor hemos calculado perfectamente. Lo que quiero que hagas es…

—¿Crees que nos han visto? —dijo William mientras el taxi se sumaba a una pequeña cola que esperaba a que el tren saliera de la estación y se alzara la barrera.

—Es posible, señor —dijo Danny—. Un taxi siempre llama la atención en la autopista, y mantenernos a ciento treinta no ayuda mucho a pasar inadvertidos.

—Quizá deberíamos haber cogido un coche patrulla camuflado para este trabajo, y no un taxi.

—¿Por qué no lo arrestamos ahora que no puede escaparse?

—No, por ahora nos ceñiremos al plan. Él mismo va derechito hacia una trampa.

—¡Se va! —gritó Danny al ver que se abría de golpe la puerta del copiloto del Mercedes—. Se dirige a la estación.

—Deja el coche y sígueme —dijo William, y abrió la puerta de atrás, bajó de un salto y salió disparado hacia la estación.

Para cuando Danny hubo aparcado el taxi en la cuneta de césped, su jefe ya estaba cruzando a toda mecha por el puente para peatones. William bajó corriendo la escalera del otro lado de la vía, y justo cuando arrancaba el tren se subió de un salto por la única puerta que seguía abierta.

Bajó la ventanilla y le gritó a Danny, que acababa de llegar al andén:

—Quiero que haya doce agentes esperándome en la próxima estación. Y llama al inspector Hogan y dile que el novio no va a aparecer.

—Va a llegar tarde a su propia boda —dijo Christina echando otro vistazo a su reloj de pulsera.

—Pues yo tengo otra ceremonia a las tres —le recordó el párroco con delicadeza.

—Debe de haber habido algún contratiempo —dijo Booth Watson.

Los tres mantuvieron los ojos clavados en la entrada a la iglesia, pero el novio seguía sin dar señales de vida.

William fue recorriendo lentamente cada vagón, revisando dos veces los compartimentos de primera clase, en busca del capitán Ralph Neville, aunque su intención era detener a Miles Faulkner. Cuando llegó a la cola del tren, dio por hecho que Faulkner se habría encerrado en alguno de los lavabos. Y, como no tenían ventanas, era imposible que se escapase.

* * *

—Cuánto lo siento, señora Faulkner —dijo el párroco—. Pero es que ya hay unos cuantos invitados de la siguiente boda esperando fuera. No puedo seguir dándoles largas mucho más tiempo.

—El novio de la nuestra no va a llegar a tiempo a la iglesia, señor párroco —dijo Booth Watson—, así que creo que deberíamos dar la ceremonia por terminada. Sobre todo teniendo en cuenta que algunos de los que están esperando impacientes ahí fuera no están invitados a esta ni a ninguna otra boda.

—¿Y eso cómo lo sabe? —preguntó Christina.

—Miden todos más de un metro ochenta, visten trajes de la misma marca y ninguno lleva un clavel rojo.

—Tengo doce agentes preparados, inspector —dijo una voz que William no reconoció.

—¿En qué estación?

—En Tunbridge Wells. Usted llegará en unos quince minutos.

—¿Cuántos andenes hay?

—Solo dos.

—Asegúrese de cubrir los dos, porque si hay algún modo de escapar, Faulkner lo encontrará. Seré la primera persona en bajar, y dígale al guardia que el tren no arranca hasta que yo lo diga.

—Entendido, señor.

La línea se cortó.

William emprendió el lento camino de vuelta por el pasillo, comprobando cada vagón por segunda vez con más cuidado todavía. Le pareció que le sonaba un hombre que estaba mirando atentamente por la ventanilla, pero a lo largo de los años había detenido a tanta gente que no pudo recordar de qué le conocía.

Cinco de los once servicios estaban ocupados, pero sospechaba que para cuando el tren entrase en la próxima estación solo seguiría ocupado uno. El tren no arrancaría hasta que se abriera la puerta de ese servicio.

* * *

—No le vamos a hacer perder más el tiempo, señor párroco —dijo Booth Watson mirando el reloj—, porque le aseguro que el novio no se va a presentar.

—Y, entonces, ¿qué se supone que tengo que hacer yo? —le espetó Christina.

—Me pondré en contacto con usted —dijo Booth Watson—. Recuerde solamente que ha firmado un contrato vinculante, y que no hay ninguna cláusula de rescisión.

—Lo siento mucho, señora Faulkner —dijo el párroco—. Me imagino que estará muy desilusionada.

—Aliviada, a decir verdad —reconoció Christina.

—Seguro que hay una explicación sencilla —dijo el párroco, que seguía intentando consolarla.

—Si algo no puede ser, es sencilla —dijo Christina, y, dándose media vuelta, echó a andar, sin acompañante, por la nave central.

Al salir de la iglesia, Booth Watson se fijó en que uno de los jóvenes de aspecto tenso que había visto antes llevaba una corbata de la Policía Metropolitana.

Christina salió de la iglesia unos instantes después. Varias mujeres que esperaban para coger sitio para la siguiente ceremonia admiraron sus galas de viaje, a pesar de que no parecía saber adónde iba.

El tren de las 14:43 entró en Tunbridge Wells a su hora, y William fue la primera persona en bajar. Se acercó a la pequeña patrulla que lo esperaba. Un tal inspector Thomas dio un paso al frente y se presentó.

—Tengo cubiertas todas las salidas —le aseguró.

—Haga subir a tres o cuatro de sus hombres al tren, y asegúrese de que echan un vistazo a los servicios. Si hay uno que sigue ocupado, es ahí donde se estará escondiendo. También tendrá que poner agentes en el andén del fondo, por si acaso.

—Ya están allí, señor.

—Perfecto. En cuanto yo vea a Faulkner, usted salga y deténgalo, pero déjeme a mí que lo arreste y le advierta de que todo lo que diga podrá ser utilizado en su contra.

—Entendido, señor —dijo el inspector Thomas, y a continuación gritó unas órdenes mientras William se apostaba junto a la salida y miraba de arriba abajo a cada pasajero que salía de la estación.

Diez minutos más tarde, William y Thomas eran los únicos que quedaban en el andén. A regañadientes, William dio permiso al jefe de tren para que sonase el pito.

Mientras el tren arrancaba, William encendió su radio.

—Ponga una orden de busca y captura para un Mercedes azul oscuro, matrícula MF1. El conductor lleva gorra de chófer.

Fue entonces cuando William recordó dónde lo había visto antes.

Miles sonrió mientras veía salir el tren de la estación.

Cuando por fin subió la barrera —los cuatro minutos más largos de su vida—, echó un vistazo al espejo retrovisor y le tranquilizó ver que el taxi seguía aparcado en la cuneta de césped y que no se veía al conductor por ningún lado. Echó las manos al volante y cruzó lentamente la vía, sabiendo que el tren no tardaría mucho en llegar a la siguiente estación y que para entonces él ya tendría que haberse deshecho del coche y de la gorra de chófer. Siguió por tranquilos caminos rurales hasta que llegó a una parada de autobús, donde vio a una anciana que tenía aspecto de saber a qué hora llegaría el siguiente autobús.

Aparcó en un área de descanso y tiró la gorra por encima de un seto. Después, se acercó rápidamente a la parada, con un maletín como único equipaje.

—¿Qué, se ha quedado sin gasolina, eh? —preguntó la anciana a la vez que aparecía un autobús.

No se molestó en contestar.

Una vez a bordo, cayó en la cuenta de que no tenía ni idea del destino del autobús. Cruzó los dedos para que no volviese a Limpton.

—¿Adónde vamos? —preguntó la cobradora.

—¿Adónde va usted?

—A Sevenoaks —dijo ella con cara de desconcierto.

—Pues entonces, a Sevenoaks.

—Sesenta peniques —dijo la cobradora, imprimiendo el billete.

Miles le dio un billete de cinco libras.

—¿No tiene nada más pequeño?

—No. Quédese con el cambio.

—¡Gracias! —dijo la cobradora como si hubiera ganado la quiniela.

Miles se puso a mirar por la ventana con cautela, por si acaso tenía que apartarse rápidamente. Por el otro lado de la carretera pasó a toda velocidad un coche patrulla.

Cuando Eddie se bajó del tren en Tunbridge Wells, vio al inspector jefe Warwick enfrascado en una conversación con un agente de paisano a la vez que sus ojos recorrían a cada pasajero. Pasó por delante de ellos y cruzó el puente que llevaba al otro andén, donde había muchos más policías que pasajeros. Faltaban doce minutos para la hora de llegada del siguiente tren a Charing Cross. Cuando salió de la estación, Eddie tuvo la tentación de saludar con la mano y sonreír al inspector jefe Warwick, pero solo la tentación.

Miles se bajó en Sevenoaks. La última parada estaba frente a la estación de tren, y había una parada de taxis al lado. El tiempo jugaba en su contra, así que iba a tener que correr un riesgo. Cruzó la calle y se subió al primer taxi de la fila.

—¿Adónde vamos, señor?

—Al aeropuerto de Luton —dijo, para la inmensa sorpresa y alegría del taxista.

—Tengo prisa —dijo Miles—, pero no exceda el límite de velocidad.

—Empieza por comprobar los aeropuertos, las terminales de tren y las estaciones de autobús en un radio de cincuenta kilómetros —dijo William—. No podemos permitir que se nos escape por segunda vez.

—El problema es que no tenemos los suficientes polis disponibles —dijo Ross—. Es sábado por la tarde, así que casi todos han salido a mantener el orden en los partidos de fútbol.

—Puedes estar seguro de que él ya cuenta con eso —dijo William— y lo ha incorporado a su plan de fuga.

El taxi se detuvo a la entrada del aeropuerto de Luton justo cuando las multitudes empezaban a salir de los campos de fútbol de todo el país.

Miles le dio al taxista dos billetes de veinte libras y no se esperó al cambio. Lo primero que hizo al entrar en el vestíbulo fue mirar el panel de salidas. Únicamente le interesaban los vuelos que salían en menos de una hora, y vio que solo había tres: uno a Newcastle a las 17:40, otro a Moscú a las 20:30 y por último uno a Bruselas a las 18:10. Abrió el maletín, comprobó los tres pasaportes y eligió el canadiense: Jeff Steiner, director de empresa. Se acercó al mostrador de facturación, sacó un billete y pagó en metálico. El señor Steiner no tenía tarjeta de crédito, solo dinero en efectivo y un pasaporte.

Embarcó media hora más tarde. Una vez sentado, recorrió mentalmente los peores escenarios posibles mientras esperaba a que la azafata cerrase la puerta de salida. Por fin, los motores se pusieron en marcha y el avión echó a rodar hacia la pista. Otra espera interminable y, por fin, despegó. Mientras el avión se elevaba hacia el cielo, se quedó mirando los plácidos pastos verdes por la ventanilla, y se preguntó cuándo volvería a ver Inglaterra.

Se recostó y se puso a repasar la siguiente parte de su plan.

Nada más aterrizar en Bruselas, cambió el pasaporte canadiense por uno francés a nombre de Thierry Amodio, arquitecto. Durante la escala de dos horas, fue a un peluquero del aeropuerto, que se quedó muy sorprendido con lo que le pedía.

Treinta minutos después, un hombre completamente calvo hizo una llamada antes de incorporarse a una pequeña cola de pasajeros que esperaban para embarcar en el vuelo a Barcelona. Esta vez presentó un pasaporte holandés al agente de inmigración. Ricardo Rossi, diseñador de ropa. Una vez abrochado el cinturón de seguridad, se saltó el almuerzo precocinado, cerró los ojos y se quedó dormido.

El tren aterrizó en la capital catalana justo después de medianoche. El comienzo de un nuevo día. Miles se alegró de ver a su conductor español esperándole junto al torniquete de salida.

—Buenas tardes, señor. Espero que haya tenido un vuelo agradable.

—Un par de ellos —dijo Miles subiéndose a la parte de atrás de un anónimo Volvo negro.

Pasaron otros cuarenta minutos mientras el coche se adentraba por el campo español, y por fin llegaron a una finca recién comprada de la que ni siquiera Booth Watson sabía nada. Un mayordomo elegantemente vestido había abierto la puerta antes de que Miles pisase el último peldaño.

—Buenas tardes, señor Faulkner.

—Buenas tardes, Collins. Hay cosas que no cambian jamás.

9

—¿Cómo dices? —preguntó el comandante.

—Que le he perdido la pista, señor.

—Entonces más vale que lo encuentres, o tendré que perderte la pista yo a ti.

A punto estaba William de preguntarle al Halcón qué tenía pensado cuando este se le adelantó.

—Refréscame la memoria, inspector jefe Warwick—. No era buena señal; si hubiera dicho «William», quizás habría tenido alguna posibilidad—. ¿Todavía te queda otra semana de permiso?

—Sí, señor.

—Entonces tienes siete días para encontrar a Faulkner. Si no, inspector jefe, tendré tiempo de sobra para poner a otro agente especial de inteligencia al frente del equipo, y para decidir cuál va a ser tu próximo trabajo y el rango correspondiente.

La línea se cortó.

—No me ha sonado muy cordial —dijo Danny.

—Podría haber sido peor —respondió William—. Podría haberme llamado agente de policía Warwick.

—Entonces yo no tendría que llamarle «señor» —bromeó Danny.

—Pero hasta que llegue el momento —dijo William—, me puedes llevar a casa.

—Sí, señor.

* * *

William cogió el teléfono que tenía en la mesilla de noche dando por hecho que sería el Halcón, que le llamaba para soltarle una segunda andanada.

—Hola, cavernícola. ¿Me echas de menos?

—Más de lo que te imaginas —reconoció William. Quería explicarle a Beth por qué, pero se contentó con preguntar—: ¿Qué tal Nueva York?

Al fondo se oían bulliciosas carcajadas.

—¡Maravilloso! Esta tarde hemos ido al Frick, y tenías razón en lo del Bellini, es impresionante. Pero estaba impaciente por saber cómo ha ido la boda. ¿Has detenido a Faulkner antes o después de que dijera «sí, quiero»?

—Después —dijo William, esperando hacerlo antes de que regresara Beth.

—¿Cómo reaccionó Christina? —preguntó ella, y sonó como el Halcón.

—Por teléfono no, cielo. Te lo contaré todo en cuanto vuelvas. ¿Qué vas a hacer esta noche? —preguntó deseando cambiar de tema.

—Vamos a ver *La Cage aux Folles.* He tenido que sacar la entrada en la reventa. Pero claro, una mujer abandonada no puede permitirse desperdiciar una ocasión de salir... Te echo de menos.

—Yo también te echo de menos.

—Y felicidades.

—¿Por qué?

—Por tu triunfo. Estoy deseando que me lo cuentes todo con pelos y señales. Bueno, tengo que irme, está a punto de subir el telón. Que duermas bien, te echo de menos.

William no durmió bien; de hecho, no pegó ojo. Habría querido hablar del tema con Beth y pedirle consejo, pero sabía que le echaría a perder las vacaciones. De hecho, sospechaba que habría sido perfectamente capaz de ponerse de camino al aeropuerto antes de que el telón hubiera subido del todo. Para cuando la mañana empezó a insinuarse a través de un hueco de la cortina, William ya se había dado una ducha de agua fría, estaba vestido, había desayunado un bol de cereales y había hecho dos llamadas: una a Danny y la otra al inspector Ross Hogan.

Estaba casi terminando de dar instrucciones a su nuevo lugarteniente cuando cayó en la cuenta de lo temprano que era. Mientras se disculpaba, oyó al fondo una voz apagada que le pareció reconocer. Era evidente que los había despertado a los dos.

—Estaré con usted lo antes que pueda, señor —dijo Hogan antes de colgar.

—Saluda al jefe de mi parte —dijo Jackie mientras Ross se levantaba de la cama de un salto—. Y no olvides darle las gracias por habernos fastidiado nuestro último fin de semana juntos.

Danny aparcó a la entrada de la casa del inspector jefe Warwick cuarenta minutos más tarde. William se subió a la parte de atrás del coche con Ross, que parecía mucho más despierto de lo que se sentía.

El inspector Hogan era a todas luces un hombre que no estaba preparado para trabajar de paisano. Llevaba unos vaqueros azul claro, una camiseta arrugada que parecía recién recogida del suelo y zapatillas deportivas que, aun siendo de buena marca, no eran ni por asomo reglamentarias. Pero tampoco lo era, habría dicho el Halcón, su cerebro.

—Vaya cagada, señor —fueron las primeras palabras de Ross mientras William cerraba la puerta de atrás del coche.

—Peor no podría ser. De hecho, deberías acostumbrarte a ir llamándome William, porque me temo que antes del fin de semana lo mismo soy yo el que tiene que empezar a llamarte a ti «señor» —dijo, y a continuación expuso los detalles de su conversación con el Halcón.

—¿Tan mal va la cosa?

—Peor. Subrayó —continuó William— que tenemos pruebas más que de sobra para arrestar a Christina Faulkner por ayudar a un delincuente, en contravención del Acta de Derecho Penal de 1967.

—Lo cual la mantendría entre rejas durante al menos cinco años.

—No obstante, el Halcón piensa que deberíamos concentrarnos en el premio gordo a la vez que la seguimos vigilando. Está seguro de que Christina accederá de buen grado a delatar a su marido a cambio de una reducción de condena, de manera que deberíamos evitar, por decirlo con sus propias palabras, gastar la pólvora en salvas.

—Me pregunto a qué parte acabaría representando Booth Watson en caso de juicio.

—A las dos, si pensara que puede salirse con la suya —dijo William.

—Entonces, ¿cuál es el siguiente paso?

—Caminatas a la antigua usanza, como cuando patrullábamos las calles para aprender el oficio. Primero tenemos que reconstruir todo lo que pasó ayer, con la esperanza de averiguar dónde acabó Faulkner. Danny —dijo William echándose hacia delante—, dirígete a ese paso a nivel en el que Faulkner nos dio sopas con honda a los dos.

Durante el trayecto a Limpton, William le expuso a Ross el mejor plan de todos los que había trazado la noche anterior.

—«Los mejores planes de ratones y hombres a menudo se frustran» —dijo Ross citando el famoso poema de Robert Burns.

—Tengo claro a cuál de los dos grupos pertenezco yo —dijo William—. Nada de esto habría sido necesario si hubiese utilizado un coche patrulla en vez de un taxi para seguir a Faulkner. De manera que el Halcón tiene razón, no puedo echarle la culpa a nadie. Si no encuentro a Faulkner antes de que se termine la semana, volveré a patrullar, y no hace falta ser muy listo para saber quién será mi sustituto.

—A mí no me mire —dijo Ross—. Soy un solitario, no tengo madera de agente de policía. Por cierto, me han dicho que hay una vacante en control de carreteras para inspectores recién degradados. No piden experiencia previa.

—No bromees con eso —dijo William mientras Danny salía a la autopista.

Para cuando llegaron al paso a nivel, Ross había hecho varias preguntas perspicaces y había añadido una o dos ideas propias. William no tardó en descubrir por qué el Halcón le tenía en tan alta estima.

—Después de verlos a Danny y a usted corriendo hacia la estación, Faulkner tuvo que elegir entre dos opciones —dijo Ross—: darse la vuelta o seguir adelante por el paso a nivel.

—Siguió adelante —dijo Danny.

—¿Cómo puedes estar tan seguro? —preguntó Ross.

—No llegué a tiempo al tren, así que tuve que regresar al coche. A la vuelta, cuando estaba cruzando el puente, vi que la barrera se alzaba y que pasaba un Mercedes azul oscuro.

—¿Por qué no lo seguiste? —preguntó Ross.

—El conductor llevaba una gorra de chófer, así que di por supuesto que Faulkner iba en el tren. Mi responsabilidad era asegurarme de que había una fiesta de bienvenida esperándole en la siguiente estación.

—Y la había, pero Faulkner no iba en el tren —dijo William—. Tardé un buen rato en caer en que su chófer había ocupado su lugar. A partir de ahora tenemos que pensar como Faulkner. Si yo estuviera cruzando el paso a nivel, ¿hacia dónde me dirigiría?

—A Limpton, no —dijo Ross—, porque para entonces ya habría concluido que habría varios invitados esperando al novio…

—Antes de Limpton, la carretera solamente tiene una salida más —intervino Danny.

—Pues debió de tomarla —dijo William mientras se acercaban a un cruce.

Danny ignoró la señal que indicaba el camino a Limpton, giró a la derecha y pisó el acelerador.

—Ve más despacio —dijo William—. Mantén una velocidad constante. Faulkner no se habría arriesgado a rebasar el límite de velocidad y que le parase la policía.

—¿Cuánto tiempo cree que pasó antes de que se deshiciera del coche? —preguntó Ross.

—No demasiado —dijo William—. Seguro que sabía que, en cuanto descubriéramos que no iba en aquel tren, todos los coches patrulla del país se pondrían a buscar un Mercedes azul oscuro.

—Eso, suponiendo que no lo hayan recogido ya, o robado —dijo Danny—. Tendríamos más posibilidades de encontrarlo si hubiésemos podido usar el helicóptero de la Policía Metropolitana en vez de este Austin Allegro de los tiempos de Maricastaña.

—No creo que el comandante lo hubiera autorizado —dijo William mientras Danny cruzaba lentamente por un pequeño pueblo antes de detenerse en otro cruce.

—¡Ayuda! —dijo Danny—. ¿Derecha, izquierda o de frente?

—De frente —dijo William—. Dudo que siguiera por la izquierda en dirección a Limpton. Si no encontramos nada en los próximos quince minutos, nos damos la vuelta.

El pesimismo de William iba en aumento con cada kilómetro, pero cuando se estaban acercando al siguiente pueblo Danny gritó «¡Bingo!» y frenó de golpe junto a un Mercedes azul oscuro.

Ross estaba a punto de bajarse del coche cuando William dijo en voz baja:

—La matrícula no se corresponde.

Guardaron silencio mientras Danny daba la vuelta y pisaba de nuevo el acelerador. No redujo la velocidad hasta que llegó al cruce. Esta vez, dobló a la izquierda y siguió la indicación de Sevenoaks, cuidándose de no sobrepasar los cincuenta kilómetros por hora.

William no pudo evitar pensar que ojalá se hubiera quedado en Nueva York. En estos momentos estaría paseándose por el

Frick, y no dando vueltas por el campo en busca de un coche abandonado.

—¿Qué diablos están haciendo esos? —dijo Danny al ver a un par de jóvenes desenroscando los pernos de la rueda de un coche. Echó el freno, pero los chavales ya habían salido disparados en distintas direcciones mucho antes de que se bajase del coche; uno de ellos, con una rueda bajo el brazo.

—¿Quiere que vaya a por él, jefe?

—No —dijo William mirando la matrícula—. Se han dejado un premio mucho más gordo. Llama al inspector Thomas, dile que mande una grúa y que mantenga el coche oculto hasta que vuelva a ponerme en contacto con él.

Mientras Danny hablaba por radio, Ross, que había dado varias vueltas alrededor del coche, se estaba asomando a un seto cercano.

—¡Aquí, señor! —gritó.

William se acercó rápidamente. Al otro lado del seto había un barrizal, y William se valió de una ramita para enganchar cuidadosamente una gorra de chófer.

—Bastará con una huella para confirmar que el capitán Ralph Neville es, en efecto, Miles Faulkner —dijo William—. Pero lo que quiero saber es por qué ha dejado el coche aquí.

—Puede que esa sea la razón —dijo Ross señalando una parada de autobús.

—Bien visto —dijo William. Cruzaron la carretera y examinaron el horario que había en la marquesina.

—El sábado pasó un autobús en dirección a Sevenoaks a las catorce veinte —dijo William.

—La hora encajaría —dijo Ross.

Danny se acercó.

—El inspector Thomas está de camino, y enseguida llega la grúa. ¿Y ahora qué, jefe?

—Guarde esto en una bolsa de pruebas —dijo William entregándole la gorra antes de mirar de nuevo el horario—. Yo cogeré el siguiente autobús a Sevenoaks y me reuniré con vosotros allí, en la última parada. Ross, cuando llegues intenta ver todo con los ojos de Faulkner; puede ayudarnos a averiguar qué hizo después. Yo haré lo mismo mientras estoy en el autobús.

William se quedó mirándolos mientras se subían de nuevo al coche y se alejaban a toda velocidad. Se sentó bajo la marquesina y esperó a que llegase el siguiente autobús.

10

El autobús remontó la cuesta trabajosamente y se detuvo con una sacudida en la parada. Un pasajero solitario se subió y tomó asiento en la parte delantera.

—¿Adónde va? —preguntó el revisor.

—A Sevenoaks —dijo William.

—Sesenta peniques.

William sacó su tarjeta de identificación y preguntó:

—¿Usted iba en esta ruta ayer al mediodía, entre las doce y la una más o menos?

—No, señor, ese es el turno de Rose. Hoy no está, el domingo es su día libre.

—¿Rose?

—Rose Prescott. Hace años que lleva esta ruta.

—Gracias —dijo William, y a continuación se recostó y se puso a mirar el campo, preguntándose si sería posible que Faulkner siguiese en Inglaterra. Sus pensamientos fueron interrumpidos por la sirena de un coche patrulla que pasó de largo a toda velocidad por el otro lado de la carretera. Se dijo para sus adentros que tenía que llamar al inspector Thomas para darle las gracias.

Aunque el autobús hizo varias paradas en su lento e interrumpido trayecto a Sevenoaks, William no vio nada que le permitiera pensar que Faulkner se hubiera bajado antes de la última parada.

Echó un vistazo a su reloj de pulsera en el mismo instante en que una furgoneta policial se cruzaba con ellos. No confiaba en que hubiera huellas de Faulkner en el Mercedes, pero ¿en la gorra? Ross le estaba esperando cuando el autobús llegó a la última parada, y era evidente que no había perdido el tiempo.

—Lo primero que habría visto Faulkner al bajarse del autobús —dijo Ross— es la estación de tren y la parada de taxis que hay justo en la acera de enfrente. Danny ya está echando un vistazo a la estación. Hasta ahora no he tenido suerte con los taxistas. Ninguno ha reconocido la foto de Ralph Neville, pero me dijeron que muchos de los taxistas prefieren trabajar por la tarde.

—Entonces tendrás que seguir preguntando mientras yo le hago una visita a la señora Rose Prescott.

—¿Quién es?

—Ya lo sabrás más adelante —dijo William encaminándose hacia la terminal mientras Ross volvía a la parada de taxis.

—Rose… —dijo el supervisor después de ver la tarjeta de identificación del inspector—. No habrá hecho nada malo, espero.

—No, nada. Es solo que confío en que recuerde a un pasajero que iba en su autobús ayer por la tarde.

—En esa ruta casi todos son pasajeros habituales a los que seguro que conoce personalmente. —Empezó a pasar las páginas de un fichero muy grande—. Vive en el 23 de Castle Drive. —Echó un vistazo a su reloj de pulsera y añadió—: A estas horas ya habrá vuelto de misa.

Cuando William salió de la terminal, vio que Ross le estaba enseñando la foto ampliada de Neville a otro taxista, pero cuando se acercó a ellos el taxista estaba negando con la cabeza.

—La probabilidad es muy baja —admitió William—, pero no te dejes desanimar.

Ross murmuró algo ininteligible mientras William se subía al taxi y le daba al conductor una dirección de Castle Drive. Al arrancar el coche, preguntó:

—¿No ha reconocido usted al hombre de la fotografía que le ha enseñado mi colega?

—No, jefe. Ayer por la tarde estaba viendo cómo el Chelsea se comía con patatas al Arsenal.

Eso sí que es una sorpresa, quiso decir William, pero decidió no revelar sus simpatías por si el taxista decidía no volver a dirigirle la palabra. Se reclinó y se puso a pensar en las preguntas que necesitaba hacerle a la señora Prescott, a quien tenía la sensación de conocer.

Cuando el taxi se detuvo a la entrada del número 23, William dijo:

—¿Le importaría esperar? No creo que tarde.

—El taxímetro seguirá corriendo —dijo el taxista con una sonrisa.

William abrió el portillo, enfiló un caminito y dio unos golpecitos en la puerta. Instantes después, salió una joven.

—¿Está la señora Prescott? —preguntó William después de enseñarle la tarjeta.

—Acaba de volver de la iglesia. Voy a buscarla.

Enseguida apareció una mujer mayor vestida con ropa de domingo.

—Pase, inspector —dijo—. Justo ahora iba a prepararme una taza de té. ¿Le apetece una?

—Gracias —dijo William cerrando la puerta tras de sí y siguiéndola hasta la cocina. Una vez que hubo puesto el agua a hervir, la mujer dijo:

—Por favor, joven, siéntese y dígame en qué puedo ayudarle.

William sacó la fotografía de Ralph Neville y la dejó sobre la mesa de la cocina.

—Ayer, cuando hizo la ruta de Sevenoaks, ¿vio a este hombre?

—Desde luego que sí —dijo Rose sirviéndole una taza de té—. ¿Azúcar?

—No, gracias. ¿Por qué está tan segura de reconocerlo?

—No creo que un caballero como ese viaje muy a menudo en autobús, al menos vestido como si fuese a una boda. —William no interrumpió—. Lo que más recuerdo es que no pagó con calderilla; solo llevaba un billete de cinco libras. Y es más: la señora Haskins, una de mis pasajeras habituales, me dijo después que el señor debía de haberse quedado sin gasolina, porque había dejado su cochazo a un lado de la carretera. —Hizo una pausa, tomó un sorbo y continuó—: ¿Le ha dicho que quiere que le devuelva su dinero?

—¿Su dinero? —repitió William.

—El cambio de las cinco libras, aunque la verdad es que dijo que me lo podía quedar. De todos modos, que espere sentado —se rio entre dientes Rose—, porque esta mañana he echado todo al cepillo y no me imagino al párroco devolviéndolo.

William se rio.

—Supongo que no recordará adónde fue cuando se bajó del autobús, ¿no?

—Se fue derechito a la parada de taxis.

—¿Está segura?

—Sí, sí. Pensé que lo mismo iba a por cambio y que volvería a por sus cinco libras, pero se subió a un taxi y adiós muy buenas.

—Y ¿no reconocería usted al taxista, por un casual? —dijo William, esperanzado.

—No, corazón, lo siento.

La joven volvió.

—¿Qué, inspector, hay alguna esperanza de que meta usted a mamá en chirona?

—Por ahora no, pero como intente salir por piernas, tengo preparadas las esposas —dijo William terminándose el té.

—Qué lástima —dijo la hija—. Mi novio esperaba pasar aquí la noche.

—Pues olvídate —dijo Rose con firmeza—. Eso no va a pasar hasta que vea un anillo de compromiso en tu dedo, y puede que ni siquiera entonces.

—Gracias, Rose —dijo William poniéndose en pie—. Debería irme ya.

—Vale.

William hizo una pausa mientras Rose le abría la puerta de la calle.

—Me ha alegrado usted el día.

—Y usted a mí —dijo Rose—, porque no me habría hecho gracia decirle al párroco que iba a tener que devolverme esas cinco libras. Y tengo la sensación de que el hombre de la foto no las va a echar de menos…

William se inclinó a besar a la perspicaz señora en ambas mejillas, y fue recompensado con una cálida sonrisa. Enfiló el caminito, subió de nuevo al taxi y vio que el taxímetro seguía corriendo.

—Volvemos a la estación, por favor.

—La mujer no tiene pinta de ser precisamente un cerebro criminal —dijo el taxista.

—Cierto. Pero su difunto marido era seguidor del Gunners.

—¿Y eso es delito?

—Para los seguidores del Chelsea, sí —dijo William provocando el silencio que necesitaba para planear el siguiente paso.

Ross y Danny le estaban esperando en la parada de taxis, el uno sonriendo y el otro frunciendo el ceño. Decidió empezar por el ceño fruncido.

—Nadie suelta prenda —dijo Danny—. El revisor me hizo saber, muy educadamente, que entre semana van más de mil pasajeros a Londres, y los sábados, si hay fútbol, todavía más. Para él, el tipo de la foto era como cualquier otro caballero de la ciudad, conque ¿cómo esperaba que lo recordase?

—¿Y tú, Ross?

—Yo tampoco he conseguido nada, salvo que un conductor tuvo una experiencia extraña que quizá le interese oír. Ahora mismo está llevando a un cliente a un hotel, pero no tardará en volver.

—Hora de tomarse un descanso —dijo Danny, esperanzado.

William asintió con la cabeza, e hizo un gesto hacia la cafetería de la estación. Una vez sentados a la mesa, dijo:

—Voy a recapitular para ver en qué punto nos encontramos, y decidme si pensáis que se me escapa algo. Hemos encontrado el coche que creemos que iba conduciendo Faulkner, y en estos momentos está de camino al depósito municipal. Seguramente tengamos que esperar un par de días para ver si encuentran huellas. No sé por qué, dudo que tengan suerte, pero no he perdido la fe en la gorra del chófer, que dejaré en manos del forense en cuanto volvamos a Scotland Yard.

—¿Y Rose? ¿Ha contado algo de interés? —preguntó Ross.

—La información que me ha dado vale su peso en oro. No solo ha reconocido a Faulkner en la foto, sino que además le vio subir a un taxi. Ahora solo nos falta averiguar a cuál.

—Ahí está —dijo Ross mirando por la ventana—. Acaba de aparcar en la puerta de la estación.

—Voy a charlar un momento con él mientras os acabáis el café —dijo William. Apuró su segunda taza de té de la mañana y cruzó la calle en dirección al último taxi de la parada.

—Disculpe, señor —dijo el taxista—. Tiene que coger el primero.

—No busco un taxi, busco a uno de los pasajeros de ayer. Me dice mi colega que no ha reconocido usted a este hombre —dijo William enseñándole la fotografía de Neville—, pero que llevó a un cliente que tuvo un comportamiento extraño, ¿no?

—Menudo tío raro, sí —dijo el taxista—. Pero no llegué a verle la cara, así que no puedo estar seguro de que sea él.

—¿Qué tenía de raro?

—El tío va y se sube antes de que me dé tiempo a mirarle. No hay nada raro en eso, pero luego va y se acurruca en el rincón izquierdo para que no pueda verle por el espejo retrovisor. Eso a veces significa que piensan largarse sin pagar. Pero cuando le pregunté adónde quería ir, tenía un acento tan empingorotado que me relajé.

—¿Adónde iba?

—Al aeropuerto de Luton, pero no dijo ni mu el resto del trayecto. Cuando llegamos, soltó el dinero en el cestillo y se piró antes de que pudiera darle el cambio.

—¿Qué hay de raro en eso? Tendría prisa...

—La mayoría de los clientes que van en taxi al aeropuerto quieren recibo para que les reembolsen los gastos. Pero este no.

—Y dice que no llegó a verle, ¿no?

—No, pero iba muy elegante y llevaba un maletín de cuero, que, teniendo en cuenta que era sábado por la tarde, me sorprendió. No me habría llamado la atención si no le hubiese visto bajar del autobús.

William dio gracias al cielo.

—¿Y eso a qué hora fue?

—Acababan de dar las tres.

—¿Está seguro de la hora?

—Claro, estaba oyendo los resúmenes de los partidos. Spurs contra Everton. El Everton marcó un gol en el primer minuto. Cabrones.

—Gracias —dijo William guardándose la foto en el bolsillo—. Ha sido de gran ayuda.

Volvió a la cafetería justo a tiempo para pagar.

—Hala, Danny, ponte las pilas que nos vamos al aeropuerto de Luton.

Mientras salían de Sevenoaks en dirección a la autopista, William puso a Ross al corriente de su conversación con el taxista.

—Bueno, un poco traído por los pelos —dijo Ross—, pero hay las suficientes coincidencias como para pensar que no se trata de una coincidencia.

—Tenemos que calcular cuánto se tarda en llegar al aeropuerto —dijo William—. Así sabremos qué vuelo es más probable que haya cogido.

—¿Por qué iba a elegir Luton, cuando Gatwick, Heathrow y Stansted están mucho más cerca? —dijo Danny.

—Supondrá que los tenemos bien vigilados.

William y Ross habían repasado varias veces los posibles escenarios antes de que Danny se detuviese a la puerta del aeropuerto.

—Una hora y veinticinco minutos, jefe.

—Espera aquí —dijo William—. Seguramente volvamos derechitos a Londres, pero ¿quién sabe?

Ross y él entraron con aire resuelto en la terminal y se dirigieron hacia el mostrador de información.

—¿En qué puedo ayudarles, caballeros? —preguntó la encargada.

—Quería saber qué vuelos han salido después de las cinco de la tarde de ayer, por favor.

La mujer se volvió hacia el ordenador y se puso a teclear.

—El de las 17:05 a Dublín. Salió a su hora.

—A ese no pudo llegar a tiempo —dijo Ross.

—El de las 17:40 a Newcastle salió con veinte minutos de retraso.

—Ese no, porque habría tenido que pasar la noche en Inglaterra.

—Moscú a las 17:50 —dijo la mujer sin apartar la vista de la pantalla.

—Ese no creo —dijo William.

—El de las 18:10 a Bruselas.

—Es posible.

—El de las 18:20 a Edimburgo.

—No —dijo William.

—O el de las 19:10 a Copenhague.

—No creo que quisiera quedarse esperando tanto tiempo —dijo William—. Tiene que ser el de Bruselas.

—Dudo que Bruselas fuera su destino final —dijo Ross—. Debió de coger el avión porque era el primero que le sacaba del país, nada más.

—Estoy de acuerdo —dijo William, y, dando las gracias a la mujer, se dirigió con Ross al mostrador de Sabena. Esta vez, William sacó su tarjeta de identificación antes de hacer la primera pregunta.

—Quisiera ver la lista de pasajeros del vuelo de las 18:10 de ayer a Bruselas.

—¿Busca algún nombre en particular, señor? —preguntó la mujer tecleando muy deprisa antes de mirar la pantalla que tenía delante.

—Capitán Ralph Neville.

La mujer releyó la lista.

—No me sale nadie registrado con ese nombre.

—¿Y Miles Faulkner? —sugirió Ross con tono vacilante.

—Tampoco —respondió con los ojos clavados en la pantalla.

Ross sacó una foto y la mujer negó con la cabeza después de mirarla detenidamente.

—La verdad es que no me suena de nada.

William se agarró a un clavo ardiendo:

—¿Hubo alguien que comprase en el último momento y pagase en efectivo?

—Hubo un caballero que hizo la reserva bastante tarde, y le sentó muy mal que no pudiéramos darle una plaza en primera.

—¿Recuerda su nombre?

—Me temo que no.

—¿Nos vamos a arriesgar? —preguntó Ross.

—¿Hay algún vuelo a Bruselas esta tarde? —dijo William respondiendo así a su pregunta.

—El de las 18:10. Es un vuelo diario. Tengo dos billetes disponibles en primera.

—Casi mejor que no… —dijo William con una sonrisa cordial—. Dos de turista y tan contentos —añadió dándole la tarjeta de crédito.

—¿Ida o ida y vuelta?

—Ida. Imposible saber adónde iremos después.

Desde luego, de este cliente no se iba a olvidar así como así.

—Quédate a coger los billetes, Ross, mientras le explico a Danny por qué no vamos a volver a Scotland Yard.

Danny se alegró de saber que podía volver a Londres y tomarse el resto del día libre.

—Pero no antes de que hayas entregado la gorra de chófer al equipo forense. Yo ya les he dicho que me informen si encuentran en ella huellas que encajen con las de Miles Faulkner.

Danny se llevó los dedos de la mano derecha a la frente y preguntó:

—¿Me va a necesitar mañana, jefe?

—Si le necesito, será para que me acerque a la oficina de empleo —dijo William—, pero ya se lo diré en su momento.

Al volver al aeropuerto, vio a Ross enfrascado en una conversación con un hombre que tenía el ceño fruncido.

—Tenemos un problema —dijo Ross al ver a William—. Pasaportes, o mejor dicho, ausencia de pasaportes. Le presento a Thomas King, jefe de seguridad. No tiene inconveniente en extendernos un visado provisional, pero necesita la autorización de un comandante o de algún oficial de rango superior antes de darle el visto bueno. Yo, desde luego, no pienso llamar al Halcón a su casa un domingo por la tarde.

William cogió el teléfono del mostrador y marcó un número que ni siquiera Ross conocía.

El Halcón escuchó con interés el relato de cómo habían pasado el sábado el inspector jefe Warwick y el inspector Hogan.

—Ponme con él —se limitó a decir al final.

William le dio el auricular al jefe de seguridad, que dijo «Sí, señor» varias veces antes de devolvérselo a William.

—Como volváis sin Faulkner, no te molestes en reclamar los gastos —fueron las palabras de despedida del Halcón.

—Gracias, señor —dijo William antes de colgar.

—¿Sigue en pie lo de ir a Bruselas? —preguntó Ross.

—Sí —dijo William—, pero puede que solo uno de nosotros haga el viaje de vuelta.

Poco después de abrocharse el cinturón y de que el Boeing 727 despegase, William se quedó dormido por primera vez desde que había vuelto de Nueva York.

Ross dedicó el tiempo a poner por escrito una actualización

del caso y las alternativas que se les presentaban ahora, que, reconocía, no hacían sino plantear nuevas preguntas que William tendría que considerar cuando se despertase. Esto no sucedió hasta que las ruedas tocaron la pista del Aeropuerto Nacional de Bruselas cuarenta minutos más tarde.

a) ¿Voló Faulkner directamente a otro aeropuerto?
b) ¿Pasó la noche en el aeropuerto? Comprobar todos los hoteles en un radio de tres kilómetros.
c) ¿Hay un vuelo directo a Niza (Montecarlo) desde Bruselas?
d) ¿Hemos llegado a un punto muerto?

Un agente de seguridad uniformado salió a su encuentro al pie de la escalerilla cuando desembarcaron. Era evidente que el comandante no se había quedado de brazos cruzados.

—¿En qué puedo ayudarles? —preguntó después de estrecharles la mano.

—¿Cuántos vuelos salieron de Bruselas —preguntó William comprobando la hora— después de las siete y media de la tarde de ayer?

—Seis o siete, no más —dijo el agente—. Tendría que mirar el registro de vuelos —añadió mientras echaban a andar en dirección distinta a la del resto de los pasajeros.

Una vez en su oficina, el señor King apenas tardó unos instantes antes de decir:

—París, San Petersburgo, Mánchester, Helsinki, Luton y Barcelona.

William estuvo un rato estudiando la lista, y después dijo:

—Apuesto por París, porque desde ahí se puede coger un vuelo nacional a Niza.

—Entre los destinos internacionales, Barcelona es otra posibilidad —sugirió Ross.

—De acuerdo. Tú comprueba en Air France mientras yo hablo con Iberia.

—¿Anoche estaban ustedes dos de guardia? —fue la primera pregunta de William al llegar al mostrador de facturación. De nuevo sacó una fotografía grande de Ralph Neville y preguntó si alguna de las dos lo había visto, pero se limitaron a decir que no con la cabeza.

—El de Barcelona es el último vuelo que hace Iberia el sábado por la noche desde Bruselas —dijo la joven que llevaba un cartelito con el nombre de «Blanca»—, y, como siempre, estaba hasta arriba de turistas.

—Este hombre no tendría aspecto de irse de vacaciones —dijo William.

Las dos miraron más de cerca, pero la respuesta fue la misma de antes.

—¿Puedo echar un vistazo a la lista de pasajeros?

El guardia de seguridad asintió con la cabeza, y una de las encargadas dio la vuelta a la pantalla. William repasó la primera y la segunda clase, pero no había un solo nombre en la lista que reconociera.

—Gracias, Blanca —dijo mientras Ross se acercaba a informarle del mismo resultado negativo en relación con los pasajeros que habían volado al aeropuerto de De Gaulle.

—Incluso si hubiese estado en uno de esos vuelos —dijo William—, todavía nos quedarían unos trescientos sospechosos. Tendremos que aceptar que ha vuelto a desaparecer.

—A su lado, Houdini empieza a parecer un aficionado.

—A su lado, yo empiezo a parecer un novato —dijo William con mucho sentimiento.

—¿Las chicas guapas tienen por costumbre perseguirle? —dijo Ross.

William se dio la vuelta y vio que una de las jóvenes empleadas de Iberia corría hacia él.

—¿Puedo echar otro vistazo a la foto? —preguntó Blanca.

William se sacó la instantánea de un bolsillo interior y se la tendió.

La joven estuvo un rato escudriñando el rostro del hombre, y después tapó la frente de Faulkner con la mano para seguir observándola con más detenimiento todavía.

—Sí, estoy segura de que es él. Entre los pasajeros de primera clase del vuelo a Barcelona había uno calvo. Cuando le expresé mis dudas por la foto del pasaporte, me dijo que acababa de raparse, incluso me enseñó la factura —dijo señalando la peluquería que estaba al fondo de la terminal.

—Su primer error —dijo Ross.

—¿Sabe su nombre? —preguntó William.

—Ricardo Rossi. Lo recuerdo porque, según su pasaporte, era diseñador de moda.

—Le daría un beso —dijo Ross—, pero no me dejan.

—Qué desilusión —dijo ella, y le besó en ambas mejillas antes de volver al mostrador.

—¡Cómo me gustaría vivir en Bruselas! —dijo Ross. William no le oyó porque ya se había puesto en marcha al ver que el letrero de la puerta del peluquero estaba cambiando de *Ouvert* a *Fermé*. El guardia de seguridad le siguió y le entregó rápidamente su pase. Alguien, de mala gana, abrió la puerta unos centímetros.

—¿Ayer por la tarde le raparon ustedes la cabeza a este hombre? —preguntó William enseñando la foto de Neville.

—Yo ayer no vine —fue la brusca respuesta—. Tuvo que ser Carlo, y hoy es su día libre. Si el cliente tiene una queja, vuelva mañana por la mañana.

Dio un portazo y bajó la cortina.

—¿Nos vamos a Barcelona? —preguntó Ross cuando volvieron al mostrador.

—No merece la pena —dijo William—. A estas alturas, Faulkner ya habrá volado a su siguiente destino y, una vez más, se lo habrá tragado la tierra. Más vale que nos vayamos a casa y afrontemos las consecuencias.

—¿Qué prefiere primero, la buena noticia o la mala? —dijo Ross.

—Estoy impaciente.

—Pues tenga paciencia, porque el último vuelo a Luton acaba de despegar.

William miró las filas de asientos de plástico rígido antes de preguntar:

—¿Y cuál es la buena?

—He quedado a cenar con Blanca.

A la mañana siguiente, Danny recogió a dos detectives despeinados que no paraban de bostezar, recién llegados del primer vuelo procedente de Bruselas. Ninguno de los dos había pegado ojo.

—El inspector Thomas acaba de llamar —dijo Danny mientras se subían al asiento trasero—. No han encontrado huellas de Miles Faulkner en el Mercedes, pero sí varias de su esposa.

—Eso explicaría por qué no había nadie esperándola en la iglesia para recogerla.

—Pero hay mejores noticias sobre la gorra de chófer —dijo Danny—. Resulta que un pulgar y un dedo índice encajan perfectamente con la mano derecha de Faulkner.

—Conque, al parecer —dijo Ross—, en estos momentos Miles Faulkner, también conocido como capitán Ralph Neville, está escondido en algún lugar de España bajo el nombre de Ricardo Rossi, diseñador de moda.

—Aunque seguramente habrá vuelto a cambiar de nombre y de profesión —dijo William—. En cuanto volvamos a Scotland Yard, pasaré la última imagen que tenemos de él a la policía española.

—¿Quiere que traiga a Christina Faulkner para interrogarla? —preguntó Ross.

—No. Al menos no mientras disponga de mi propia agente secreta.

11

—Deberías haberte quedado en Nueva York conmigo —dijo Beth mientras volvían al dormitorio—. Ella Fitzgerald estuvo fantástica, y volvimos al Metropolitan tres veces...

—Aunque solo ha sido una semana, los niños te han echado muchísimo de menos, y no paraban de preguntar dónde estabas —dijo William quitándose la chaqueta y colgándola en el armario—. Y no ha ayudado que yo estuviera dando vueltas por el campo en busca del coche de Christina.

—A la vez que te las apañabas, no sé cómo, para perder otra vez de vista a su marido.

—¡Pero volví a encontrarlo! —protestó William.

—Bueno, seamos precisos. Averiguaste en qué continente estaba, pero ni siquiera puedes estar seguro de que siga allí —dijo Beth desabrochándose la blusa.

—Sé qué nombre utiliza —dijo William quitándose la corbata.

—Ricardo Rossi voló a Bruselas, pero puede que no sea la misma persona que aterrizó en Barcelona.

—¿Tú de parte de quién estás? —preguntó William.

—De la tuya, cavernícola —dijo Beth a la vez que se quitaba la blusa—. Pero solo porque voy a necesitar tu ayuda para que no me pillen cuando asesine a Christina.

—Eso es lo último que quiero que hagas. Christina sigue siendo mi mejor baza para localizar a su difunto marido.

—¿Qué puedo hacer para ayudar? —dijo Beth con entusiasmo mientras William tiraba la camisa en una silla.

—La próxima vez que la veas, hazte la tonta. Necesito que averigües de parte de quién está —dijo William mientras Beth se bajaba lentamente la cremallera de la falda—. Puede que te sorprendas.

—Pero a estas alturas ya habrá llegado a la conclusión de que tú sabes que Ralph y Miles son el mismo.

—Sí, es cierto, pero ella ¿es la pobre novia plantada ante el altar o es su compinche? —dijo él quitándose los zapatos de una patada.

—¿Por qué iba yo a ayudarte con tus planes, cuando lo único que quiero es estrangular a esa maldita mujer? —preguntó Beth desabrochándole el cinturón.

—Porque si vuelvo a meter a Faulkner entre rejas, la mitad de su colección de arte seguirá perteneciendo legalmente a Christina, así que perfectamente podría suceder que otra obra maestra acabase en las paredes del Fitzmolean —dijo toqueteando el cierre del sujetador—. Y todavía quedaría más que de sobra para que se pasara el resto de sus días nadando en champán.

—Con millones de *gigolos* para descorchar las botellas —dijo Beth quitándole sin contemplaciones el pantalón—. Cuando estaba en Nueva York, cavernícola —preguntó mientras él se inclinaba a besarla—, ¿qué echabas más de menos, mi pastel de carne y puré de patatas, o el sexo?

—Dame tiempo para que me lo piense —dijo él mientras empezaban a besarse. Beth acababa de tumbarse en la cama cuando la puerta se abrió.

—Papi, nos prometiste que nos leerías algo cuando volvieras a casa.

Beth se echó a reír mientras Artemisia se subía a la cama y le daba su libro a William. William corrió a ponerse la bata y Beth se levantó de un salto, se subió las bragas y se puso rápidamente la blusa.

—Un capítulo nada más —dijo William mientras Peter entraba sigilosamente por la puerta abierta y se arrimaba a su hermana. Los gemelos se acurrucaron junto a su padre, que abrió el libro y empezó a leer.

—«El agente Pocaprisa era un policía muy bueno y muy amable. Le gustaba ayudar a las abuelitas y a los abuelitos a cruzar la calle, y si pillaba a un niño que iba en bicicleta sin casco, le reñía, pero no se chivaba a sus padres. Y por eso caía muy simpático».

Peter empezó a aplaudir.

—«Pero, por desgracia —continuó William—, en el cuartel nadie pensaba en ascender al agente Pocaprisa a sargento».

—¿Por qué no? —preguntó Artemisia.

—Supongo que nos enteraremos ahora —dijo William pasando la página, aunque tenía la cabeza en otra parte.

—«Pocaprisa, como tantas veces le había dicho a su mujer Beryl, estaba tan contento con ser un soldado raso de la vida. Sin embargo, Beryl no estaba de acuerdo. "Eres tan inteligente como el inspector Fisgónez, pero él siempre se lleva el mérito de tus ideas y luego le ascienden", decía. "Es mi trabajo", explicaba Pocaprisa. "Mi responsabilidad es ayudar a la gente en todo momento y comunicar cualquier información útil a mis superiores. De hecho, Beryl, hoy mismo sin ir más lejos…", dijo en el mismo instante en que el teléfono empezó a sonar. Beryl lo cogió y estuvo un rato escuchando antes de decir: "Es que hoy es el día libre de Fred". "Ya no", dijo el inspector Fisgónez. "Dígale a Pocaprisa que venga a la mansión, y rapidito. Ha habido un robo y se han llevado un valioso collar de perlas. *Lady* Tododudas quiere que registremos los alrededores mientras yo interrogo al personal"».

William levantó la vista del libro y vio que Peter se había quedado dormido, pero Artemisia seguía pendiente de cada palabra.

—A la cama los dos —dijo Beth.

—¡No, no, no! —dijo Artemisia.

—Sí, sí, sí —dijo William, y acto seguido se colocó a cada uno debajo de un brazo y se los llevó. Desde el umbral, se volvió y sonrió a Beth.

—Estoy deseando que vuelva el agente Pocaprisa —dijo Beth quitándose de nuevo la blusa.

—Quiero empezar esta reunión —dijo el comandante— dando oficialmente la bienvenida al inspector Ross Hogan a nuestra tropa.

El resto del equipo aporreó la mesa con las palmas de las manos.

—Ross se une a nosotros aportando no solo su magnífica reputación como agente secreto, sino también sus cuatro años de experiencia como subinspector de la brigada de Homicidios. Una experiencia inestimable que podremos aprovechar.

—Me gustaría añadir —interrumpió Ross—, antes de aceptar el Óscar al mejor papel secundario, que me siento muy feliz y honrado de incorporarme al equipo que metió a Miles Faulkner entre rejas.

—Solo para que se nos escapase de nuevo bajo nuestras propias narices… —dijo William con pesar.

—No fue culpa suya —dijo Ross—. El fiasco se debió a la implicación de dos carceleros corruptos. Se alegrarán ustedes de saber que los dos han sido trasladados a Dartmoor, sin ninguna posibilidad de ser excarcelados antes de tiempo.

—Pero de la segunda fuga de Faulkner sí que tuve yo la culpa —dijo William—, y no pienso descansar hasta que regrese a Pentonville en régimen de alquiler ilimitado, sin cláusulas de rescisión.

—No debe de faltar mucho para que aparezca Ricardo Rossi en nuestra pantalla de radar —dijo Paul.

—Para ello —dijo el Halcón— he informado a la policía española y a la Interpol y les he dado detalles de los antecedentes penales de Faulkner, además de un retrato robot del aspecto que podría tener con la cabeza rapada. Pero por ahora vamos a tener que dejar de lado a Faulkner; ha llegado la hora de que nos concentremos en nuestras nuevas tareas. Warwick, ¿puedes ponernos al día?

—Como bien sabéis —dijo William—, las primeras etapas de cualquier investigación de asesinato son las más críticas. En la hora de oro, ese periodo de sesenta minutos inmediatamente posterior a un asesinato, es cuando más posibilidades hay de recabar las pruebas necesarias para conseguir una condena. Los circuitos cerrados de televisión, el informe forense, los testigos y la probabilidad de que el asesino ande rondando por las inmediaciones son las mejores armas de un detective. Pero en ninguno de estos casos tuvimos una hora de oro…, vamos, ni de plata ni de bronce. Lo cierto es que estos sinvergüenzas en particular no solo se fueron de rositas, sino que además deben de estar convencidos de que sus antecedentes están acumulando polvo en algún archivo de crímenes no resueltos… que no saben que estamos a punto de abrir.

—Y creo que deberíais saber —intervino el Halcón— que el jefe de la Policía Metropolitana piensa que llevar ante la justicia a estos delincuentes hará llegar un mensaje importante al hampa. Entre otras cosas, porque bastaría con que uno solo de ellos fuera condenado y encarcelado para recordar a los demás que la posibilidad de la cadena perpetua sigue pendiendo sobre sus cabezas.

—Hay una segunda razón, igual de importante, para perseguirlos —dijo William—. Si se han salido con la suya una vez, perfectamente pueden pensar en repetir.

El Halcón asintió con la cabeza antes de añadir:

—Con eso en mente, os hemos asignado a cada uno el seguimiento de un caso abierto, y aunque trabajaremos como un equipo, ayudándonos los unos a los otros siempre que sea posible, cada uno estará al frente de su propio caso, y tendrá que informar al inspector jefe Warwick en todo momento.

—Conque empecemos intercambiando información —dijo William—. Como te ha tocado la misión más dura, Hogan, empezaremos contigo.

—Tengo que investigar dos casos —dijo Ross— que están relacionados entre sí. Un par de asesinatos fruto de venganzas entre bandas; una mató a un miembro de una organización rival, y, poco después, la otra respondió de la misma manera.

—He leído cosas en la prensa sobre la banda de los Roach y sus enemigos declarados, los Abbott —dijo Rebecca—, pero aparte de eso no sé mucho más.

—No hay mucho más que saber —dijo Ross—. Dos bandas despiadadas y muy organizadas del East End, como los Krays y los Richardson, que llevan años a la gresca. Entre ellas controlan el tráfico de drogas de la zona, la prostitución y el juego, y dirigen un tinglado de extorsiones que es más eficaz recaudando los pagos semanales que el ayuntamiento haciendo lo propio con la contribución municipal. Y las veces que por fin conseguimos condenar a uno y meterlo en chirona, son como cucarachas: pisas una y salen dos más de debajo de la tarima.

—Disculpen mi cinismo —dijo Paul—, pero a la gente le importa una higa que esos canallas se sigan matando entre ellos. La mayoría de los ciudadanos estarían tan contentos si nos hicieran el trabajo y se borrasen del mapa los unos a los otros.

—Puede ser, subinspector Adaja —dijo William—. Pero si dejamos que sigan con sus actividades delictivas, más pronto que tarde el East End será una zona de riesgo para la policía, así como para los ciudadanos cumplidores de la ley.

—Disculpe —dijo Paul—. Debería haberlo pensado.

—No es necesario que se disculpe, Adaja —dijo Ross—. Aunque por aquella época yo estaba en la policía secreta, me llegaron noticias de su memorable contribución a la operación Caballo de Troya.

El resto del equipo se echó a reír mientras William recordaba que en aquella ocasión Ross le había puesto el ojo morado para que nadie más aparte del comandante supiera que seguía trabajando como agente secreto.

—¿Podrías informarnos sobre tu caso, Roycroft? —dijo William cuando se apagaron las risas.

—Clive Pugh no podía ser más distinto de los Roach y los Abbott —dijo Jackie—. Aunque es igual de cruel, es mucho más astuto. Para el mundo exterior, era un ciudadano intachable: casado y con dos hijos, ambos con títulos universitarios; subgerente de su rama local del Banco Barclays y empresario electo del año por el Rotary Club.

—Bueno, ¿y a quién asesinó? —preguntó Rebecca.

—A la mujer con la que llevaba veintisiete años casado, y solo unos meses después de hacerle un seguro de vida de un millón de libras, con él como único beneficiario.

—¿Y cómo consiguió salirse con la suya? —preguntó Paul.

—Según él, después de volver a casa de una reunión del Rotary Club se encontró a su mujer colgando de una viga del cuarto de baño. Inmediatamente llamó a la policía, que encontró una carta escrita a máquina en la que la señora pedía perdón por lo que había hecho. Parecía un caso evidente de suicidio, hasta que el patólogo señaló en la investigación forense que había muerto de un golpe seco en la cabeza antes de que la colgaran. El jurado no acababa de tener claro si el tipo era culpable o no, así que no se llegó a una decisión mayoritaria.

—El juez estaba convencidísimo de la culpabilidad de Pugh —dijo William—, porque enseguida ordenó un nuevo juicio. Pero debido a una cuestión técnica hubo que resolverlo extrajudicialmente mucho antes de que el jurado tuviera la oportunidad de emitir su veredicto, así que Pugh se libró por segunda vez. Esa misma tarde, el oficial encargado de la investigación anunció desde la escalera de la sala de justicia que el caso estaba cerrado y que la policía no iba a buscar más sospechosos.

—Lo único bueno que salió de todo aquello —dijo Jackie— fue que la compañía de seguros se negó a pagar.

—De manera que Pugh acabó sin blanca —dijo Paul.

—No del todo. Demandó a la compañía de seguros, y al final llegaron a un acuerdo extrajudicial por un cuarto de millón.

—Sé de gente que ha sido asesinada por muchísimo menos —dijo Ross.

—Cuando repasé las pruebas —continuó William—, me fijé en un par de anomalías que quizá merecería la pena investigar. A los pocos días del asesinato, el cuñado de Pugh hizo una declaración que tiene mucha miga.

—Pero se echó atrás en el último momento —le recordó Jackie— y se negó a aportar pruebas en el juicio.

—Aun así, yo lo investigaría —dijo William—. A saber qué piensa ahora que ya ha pasado un año.

—¿Y la otra anomalía? —preguntó Jackie.

—La nota de suicidio fue hallada en el suelo debajo del cuerpo de la esposa, no en su escritorio. Y no estaba firmada, a pesar de que encontramos un bolígrafo en la mesa.

—Pero, según la ley del *non bis in idem*, si Pugh fue declarado inocente no se le puede volver a enjuiciar —puntualizó Jackie.

—No le declararon inocente —le recordó William—. El primer juicio terminó con un jurado que no se ponía de acuerdo, y el segundo se resolvió fuera de los tribunales debido a una cuestión técnica.

—Una sutil cuestión legal que Booth Watson estaría más feliz que una perdiz de defender ante un juez—sugirió Ross.

—Estoy seguro de que *sir* Julian Warwick estaría a la altura del desafío —dijo el Halcón.

—Pasemos a tu caso, Paul —dijo William—. Está implicado uno de los individuos más infames que he conocido en mi vida.

—No podría estar más de acuerdo —dijo Paul abriendo el grueso archivo que tenía delante—. Max Sleeman es un usurero sin principios que presta dinero con intereses exorbitantes, a veces de hasta un diez por ciento.

—¿Al año? —preguntó el comandante—. No me parece excesivo.

—Al mes —contestó Paul—. También impone multas no escritas si sus prestatarios no pagan: una pierna rota por el primer impago, un brazo por el segundo y, después del tercero, simplemente desapareces. Una advertencia a sus otros clientes de las consecuencias de no pagar a tiempo. Estamos bastante seguros de que las tres víctimas que desaparecieron fueron asesinadas —añadió—. Pero hasta que encontremos al menos un cadáver, no podemos arrestar a Sleeman, y menos aún presentar cargos contra él.

—¿Cómo consigue librarse? —preguntó Rebecca.

—En el momento en que desaparece la persona, Sleeman siempre dispone de una coartada irreprochable. La primera vez, estaba en el Royal Albert Hall, en el último concierto de los Proms, y hasta se le vio unos instantes en la tele agitando una bandera británica. La segunda vez estaba en la pista central de Wimbledon viendo la semifinal femenina. En uno de los intermedios, se le cayó helado sobre una mujer que estaba sentada en la mesa contigua. Le pagó el coste de la tintorería, y presentó la factura como prueba.

—¿Y la tercera?

—Una cámara de tráfico de Mánchester pilló a Sleeman conduciendo a setenta por hora en un área urbana. Enseñó una foto de sí mismo al volante, junto con un recibo del consejo municipal de Mánchester.

—Entonces tuvo que ser otra persona la que cometió los crímenes en su nombre —dijo Ross.

—Creemos que contrata a un matón profesional, pero aún no he dado con un nombre.

—Todavía tiene que haber tres cadáveres por algún sitio.

—Lo sé —dijo Paul—. Pero ¿dónde?

—Encuentra uno —dijo William— y ya verás cómo aparecen los otros dos.

—¿Alguna pista? —preguntó el comandante.

—La mujer de una de las víctimas desaparecidas grabó una conversación telefónica entre su marido y Sleeman en la que este hace algo más que insinuar lo que le pasará si se salta otro pago. Voy a verla esta semana.

—Una mujer valiente —dijo William—. Pero ¿estará dispuesta a comparecer ante los tribunales? —añadió antes de dirigirse a la detective Pankhurst—: ¿Y tú qué nos cuentas, Rebecca?

—Darren Carter, gorila del club Eve, un sórdido local del Soho. Mató a un cliente de un golpe seco. Sostuvo que fue la víctima la que asestó el primer puñetazo. Durante el juicio trajo a varios testigos que confirmaron su versión. Más tarde resultó que el hombre muerto estaba liado con la mujer del dueño del local. Sin embargo, esta prueba ni siquiera se presentó en el juicio. El abogado defensor argumentó a puerta cerrada que era una prueba sesgada y circunstancial, y el juez le dio la razón. Carter se declaró culpable de homicidio, cumplió un año de una condena de dos y ahora está trabajando otra vez en el club.

—Quiero que cierren ese local —dijo el Halcón— y que Carter vaya a la cárcel para el resto de sus días. Así enviaremos un mensaje muy claro a los demás dueños de tugurios del Soho.

—Tengo una pista —dijo Rebecca—, pero no puedo fingir que soy optimista respecto a que la prueba de mi informante sea sustancial, fidedigna o convincente.

—Menuda panda de maleantes —dijo William—. Y a excepción de uno, todos fueron defendidos por nuestro viejo adversario el señor Booth Watson, Consejero de la Reina.

—Permítame que intente adivinar —dijo Paul—. Por razones profesionales, se sintió incapaz de representar a la vez a los Roach y a los Abbott.

—Presta servicio de iguala para los Abbott.

—Quizá alguien debería matar a Booth Watson. Así se solucionarían todos nuestros problemas —sugirió Ross.

El golpeteo de las palmas sobre la mesa duró un buen rato.

—¿Qué te pido, Ross? —preguntó William.

—Media pinta de cerveza amarga, jefe. Si bebiera más me dormiría y no podría seguirles el ritmo a estos jovenzuelos.

—Soy muy afortunado —dijo William mirando al resto del equipo, que estaba riéndose de un chiste—. Son la nueva estirpe de polis profesionales, nada partidarios de ahorrar esfuerzos ni de improvisar. Prefieren basarse en pruebas sólidas para detener a alguien antes que sacar conclusiones que no se sostengan más tarde en los tribunales.

—Estoy deseando trabajar con ellos —dijo Ross—, aunque ya he visto en persona cómo son cuando trabajaba como agente secreto. Incluido usted.

—Qué mal rollo —dijo William, y dio un sorbo a la cerveza—. Esta mañana, en la reunión, dijiste que a lo mejor podías ayudarme con mis horas extra de trabajo no remunerado..., ya sabes, encontrar a Faulkner y volver a meterle en la cárcel.

—Sí, se me han ocurrido un par de ideas. Ahora estoy seguro de que el excomisario Lamont está trabajando como asesor de Booth Watson y de Christina Faulkner a la vez.

—Sirviente de dos amos —dijo William—. Solo que en este caso no es una comedia italiana.

—Jackie me ha dicho que de vez en cuando sale con Lamont, y que toda la información que obtiene se la pasa a usted.

—Además de sobres marrones muy abultados que nunca abre.

—Teniendo en cuenta que el dinero es lo único que le interesa ahora a Lamont en la vida, creo que se me ha ocurrido una manera de atraparlos a Booth Watson y a él al mismo tiempo.

William escuchó con interés las ideas de Ross, interrumpiéndolo de vez en cuando con alguna pregunta. Terminó diciendo:

—La idea me parece estupenda, pero necesitamos el visto bueno del Halcón.

—Eso te lo dejo a ti —dijo Ross distraídamente, mirando por encima del hombro de William y clavando los ojos en una joven que estaba en la barra. Iba elegantemente vestida, con una falda blanca de tablas que le caía justo por debajo de las rodillas y una blusa abrochada hasta el cuello. Nada de joyas, y solo un toquecito de maquillaje. Tan sutil y a la vez tan seductora... No podía creer que estuviera sola. Sus miradas se cruzaron por un instante, y ella la apartó tímidamente.

—No puede decirse que el Halcón nos haya encargado una tarea fácil —estaba diciendo William.

—Considérelo un cumplido —dijo Ross intentando concentrarse en las palabras de William a pesar de que tenía la cabeza en otra parte.

—Pero si no estamos a la altura, no tardaremos en volver a investigar casos de violencia doméstica, suicidios y falsas confesiones.

Ross sonrió y le dio otro sorbo a la cerveza.

La mujer le devolvió la sonrisa.

—Venga, vamos con los otros —dijo William cogiendo el vaso.

De mala gana, Ross siguió a su jefe hasta el otro extremo de la sala. Cuando se sentó, la mujer ya no estaba mirando en su dirección.

Apenas hizo caso a la guasa del equipo; como mucho hacía algún comentario insulso de vez en cuando. Jackie miró hacia la barra, y no le costó adivinar por qué estaba Ross tan poco comunicativo. Se le pasó por la cabeza que la mujer era una versión más joven de sí misma. ¡Ay, estos hombres!

—Deberíamos ir volviendo a Scotland Yard —dijo William mirándose el reloj.

—Tengo que ir al servicio —dijo Ross—. Id saliendo, que enseguida os alcanzo.

Una vez en el sótano, abrió la puerta del servicio y arrancó un trozo de papel higiénico. Garabateó su número de teléfono, dobló el papel varias veces y se lo escondió en la palma de la mano. Después, volvió a subir rápidamente, y comprobó aliviado que la mujer no se había ido.

—Hola —dijo rozándola al pasar y dejando el cachito de papel sobre la barra. Una vez en la calle, no tardó en dar alcance a los otros. Jackie fue la única en fijarse en que no se había ausentado el tiempo suficiente para hacer pis.

12

Booth Watson pasó rápidamente por la aduana. Solo llevaba un maletín, ya que pensaba volver a Londres en el vuelo vespertino. A la salida del aeropuerto se sumó a la pequeña cola del taxi, y, cuando llegó su turno, le dio una dirección al taxista.

Al llegar a la autopista, el conductor dobló a la izquierda en lugar de incorporarse al denso tráfico que se dirigía hacia Barcelona. Veinte minutos más tarde, salió a una carretera de un solo carril que a los pocos kilómetros se convirtió en un sendero lleno de baches.

Booth Watson volvió la cabeza para comprobar que no los seguía nadie, porque las instrucciones que había recibido no podían ser más claras: «Si crees que alguien te puede estar siguiendo, date la vuelta, regresa al aeropuerto y coge el siguiente vuelo a Heathrow».

Después de que su cliente desapareciera por segunda vez, había supuesto que probablemente habría una patrulla de la Policía Metropolitana siguiéndole la pista, pero enseguida había concluido que el presupuesto no les daría para tanto. No obstante, como Booth Watson era un hombre que no dejaba nada al azar, había elevado una queja formal al Ministerio del Interior, asegurando falsamente que tenía razones para pensar que le habían pinchado el teléfono y que le estaban siguiendo. Le habían contestado respetuosamente por escrito que ninguna de las dos cosas era cierta, aunque él sospechaba que la carta no se había redactado hasta después de que el comandante Hawksby confirmase que la jauría se había retirado.

El coche enfiló un sendero cada vez más estrecho antes de detenerse al borde de un tupido bosque. Booth Watson se bajó y, cumpliendo órdenes, esperó a que el desconcertado taxista se diera media vuelta y volviese al aeropuerto. Una vez que el taxi desapareció de su vista, un carro de golf eléctrico asomó por la arboleda y se acercó a su lado.

Un hombre silencioso llevó al caballero de Londres por una senda no señalizada que atravesaba el bosque antes de cruzar un río de aguas rápidas por un puente estrecho. Booth Watson no vio la casa hasta que llegaron a la otra orilla..., aunque «mansión», e incluso «*château*», habrían sido términos más adecuados para describirla. A su lado, Limpton Hall parecía un adosado de extrarradio.

Collins estaba esperándole en la puerta para darle la bienvenida. Un sirviente bueno y fiel, pensó mientras el mayordomo inclinaba la cabeza y decía «Buenos días, señor» como si fuera una visita habitual, aunque esta iba a ser la primera vez que veía a Miles desde hacía varias semanas.

—El señor Faulkner le espera en la sala, señor.

—No, ya no —dijo Miles acercándose a zancadas por el vestíbulo. Le tendió la mano y dijo:

—Bienvenido a mi chocita de campo.

—Palacio, más bien —dijo Booth Watson.

Miles encabezó la marcha por un largo pasillo, pasando por delante de varios cuadros que Booth Watson conocía y admiraba desde hacía muchos años. Finalmente, pasaron a un salón cuyos grandes ventanales daban a cien acres de campo boscoso a un lado y al sereno azul del Mediterráneo al otro.

—El paraíso en la tierra.

Miles se arrellanó en una cómoda butaca y apareció una criada con café y galletas en una gran bandeja. Era como si siguieran en Inglaterra y no hubiera pasado nada.

Miles esperó a que saliera antes de decir:

—Vayamos al grano antes de que te haga la visita guiada de la casa. ¿Qué ha estado tramando Christina?

—Sigue representando su papel, pero no tiene ni la más remota idea de dónde estás en estos momentos, aunque no para de preguntar.

—¿Y tú qué le dices?

—Le dejé caer que se te vio en Buenos Aires por última vez y que no tenías pensando volver a Inglaterra en un futuro próximo.

—¿Crees que se tragó el anzuelo?

—No lo sé con certeza, pero Lamont me ha asegurado que eso es lo que le suelta a cualquiera que le pregunte. Y no dudes que seguirá haciéndolo si no quiere que su paga mensual se agote.

—Pero a estas alturas Warwick y Hawksby ya habrán llegado a la conclusión de que en Ginebra no fui quemado en la hoguera, ¿no?

—Por supuesto. Pero Lamont me ha dicho que te han perdido la pista.

—¿Cómo puedes estar tan seguro de eso, si Lamont ya no está en su lista de contactos?

—No olvides que todavía cuenta con una persona que sí lo está, una mujer que le mantiene bien informado de todo lo que se trae entre manos Warwick. No sale barato, pero al menos garantiza que tu seguro de vida tiene una prima de no reclamación. Lamont dice que tu expediente, el MF/CR/76748/88, está acumulando polvo en el Registro Civil de la policía de Hayes, en Middlesex, donde acaban enterrándose los casos cerrados. Y rara vez se exhuman.

—Bueno es saberlo —dijo Miles—, porque no tengo la menor intención de pasarme el resto de mis días aquí encerrado. Eso sí, seguiré escondido hasta que me digas que está todo despejado.

—La función más útil que cumple Lamont es seguir confirmando que tú ya eres agua pasada. Aun así, sería prudente que siguieras pasando desapercibido durante un tiempo.

—Pero no mucho tiempo —dijo Miles—. Hasta el paraíso en la tierra termina siendo una cárcel. Y ¿de qué me sirven un *jet* privado, un yate, una cuenta bancaria en Suiza y el dineral que tengo guardado en una caja fuerte de Mayfair si estoy atrapado aquí?

—No olvides que lo de Mayfair sirve para cubrir los gastos de Christina, Lamont y su colaboradora, además de cualquier otro imprevisto.

—Incluido tú.

Booth Watson se encogió de hombros.

—¿Y no va siendo hora de sacar a Christina de la nómina para recortar gastos? —sugirió Miles.

—Yo no lo recomendaría —dijo Booth Watson con firmeza—. Iría derechita a contarle a su amiga la señora Warwick que estás vivito y coleando, y William Warwick aprovecharía para quitarle el polvo a tu expediente.

—Y no nos conviene nada, claro —dijo Miles—. Aunque encontrarme, no me iban a encontrar, ni siquiera aunque descubriesen que volé a Barcelona aquella noche.

—Puede que, en efecto, estés aislado y bien oculto —dijo Booth Watson a la vez que se inclinaba hacia delante, incapaz de seguir resistiéndose a una galleta de chocolate—. Pero si llegan a averiguar que Ricardo Rossi no es un diseñador sino un delincuente fugado, este palacio se convertirá en un búnker cercado por un ejército, y te será imposible escapar.

—Ni siquiera así me pillarían —fanfarroneó Miles—. Déjame que te explique por qué.

Se levantó y salió con aire resuelto del salón, dando por supuesto que Booth Watson le seguiría. Cuando llegó al fondo del pasillo, abrió una puerta y entró en lo que era claramente su estudio. Se sentó ante un enorme escritorio mientras Booth Watson se quedaba mirando un retrato de tamaño natural que había colgado al fondo.

—El general Franco —dijo Miles—. Construyó este escondrijo en 1937, en plena Guerra Civil. Ni siquiera sus confidentes más cercanos sabían de su existencia. He tenido que hacer algunas modificaciones —añadió—. Cuando te las explique, entenderás por qué estoy a salvo. Cuando te recogió el carrito de golf, ¿cuánto tardaste en llegar a la casa?

Booth Watson pensó unos instantes antes de decir:

—Seis o siete minutos. Pero una moto de policía sería mucho más rápida.

—Estamos de acuerdo. ¿Y cuánto tardamos en venir andando del salón a este estudio?

—Un minuto, minuto y medio como mucho.

—Te puedo asegurar, BW, que si alguien pusiera el pie en mi propiedad sin haber sido invitado, y no olvides que esta casa está rodeada por un espeso bosque, activaría inmediatamente una alarma. Incluso si viniera en plena noche y yo estuviera durmiendo como un lirón en mi dormitorio del primer piso, tardaría menos de tres minutos en esfumarme.

—Aunque tu helicóptero te estuviera esperando en el tejado, creo que no vacilarían en abatirlo a tiros.

—No me iría al tejado —dijo Miles—. El helicóptero solo está ahí para distraer a los intrusos.

Dieron las doce y una estridente alarma ahogó la conversación.

—¡Hora de ensayar! —gritó Miles levantándose del escritorio y acercándose a una inmensa puerta de hierro que estaba empotrada en la pared. No tenía ni picaporte ni cerrojo y, por lo que veía Booth Watson, no había manera de abrirla. Miles dio unos golpecitos a la esfera de su reloj de pulsera y esperó a que se iluminase antes de meter un código de ocho dígitos. Booth Watson vio, fascinado, que la puerta se abría de par en par a un gran espacio vacío.

Miles pasó y le hizo una seña a Booth Watson para que le siguiera mientras el ruido ensordecedor de la alarma seguía sonando. Booth Watson obedeció a regañadientes, Miles cerró y se quedaron sumidos en una oscuridad total. De nuevo dio unos golpecitos a su reloj y metió otro código de ocho dígitos. Al instante, una segunda puerta situada al fondo de la cámara acorazada se abrió de par en par sobre una escalera bien iluminada.

Miles se hizo a un lado para dejar paso a Booth Watson, después se puso a su lado en lo alto de la escalera y cerró de golpe la pesada puerta.

—Como ves, BW —dijo—, incluso si el inspector jefe Warwick y su hacendoso equipo consiguieran llegar a mi estudio, tardarían como poco siete minutos... y aun así necesitarían mi reloj y el código de ocho dígitos solo para abrir la primera puerta, y luego la segunda.

Miles llevó a su invitado escaleras abajo hasta el sótano.

Cuando llegaron al estudio, Booth Watson se fijó en que la habitación era idéntica a la de la planta baja, salvo que aquí Franco había sido sustituido por un retrato a tamaño natural de Miles. La otra mitad de la colección de arte de Miles también estaba expuesta en las paredes... la mitad de Christina.

—Aquí tengo suficientes provisiones para un mes entero —dijo Miles—. Hasta tengo mi propia piscina.

Antes de que Booth Watson pudiera responder, una luz verde empezó a lanzar destellos sobre el escritorio.

—El ensayo del día ha llegado a su fin. Ya podemos regresar a la civilización y comer algo.

—¿Y el personal...? —empezó a decir Booth Watson.

—El único que tiene permiso para entrar en mi estudio es Collins —dijo Miles mientras volvían a subir—, y ni siquiera él conoce el código de seguridad.

Metió el código y se abrió la primera de las dos pesadas puertas de hierro. Al abrirse, pasó y esperó a que Booth Watson le siguiera antes de cerrar. De nuevo los envolvió la oscuridad. Miles dio unos golpecitos al reloj, metió ocho números nuevos y la puerta que daba a su estudio se abrió. Miles sonrió al ver que el mayordomo los estaba esperando con dos copas de champán en una bandeja de plata.

—El almuerzo está servido, señor.

* * *

Lamont ni siquiera intentó seguirle los pasos al inspector Ross Hogan, consciente de que si lo hacía no tardaría en ser detectado por el agente secreto más sagaz de cuantos conocía. Se contentó con encontrar un lugar en el que no pudiera ser visto mientras esperaba pacientemente a que apareciera su presa.

Como siempre, Ross salió del apartamento de Josephine Colbert en torno a las siete y media. Llevaba una camisa recién planchada y una corbata de seda, así que Lamont supo que no se iba a su casa sino directamente a Scotland Yard.

Josephine Colbert apareció unos minutos después de las diez. Llevaba un chándal de diseño y, como cada mañana, salió a correr. Regresó más o menos media hora después, y no volvió a salir hasta después de comer.

Por la tarde salió a comprar, a la floristería, a la tienda de ultramarinos, a la peluquería y, acompañada de una amiga, a un cine francés en Chelsea. Lamont jamás la había visto con otro hombre, salvo cuando acudía a su reunión semanal con el señor Booth Watson en Fetter Chambers, 5.

La última tarea de Lamont fue quedarse esperando a la entrada de los Almacenes del Ejército y la Marina de Victoria Street hasta que Hogan, finalizada la jornada, saliera de Scotland Yard. Si doblaba a la derecha, significaba que iba a coger el metro para irse a casa; a la izquierda, a coger un autobús con dirección a Chelsea. Los viajes a Chelsea se habían vuelto cada vez más frecuentes.

Dobló a la derecha, así que Lamont supuso que se iba a casa. Sin embargo, para su sorpresa, Hogan dejó atrás la boca de metro y siguió caminando. Consciente de que no podía arriesgarse a seguirle, Lamont decidió volver a casa, pero cambió de parecer al ver que Hogan entraba en una tienda. Leyó el letrero que había sobre la puerta: *H. Samuel y Compañía, Joyeros*. Retrocedió y se ocultó en las sombras de un portal hasta que, veinte minutos más tarde, Ross apareció de nuevo con una bolsita y volvió hacia la estación de St. James, donde se esfumó bajo tierra.

Lamont cruzó rápidamente a la joyería. Al entrar vio a un joven que estaba recogiendo unos collares del escaparate antes de cerrar. Lamont le enseñó su antigua tarjeta de identificación tapando con el pulgar la fecha de caducidad.

—¿En qué puedo ayudarle, comisario? —preguntó el ayudante con tono nervioso.

—Acaba de estar aquí un hombre, cuarenta y tantos años, uno ochenta y cinco, traje gris oscuro y corbata roja.

—Sí, señor. Se fue hace unos minutos.

—¿Ha comprado algo?

—Sí, señor. Un anillo de compromiso.

Había sido el mes más feliz de su vida. Ross no podía creerse la suerte que había tenido después de aquel encuentro casual. La sola idea de enamorarse siempre le había resultado odiosa. Era un cazador-recolector, y siempre era él quien decidía dejar a su última conquista y pasar a la siguiente. Para él era un cumplido que le acusaran de ser un picaflor.

Eso, hasta que conoció a Josephine, que no tuvo que explicarle lo que significaba la expresión «enamorado hasta los tuétanos». No solo era preciosa, y mucho más inteligente que él; era la primera mujer que había temido perder en toda su vida. No comprendía por qué se había dignado a mirarle una segunda vez, por no decir una tercera. Por primera vez en su vida, ya no era el primero en llegar por la mañana al trabajo y el último en marcharse por la noche. Todo el mundo se dio cuenta. El solitario ya no estaba solo. Pasaron un par de semanas hasta que se acostaron, otra novedad. Y después de acostarse, habría sido capaz de asaltar un banco por ella.

Jo ya le había hablado de su desdichado matrimonio, que solo había durado un par de años. El acuerdo de divorcio le había permitido vivir cómodamente sin trabajar, y, al igual que él, creía que jamás podría enamorarse.

Esta noche, la iba a invitar a cenar y le iba a pedir matrimonio. Se había gastado en el anillo más de lo que podía permitirse. Jo le había dicho en cierta ocasión que nunca se iba a volver a casar, pero había sido antes de que llamase a *madame* Blanche para decirle que este era el último trabajo que hacía.

Al llegar a casa aquella noche, más temprano de lo habitual, la encontró sentada en el cuarto de estar, llorando. Intentó consolarla, pero nada de lo que dijera parecía hacer efecto. Josephine alzó la vista, y Ross no pudo evitar pensar en lo cautivadora que estaba incluso con la cara surcada de lágrimas. Jo se esforzó por sonreír.

—Te quiero —dijo. La primera vez que lo admitía.

—Y yo también a ti —respondió él. Otra primera vez. Incapaz de expresar sus verdaderos sentimientos con palabras, decidió no esperar más para demostrar lo mucho que la amaba. Se arrodilló y hurgó en su bolsillo antes de extraer un estuchito de piel. Abriéndolo, dijo:

—Quiero pasar el resto de mi vida contigo. ¿Te quieres casar conmigo?

Esperó, pero no hubo respuesta. Por fin, Jo le miró, pero siguió callada. Ross se inclinó hacia delante y, cogiéndole la mano con delicadeza, intentó ponerle el anillo en el dedo anular. Jo apartó la mano.

—¿No quieres casarte conmigo? —preguntó Ross, desolado.

—Sí, quiero —dijo ella en voz baja—. Pero cuando te haya contado la verdad, serás tú el que no quiera casarse conmigo.

13

Beth contestó al teléfono que tenía sobre el escritorio.

—Hay una señora en recepción que pregunta por usted. Se llama Christina Faulkner.

Estaba preparada para este momento, aunque William la había avisado de que llegaría cuando menos se lo esperase.

Respiró hondo.

—Dígale que suba.

Mientras esperaba, Beth se repitió el mantra que decía William para sus adentros siempre que trataba con un sospechoso: «Escucha, escucha y escucha por si dice algo de lo que pueda arrepentirse más tarde».

Alguien llamó suavemente a la puerta. Por lo general, Christina irrumpía en la oficina sin avisar, dando por hecho que Beth interrumpiría todo por ella. Pero en esta ocasión, no.

—Pasa —dijo Beth sin moverse del escritorio.

La puerta se abrió despacio. La mujer que entró en la oficina no era la Christina de otros tiempos, segura de sí misma, desenvuelta, con todo bajo control. Vaciló en el umbral, esperando a que Beth diera el primer paso.

En lugar de invitarla a tomar asiento en la cómoda butaca frente a la chimenea de la que solía apropiarse Christina, Beth le indicó con una seña la silla que había al otro lado del escritorio, como si fuera un subalterno. Christina obedeció sin rechistar y se hundió en la silla de madera, pero no dijo ni mu.

«Escucha, escucha, escucha».

—No sé por dónde empezar —balbuceó.

—¿Qué tal si dices la verdad, para variar? —le sugirió Beth.

Se hizo un largo silencio antes de que saliera todo a borbotones.

—Te pido disculpas por haberme portado tan mal, y entendería perfectamente que te sintieras incapaz de perdonarme nunca.

«Escucha, escucha, escucha».

—Yo no soy como tú, franca, sencilla y escrupulosamente honrada. Es una de las muchas razones por las que te admiro tanto y por las que me sentía orgullosa de considerarme tu amiga.

«No te tragues los halagos», le había advertido William. «Escucha, escucha, escucha».

—Me acostumbré a un estilo de vida que no siempre me permitía ser así, pero la farsa de mi matrimonio por fin me ha hecho entrar en razón, sean cuales sean las consecuencias.

«Intenta recordar que ella ni siquiera sabe cuándo está mintiendo», le había dicho William. «Después, intentará apelar a tu buen corazón».

—Pero en las últimas semanas me he dado cuenta de lo mucho que valoro tu amistad, y espero que todavía te sea posible perdonarme, aunque no hay ninguna razón para que lo hagas.

«Escucha, escucha, escucha».

—Si pudiera decirte dónde está Miles, lo haría, pero no ha intentado ponerse en contacto conmigo desde el día de la boda, salvo por vía de su portavoz, el detestable Booth Watson, que se limita a decirme que cierre el pico si quiero seguir recibiendo el pago mensual. Me ordenó que viniese hoy a verte y tratase de averiguar si William sabe dónde está Miles.

Christina miró a Beth por primera vez .

«Escucha, escucha, escucha».

—Por vez primera en mi vida, he decidido portarme, como diría William, decentemente.

«Si se echa a llorar», había añadido William, «no piques el anzuelo».

Se echó a llorar.

Beth se derritió.

—La galería jamás olvidará tu inestimable papel en la compra del Rembrandt, el Rubens y el Vermeer; siempre estaremos en deuda contigo.

—Tú nunca estarás en deuda conmigo —dijo Christina—. Pero tengo que avisarte de que si a Miles le detienen y le llevan de nuevo a la cárcel, Booth Watson tiene instrucciones de reclamar el Vermeer, y yo no podría hacer nada para evitarlo.

Por primera vez, Beth pensó que Christina podía estar diciendo la verdad, pero siguió escuchando, escuchando, escuchando.

—Créeme, estoy decidida a demostraros a ti y a William de parte de quién estoy. Si hay algo que pueda hacer para demostrar...

«En cuanto finja estar de tu parte y te pregunte qué puede hacer para demostrártelo, es cuando atacas tú. Empieza por algo pequeño», había sugerido William, «y, si te concede lo que le pides, puedes tentarla con algo a lo que no será capaz de resistirse. Justo antes de que se vaya, hazle una última pregunta cuya respuesta revele si te está diciendo la verdad o si no es más que una mensajera que está ejecutando las órdenes de su pagador».

—Qué amable —dijo Beth—. El museo espera montar una exposición de Frans Hals el próximo otoño. Sé que tienes *El flautista* en tu colección, y nos encantaría que nos lo prestases durante seis semanas.

«Si te dice que no», había dicho William, «estará admitiendo que la colección entera sigue bajo el control de Miles, y eso es algo que no querrá que sepas porque perdería todo poder de negociación».

Christina titubeó.

—Sí, claro, no creo que haya ningún problema.

—Gracias —dijo Beth antes de lanzar otro anzuelo mucho más grande—. Así se compensará que la galería no pueda permitirse los *Pescadores de hombres* de Caravaggio. Nos lo ofrecieron hace poco, pero no podíamos reunir la suma que pedían.

Impecablemente dicho, sí señor.

—¿Es de conocimiento público? —preguntó Christina, mordiendo el anzuelo.

—No, no lo es —dio Beth—. *Lord* McLaren nos abordó en privado. Después de la prematura muerte de su padre, parece que tiene un problema con la herencia, y el fisco le pide que reúna veinte millones antes de que acabe el año. Tuve que decirle que esa suma está fuera de nuestro alcance. —Hizo una pausa; se estaba divirtiendo—. Esto es confidencial, por supuesto.

—Por supuesto. Pero al menos yo puedo ayudaros con el Frans Hals. Así te demuestro de parte de quién estoy —añadió levantándose de la silla.

—No tienes que demostrar nada —dijo Beth con una sonrisa afectuosa—. Pero ¿puedo preguntarte una cosa más antes de que te vayas?

—Lo que quieras.

—¿Dónde está Miles en estos momentos?

Christina no respondió al instante, pero al final murmuró «En Buenos Aires» como si revelase de mala gana un secreto bien guardado.

—Gracias —dijo Beth sin saber del todo si Christina estaba mintiendo o si sinceramente no sabía dónde estaba. Eso tendría que decidirlo William.

Christina dio media vuelta para salir; parecía un poco más segura de sí misma que al entrar.

Una vez que hubo cerrado la puerta, Beth descolgó el teléfono, pero vaciló unos instantes antes de hacer algo que sabía que William no veía con buenos ojos. Marcó su número privado de Scotland Yard.

—¿Que te están pagando mil libras semanales para que te acuestes conmigo? —dijo Ross, incrédulo.

—Más el alquiler de este apartamento y gastos para ropa.

—¿Quién?

—Quiénes.

—¿Quiénes?

—La agencia de servicios de compañía de París que me contrató para seducirte.

—¿Y qué esperan a cambio?

—Tengo que informarles de todo lo que me digas, por intrascendente o irrelevante que pueda parecerme.

—¿Y lo has hecho?

—Sí, pero por desgracia nunca hablas de tu trabajo, así que no sé hasta cuándo querrán mantenerme en el puesto.

Ross guardó silencio durante un rato antes de decir:

—Pues entonces vamos a tener que hacer algo al respecto. Diles que por fin has hecho un descubrimiento muy importante.

—Pero tú nunca traicionarías a ese hombre al que llamas el Halcón.

—Así es, pero eso no me impide darte un montón de información irrelevante —dijo, claramente disfrutando—. Por supuesto, tendría que dar parte al comandante, y seguro que me pregunta quién está pagando a la agencia de servicios de compañía.

—No tengo ni idea —dijo Jo sin doblez.

—Estoy prácticamente seguro de que sé quién es —dijo Ross—. ¿Te suena haberte cruzado alguna vez con un tal Miles Faulkner, o un capitán Ralph Neville?

—No. Lo único que sé es que me presentaron a un hombre que me informó sobre ti y me dijo que tenía que dar parte semanalmente a un tal Booth Watson.

—Pues entonces está todo claro —dijo Ross estrechándola entre sus brazos—. Pero todavía me queda una cosa por saber antes de que te ganes tus próximas mil libras.

—Dime.

—¿Te quieres casar conmigo?

* * *

—Bueno, ¿y qué ha dicho el Halcón de mi pequeña conversación con Christina?

—No podría estar más agradecido por tu contribución como «agente especial». Lo único que podemos hacer ahora es cruzar los dedos para que le pase tu desliz «altamente confidencial» a Booth Watson. Si lo hace, presiento que Faulkner no podrá resistirse a viajar a Escocia para ver el Caravaggio con sus propios ojos.

—Eso también demostraría de parte de quién está Christina realmente.

—Dudo que ni ella misma lo sepa.

—Pero si le presta el Frans Hals al museo...

—Si Faulkner lo consiente, deberías tratar de convencer a Christina de que ahora confías en ella y te crees todo lo que te dice.

—Ni siquiera ella se cree todo lo que dice.

—Aprendes deprisa. Estoy casi seguro de que le contará lo del Caravaggio a Booth Watson. Eso los convencerá de que sigue estando de su parte.

—No soy lo bastante astuta para seguir este razonamiento.

—Si al final Faulkner va a Escocia y trata de comprar el Caravaggio, le estaré esperando, y acabará volviendo a la cárcel por una temporada muy larga. De este modo, Christina tendrá tiempo más que de sobra para echarle el guante a la otra mitad de la colección de Faulkner. Que, para ser justos, le pertenece legalmente a ella según el acuerdo de divorcio.

—No sé cuál de vosotros dos es más taimado —dijo Beth.

—Yo solo pienso como un criminal —dijo William mientras se dirigían a la cocina.

—Bueno, y esta noche ¿quién hace la cena?

—Me toca a mí.

—Eso de «me toca» suena a que tenemos una división igualitaria del trabajo, pero en tu repertorio solo hay dos platos: espaguetis boloñesa o espaguetis con salsa de tomate.

—¿Al dente o recocidos, señora? —dijo William sacando una silla de cocina.

—Pero si no sabes distinguirlos... —murmuró Beth mientras se sentaba.

—Has dicho que querías verme urgentemente —dijo Booth Watson cuando Lamont entró en la habitación—. Supongo que eso significa que tienes algo interesante que contarme.

Booth Watson nunca dejaba ninguna duda a su «asesor especial» del concepto en el que le tenía, pero, por otro lado, el concepto era mutuo.

—La subinspectora Roycroft ha aportado información interesante sobre lo que traman Warwick y su nuevo equipo. —Booth Watson asintió con la cabeza—. En este momento están trabajando en cinco casos de asesinato; todos ellos fueron a juicio, pero, por razones varias, no hubo condenas. Tú ejerciste de abogado defensor en cuatro de ellos. He escrito un informe exhaustivo sobre cada caso y sobre el punto en el que se encuentran las investigaciones. —Abrió la bolsa del supermercado y sacó cinco carpetas, que Booth Watson ignoró—. Además, hace poco me he enterado de otra cosa que creo que te interesará saber.

Booth Watson se recostó en el asiento. No podía menos que preguntarse qué podía contarle Lamont que él no supiera ya.

—El inspector Ross Hogan tiene una nueva novia, que salta a la vista que no anda escasa de dinero. Vive en un lujoso apartamento de Chelsea, y sale de compras por Sloane Street.

Booth Watson empezó a prestar más atención a la vez que fingía desinterés.

—¿Cómo se llama? —preguntó como quien no quiere la cosa.

—Josephine Colbert. Francesa, aunque ahora vive en Londres, treinta y tantos, recién divorciada.

—¿Sabes de dónde saca el dinero?

—Desde luego, de Hogan no. Por cómo vive, yo diría que debió de conseguir un generoso acuerdo de divorcio.

—Interesante —dijo Booth Watson mientras Lamont le pasaba

otra carpeta. Esta vez la abrió y estudió el contenido durante unos minutos. Le alivió comprobar que Lamont no había descubierto la profesión de la señorita Colbert, ni la verdadera razón por la que había iniciado una relación con Ross Hogan.

—Útil —concedió antes de abrir el cajón superior de su escritorio y sacar un abultado sobre—. Esto también incluye el pago semanal de cien libras a la subinspectora Roycroft —dijo Booth Watson deslizando el paquete sobre la superficie de la mesa.

—Por supuesto —dijo Lamont... En realidad, solo le daba a Jackie cincuenta libras cuando se veían, que no era un día a la semana.

—¿Algo más? —preguntó Booth Watson para indicar que la reunión había terminado.

—No, señor —dijo Lamont, que ya había decidido callarse lo del anillo de compromiso. Mejor esperar un par de semanas para contárselo; así le sacaría a cambio otro sobre marrón. Se levantó, pero no se despidió con un apretón de manos, y cerró suavemente al salir.

Booth Watson estuvo un buen rato estudiando los cinco expedientes que el equipo de Warwick había compilado especialmente para él. Iba a tener que ponerse en contacto con cada uno de sus antiguos clientes para avisarlos de que sus casos se habían reabierto, lo cual exigiría varias reuniones a cuyo término les aconsejaría que no hicieran nada.

A continuación, retomó el expediente de Josephine Colbert y lo leyó por segunda vez. Esa misma semana había tenido una reunión muy provechosa con la señorita Colbert, en la que todo había apuntado a que se había producido el avance que llevaba tiempo esperando. Era evidente que el inspector Ross Hogan, tal y como había sugerido Lamont en su informe, estaba coladito por ella... y ojalá le durase, se dijo Booth Watson. La señorita Colbert, además, había ratificado los cinco casos de asesinato que estaba investigando Warwick, y concretamente los dos que le habían sido asignados a Hogan. Y, lo más importante, había confirmado que Hogan jamás le había mencionado el nombre de Miles Faulkner, lo cual, en opinión de Booth Watson, era una ventaja. La falta de noticias es buena señal, le diría a Miles la próxima vez que le visitase en el escondrijo de Franco.

No obstante, el triunfo de la semana había sido su reunión mensual con Christina Faulkner, cuando esta le había contado que el Fitzmolean había sido tanteado por un tal *lord* McLaren que recientemente había heredado no solo su título sino también el impuesto de sucesiones correspondiente. En consecuencia, no había tenido más remedio que vender su preciado Caravaggio, que esperaba que le reportase veinte millones como poco. Booth Watson iba a tener que hablar con otro de sus «asesores especiales» de la oficina tributaria. Perfectamente podía ser una oportunidad de oro para obtener un porcentaje de ambas partes, siempre y cuando consiguiera convencer a Miles de que le permitiese ejercer de mediador. Ya se encargaría él de que su cliente comprendiera lo absurdo de ir en persona a Escocia a ver el cuadro, por mucho que le tentase.

Booth Watson estaba deseando ir a Barcelona; tenía tantas cosas que contar que iba a volver a parecer indispensable.

Cerró el expediente actualizado en la vitrina dedicada a Miles Faulkner, cuya llave no tenía ni siquiera su secretaria.

14

—Bueno, ¿quién hace el saque de inicio? —preguntó el comandante. Una mano se disparó, y el Halcón asintió con la cabeza.

—Tuve otro encuentro con Lamont el viernes por la tarde —dijo Jackie.

—¿Dónde? —preguntó William.

—En un pequeño *pub* detrás de la estación de King's Cross que ni a la policía ni a ningún delincuente con amor propio se le ocurriría jamás frecuentar.

—¿Crees que sospecha para quién trabajas tú?

—Lo dudo. Acabé emborrachándome y tuvo que llevarme a casa en coche.

El resto del equipo se rio.

—Y eso —continuó— que ya me había encargado yo de vaciar discretamente la mayoría de mis pelotazos de ginebra en un tiesto que tenía detrás. Lo que me sorprende es que la pobre planta sobreviviera a la velada.

—Y para entonces —dijo William— supongo que ya le habrías contado como de pasada lo que hemos estado tramando.

—No más de lo que quería usted que él supiera. Le hablé de los cinco casos abiertos en los que estamos trabajando, pero dejé los suficientes huecos para que los rellenase él antes de informar a Booth Watson.

—Que a su vez pasará la información a sus estimados antiguos clientes, y así ellos tendrán algo en que pensar a la vez que le pagan unos honorarios sustanciosos —dijo William.

—No subestimes a Lamont —intervino el Halcón—. Si pensara por un instante que le estáis tendiendo una trampa, no solo informaría a Booth Watson sino que además sacaría partido de la situación. ¿Quién va ahora?

—Yo he empezado a investigar a fondo a las familias Roach y Abbott —dijo Ross—, y resulta que son todos un hatajo de maleantes. Cada miembro de la familia tiene un papel específico dentro de la organización. Terry Roach y Ron Abbott se encargan de eliminar a todo aquel que se interponga en su camino. Si llegan a declarar a Abbott culpable de asesinato, podría pedirle al juez que estudie al menos cinco casos más. Es, lisa y llanamente, un matón profesional, y como en el East End se teme tanto a su familia, nunca hay testigos dispuestos a presentarse ante la policía, no vayan a ser ellos los siguientes.

—¿Tanto? —dijo William.

—Roach es todavía peor —continuó Ross—. Abbott mata a sus víctimas de un solo disparo con un rifle de largo alcance. Pero el arma preferida de Roach es un cuchillo serrado de cocina. Le llaman «el Carnicero», y considera que matar con mil cortes es ser demasiado blando con la víctima. Es su tarjeta de visita, por si acaso a alguien más se le pasa por la cabeza enfadar a la familia Roach. Ha pasado varias veces por la cárcel, pero, gracias a Booth Watson, la condena más larga que ha cumplido es una de dos años por daños corporales de gravedad. De manera que, mientras el presupuesto no nos dé para tener diez o doce agentes cualificados que le vigilen las veinticuatro horas del día, se seguirá saliendo con la suya. Estoy dando vueltas a un par de ideas que se me han ocurrido, pero es demasiado pronto para compartirlas.

—Entendido —dijo William—. Pero si pudieras pillar al menos a uno de ellos, Ross, te pondrías una pluma en el sombrero.

—¿Sabe de dónde viene ese dicho? —interrumpió Paul.

—Sí, lo sé —dijo William—. Pero ahora no es el momento de hablar de esa antiquísima costumbre inglesa por la que los guerreros que mataban a un enemigo en la batalla se ponían una pluma en el sombrero, lo cual con el tiempo daría paso a la entrega de medallas. No hay medallas para los esguinces de tobillo, subinspector Adaja, de manera que ¿me permite que le sugiera que continúe con su informe?

—Mi usurero, Max Sleeman —dijo Paul, escarmentado—, sigue prestando grandes cantidades de dinero a personas desesperadas y recurriendo a medidas violentas si se retrasan con los pagos. Como sabe, tres clientes suyos que no saldaron sus deudas han desaparecido de la faz de la tierra, y Sleeman se las ha cobrado del patrimonio que dejaron. Otro doloroso recordatorio a los demás clientes de lo que podría sucederles si incumplieran sus contratos no escritos. Pero creo que se me ha ocurrido un modo no solo de enviar a Sleeman a la cárcel, sino también de llevarle a la quiebra. Se conoce como la «solución Capone».

—¿Evasión fiscal? —dijo William.

—Creo que puedo demostrar que lleva años evadiendo impuestos. Un caso reciente del Tribunal Supremo terminó con una condena de seis años, pero, más importante aún, bajo la Ley de Evasión Fiscal de 1986 el juez puede imponer una multa de hasta cinco veces la cantidad que debería haber recibido Hacienda. Conque Sleeman no solo acabaría en la cárcel, sino que además se quedaría sin blanca, porque el tribunal podría despojarle de todos sus bienes. Un castigo a la medida del delito, ¿no le parece? —dijo Paul con aire satisfecho.

—Tal vez —dijo el comandante—, pero aun así yo preferiría que acabase condenado a cadena perpetua por los tres asesinatos de los que es culpable. Si resulta inviable, quizá tengamos que considerar la vía fiscal. Pero te advierto, Paul, que esta tiene sus propios inconvenientes. Los juicios fiscales pueden durar meses, y los jurados nunca entienden del todo los detalles; además, cualquier abogado del montón le puede dar cien vueltas al testigo más pintado.

De manera que estás avisado: vas a tener que trabajar duro, entre otras cosas porque serás tú el que se suba al estrado a testificar durante días y días.

Paul ya no parecía tan satisfecho de sí mismo.

—Jackie, ¿qué has estado tramando cuando no te estabas emborrachando con nuestro excomisario?

—He seguido investigando a Clive Pugh, el timador de los seguros que asesinó a su esposa. Sospecho que ahora está planeando enviudar por segunda vez.

—Pero no creo que ninguna aseguradora se acerque a él —dijo Paul— después de que desplumase un cuarto de millón a una de ellas.

—Esta vez no se va a tomar la molestia de estafar a ninguna aseguradora —dijo Jackie—. Tiene las miras puestas en un premio mucho más gordo que un cuarto de millón de libras.

—Entonces, ¿de qué estafa se trata esta vez? —preguntó William.

—Ha estado acompañando a una mujer mayor, cuyo principal atractivo, al parecer, es que ha heredado una fortuna de su difunto padre.

—Pero la mujer se habrá dado cuenta de que no es más que un cazafortunas, ¿no? —dijo William.

—Pugh es demasiado listo para eso —dijo Jackie—. Ha sabido utilizar bien sus ganancias ilícitas. Comen en los mejores restaurantes, y cuando se van de vacaciones se alojan en hoteles de cinco estrellas y siempre es él quien paga. No me sorprendería que dentro de poco le pida matrimonio, porque debe de estar a punto de quedarse sin dinero.

—¿Y qué te hace pensar que la asesinará? —preguntó el Halcón—. ¿Por qué no iba a contentarse con vivir a su costa el resto de sus días?

—Aunque ella sea diez años mayor que él, señor, su padre vivió hasta los ciento un años. Y, tal vez más importante, la amante de Pugh, que estoy convencida de que fue su cómplice en el primer asesinato, sigue rondando. Así que no se extrañe si el día menos pensado abre el periódico de la mañana y lee *Trágica muerte de rica heredera.*

—Pero no esperará salirse con la suya por segunda vez… —dijo Ross.

—Es demasiado inteligente como para no haber pensado en un modo de salir bien parado —dijo Jackie, obteniendo, una vez más, la atención de todos los presentes—. He descubierto que ya ha reservado sus próximas vacaciones. A Sudáfrica.

—Donde solo uno de cada diez asesinatos termina en condena… —dijo William.

—Pero siempre podemos pedir una orden de extradición, según la sección novena de la Ley de Delitos Contra la Persona de 1861 —dijo Paul acallándolos a todos menos al Halcón.

—No es una ley con la que los sudafricanos estén muy familiarizados —dijo el Halcón—. Sobre todo teniendo en cuenta que hasta los jueces pueden ser comprados.

—Puede que se lo vuelva a pensar una vez que Booth Watson le diga que hemos reabierto el caso del asesinato de su mujer —sugirió Paul.

—Lo dudo —dijo el Halcón—. Pugh es un jugador. Comparará la cantidad de dinero que aspira a ganar con las posibilidades de que le pillen, y apostará a que le gana la partida a la policía sudafricana.

—Es una lástima que no podamos permitirnos enviarte a Ciudad del Cabo a pasar las Navidades, Jackie —dijo William—. Así podrías contarnos qué se trae entre manos en nuestra próxima reunión.

—¿Dónde está la detective Pankhurst? —preguntó el comandante apartando el expediente de Jackie—. Estaba deseando saber cómo le han ido las cosas con el gorila del club.

—Está de vacaciones, señor —dijo William.

—¿Con el gorila? —preguntó el comandante.

—No, señor. Con un tal capitán Archibald Harcourt-Byrne.

—¿Quién es?

—Un oficial de los Guardias Granaderos —intervino Jackie—. No habla mucho de él, así que sospecho que la cosa va en serio.

—Espero que no la perdamos —dijo el Halcón cambiando de tono—. Es una agente magnífica, con una carrera prometedora por delante.

—Estoy de acuerdo —dijo William—, pero la detective Pankhurst es tan independiente como su antepasada sufragista, y seguro que es perfectamente capaz de manejar a un oficial de granaderos a la vez que sigue metiendo entre rejas a los delincuentes. Así que permitámosle que disfrute de unas merecidísimas vacaciones mientras nosotros volvemos al tajo.

—Date prisa, gandula, que perdemos el vuelo —dijo Archie.

—Relájate. Hay tiempo de sobra —dijo con calma Rebecca.

—Tienes razón —dijo Archie cogiéndole la mano—. ¿Cuál es nuestra puerta de embarque?

—La sesenta y tres.

—¿Por qué siempre me tocan aviones que están en la otra punta del aeropuerto? —gruñó Archie.

—Pues yo, siempre que vuelvo —dijo Rebecca— me quedo atascada detrás de cuatrocientos pasajeros que acaban de bajar de un *jumbo*. Pero no me importa. Estaba deseando salir de vacaciones. Va a ser la primera vez que descanse de verdad desde sabe Dios cuándo.

Al pasar por la zona de preembarque de la puerta cuarenta y nueve, Rebecca lo vio sentado en el rincón del fondo, leyendo *The Times*. Miró otra vez para confirmar que no estaba equivocada.

—Tengo que ir al baño —dijo soltando la mano de Archie—. Tú sigue, que ya te alcanzaré en un par de minutos.

En cuanto hubo perdido de vista a Archie, se dirigió hacia el teléfono más cercano. ¿Seguiría en la reunión del comandante, o habría vuelto a su mesa?

—Inspector jefe Warwick —le oyó decir cuando estaba a punto de darse por vencida.

—Buenos días, señor. Soy Rebecca.

—Pero ¿no estabas de vacaciones...?

—Sí, pero creo que le interesará saber que acabo de ver a Booth Watson esperando a embarcar en un avión.

—Él también tiene derecho a unas vacaciones.

—¿Trajeado y con maletín?

—¿Adónde va?

—A Barcelona.

—Entonces, usted también, detective. Llámeme en cuanto aterrice. Para entonces ya habré decidido cuál es el siguiente paso que tiene que dar.

—¿Me permite que le recuerde, señor, que estoy de vacaciones?

—«Estaba» de vacaciones, detective Pankhurst. Está usted a punto de descubrir dónde se esconde Miles Faulkner.

—Pero es que...

—Nada de peros, agente. Puede que no se nos presente otra oportunidad como esta.

William colgó y llamó a la oficina del comandante mientras Rebecca soltaba una sarta de improperios que a su madre no le habría hecho ninguna gracia. Volvió corriendo a la puerta cuarenta y nueve, donde vio que los pasajeros de primera ya estaban embarcando. Echó un vistazo a su reloj de pulsera: no tenía tiempo para dirigirse al mostrador de British Airways para cambiar el billete. Se calzó las deportivas y esperó a que Booth Watson presentase la tarjeta de embarque y desapareciera por el pasillo que desembocaba en el avión. Tenía la esperanza de que Archie viniese a buscarla, para poder explicarle lo sucedido. No lo hizo. Rebecca esperó hasta que llamaron a embarcar a los últimos pasajeros y se acercó al mostrador de facturación, donde sacó su tarjeta de identificación y se la enseñó al auxiliar de vuelo.

—La estábamos esperando —dijo este después de comprobar su pasaporte—. Nos acaban de llamar de Scotland Yard avisándonos de que iba usted a viajar en este vuelo. La he puesto en la última fila de la clase turista. Hay una puerta trasera, así que podrá ser la última en subir y la primera en bajar.

Le dio un billete y dijo:

—Que tenga un buen vuelo, señorita Pankhurst.

—¿Me da tiempo a salir para explicarle a mi novio por qué no voy a poder ir con él?

—Me temo que no. La puerta está a punto de cerrar.

Rebecca enfiló a regañadientes el largo pasillo vacío, y fue la última pasajera en embarcar. Durante el vuelo, no se relajó ni un instante. Sus pensamientos iban de Archie —¿volvería a dirigirle la palabra?— al inspector jefe Warwick —¡qué a gusto le habría estrangulado!— y a Booth Watson, el origen de todos sus problemas, que suponía que estaría delante, en primera clase.

Empezó a sopesar las opciones que tendría en cuanto aterrizase el avión en Barcelona. ¿Iría alguien a recoger a Booth Watson? ¿Cogería un taxi, el autobús o un tren para ir a la ciudad? ¿Tendría ya reservado un hotel? En tal caso, ¿sería allí donde se reuniría con Faulkner? ¿O le llevarían directamente en coche a su nuevo escondrijo? Y si eso sucediera, ¿qué se suponía que tenía que hacer ella?

Rebecca había repasado un montón de escenarios posibles antes de que el avión tomase tierra, y para cuando se detuvo delante de la puerta ya estaba otra vez en modo detective.

Cuando la azafata abrió la puerta trasera, Rebecca fue la primera en salir. No podía desperdiciar ni un segundo. Bajó rápidamente las escaleras que llevaban a la terminal, donde se sumó a la multitud de pasajeros que se dirigían a la aduana. Alguien que caminaba aún más deprisa que ella le dio alcance.

—No corra tanto y agárreme del brazo, detective —dijo una voz claramente acostumbrada a dar órdenes. Miró al hombre que tenía al lado y obedeció sus instrucciones.

—No mire atrás. Limítese a seguir andando, y el resto déjemelo a mí.

—Sí, señor —dijo mecánicamente.

—Soy el teniente Sánchez de la Policía Nacional española —dijo sin mirarla siquiera—. Mi comandante ha recibido una llamada de un tal comandante Hawksby, que ha dejado bien claro lo importante que es su visita.

No volvió a hablar hasta que llegaron a la aduana, donde el funcionario no le pidió el pasaporte sino que se limitó a saludar —al teniente, no a ella— llevándose la mano a la frente. El teniente eligió un lugar desde el que se veían claramente los ocho puestos de aduanas y dijo:

—Señálelo en cuanto lo vea.

Rebecca se quedó mirando el flujo de pasajeros que se iban uniendo a las largas colas para presentar el pasaporte a los oficiales de aduanas. Tardó un rato en decir:

—Es ese, el que está esperando en el puesto número seis. Es la única persona que no tiene aspecto de estar de vacaciones.

—Traje, unos cincuenta años, calvicie incipiente, maletín de cuero.

—El mismo.

El teniente hizo una seña a alguien que Rebecca no vio. Una vez que Booth Watson hubo pasado por la aduana, le siguieron por el control de equipaje —no tenía nada que recoger— y hasta la sala de llegadas. Salió a toda prisa del aeropuerto y se incorporó a la cola de la parada de taxis.

Rebecca se fijó en que un joven se situaba sigilosamente detrás de él en la cola. Cuando Booth Watson llegó por fin a la cabecera y se subió a un taxi, el joven anotó la matrícula, pero no cogió el siguiente taxi.

—¿No piensa seguirle? —preguntó Rebecca intentando disimular su desesperación.

—No puede arriesgarse —dijo el teniente—. El inspector Warwick ha dejado claro que si el hombre que andan buscando sospecha que le siguen, volverá directamente al aeropuerto, y usted habrá desperdiciado el viaje. Pero no se preocupe, tenemos los detalles del taxista, así que luego le preguntaremos y llamaremos a Scotland Yard para decirle a su jefe dónde ha dejado a su hombre.

—¿Y si se cambia de taxi?

—Se encontrará con que el siguiente taxi libre es uno de los nuestros —dijo él mirando al otro lado de la acera y asintiendo con la cabeza.

—Vamos, que yo no soy más que una mensajera —dijo Rebecca.

—Una mensajera muy atractiva, si me permite que lo diga, señorita.

—En la Inglaterra de la corrección política no se le consentiría que dijera semejante cosa —dijo Rebecca sonriendo.

—Ah, pero ahora está en Barcelona, no en Inglaterra.

—¿Y qué se supone que debo hacer ahora?

—Tiene una plaza en el siguiente vuelo a Florencia, donde su novio la estará esperando en la puerta de llegadas.

—¿Cómo lo han conseguido?

—Creo que su jefe se sentía culpable por haber interrumpido sus vacaciones —dijo el teniente dándole un billete en primera para Florencia—. Espero que disfrute en Italia, señorita Pankhurst. Mi abuela era una gran admiradora de su antepasada, aunque mis compatriotas tardaron unos años más en conceder por fin el voto a las mujeres.

Saludó y se alejó antes de que Rebecca pudiera decir, «En 1931».

15

—¿Te han seguido?

—No —dijo Booth Watson—. Después de salir de la autopista ya no vi ni un coche más.

—El día que veas un coche, tendré que volver a mudarme.

—¿Adónde piensas ir esta vez?

—Ya tengo preparado un sitio al que podría mudarme mañana si quisiera. Pero el general Franco estuvo aquí veintisiete años sin que nadie supiera nada de este lugar. Para entonces, el comandante habrá muerto y el inspector jefe Warwick estará jubilado.

—Ojalá sea así —dijo Booth Watson abriendo el maletín y sacando varias carpetas—. ¿Por dónde empiezo?

—Por demostrar que Lamont vale sus exorbitantes emolumentos de asesoría.

—Mientras Lamont siga teniendo a alguien capaz de darle información confidencial, merece la pena mantenerle en nómina —dijo Booth Watson—, siempre y cuando recordemos que sería capaz de plantar drogas en su abuela si pensara que puede sacar algún beneficio.

—¿Roycroft y él son pareja?

—Estoy casi seguro de que su relación se basa única y exclusivamente en su común interés por el dinero.

—¿Así que no se acuestan?

—Se tumban en la misma cama, sí, pero solo eso. La última vez que quedaron, Roycroft salió del *pub* borracha, y Lamont la llevó a casa y se marchó a la suya.

—¿Y ella le pasó alguna información de interés?

—Le puso al día sobre los casos abiertos en los que está trabajando el equipo de Warwick.

—¿Soy yo uno de ellos? —preguntó Miles.

—No. Por lo visto, se han olvidado de ti. Tu nombre ni siquiera salió.

—Pues que siga así —dijo Miles—. ¿Lamont también está vigilando a Josephine Colbert?

—Sí —dijo después de sacar otra carpeta de su bolsa de viaje—. Parece que ella y el inspector Hogan son pareja. Quedan tres días a la semana, a veces cuatro. Ha empezado a dar resultados. O, lo que es más importante, no ha dado ningún resultado.

—¿A qué te refieres?

—Josephine confirmó que Hogan está trabajando en dos de los cinco casos abiertos, Abbott y Roach. Tiene que comunicar cualquier otro nombre que él mencione, y, por ahora, tú estás a salvo.

—¿Ha preguntado a Hogan si le suena de algo el capitán Ralph Neville?

—Desde luego que no —dijo Booth Watson—. Eso la desenmascararía de golpe, y a ti también. Mientras Hogan no mencione tu nombre, o el del capitán Neville, podemos estar seguros de que tu expediente sigue acumulando polvo en Hayes, que es donde tiene que estar.

—Te puedo asegurar que Hogan está perdiendo el tiempo si está intentando que alguien delate a Terry Roach —dijo Miles—. En el East End, a nadie se le pasaría por la cabeza dar pruebas contra ese hombre.

—¿Conoces a Roach? —preguntó Booth Watson; sonaba sorprendido.

—Estuve en la cárcel con él. Mejor no contrariarle, como

descubrieron dos o tres de mis compañeros de cárcel cuando vieron correr la sangre con el agua de la ducha…

Booth Watson se estremeció.

—Entonces, ¿piensas que la señorita Colbert vale mil libras semanales? —dijo Miles mientras encendía un puro.

—Considérala una póliza de seguros, aunque la prima no salga barata.

—Las mujeres nunca salen baratas —dijo Miles—. Y hablando de pólizas de seguros, ¿qué ha estado haciendo Christina últimamente?

—Ha estado cumpliendo su parte del trato —dijo Booth Watson—. Después de reunirse con Beth Warwick, vino con dos noticias fascinantes.

Miles pareció interesado.

—Hace poco, un tal *lord* McLaren le ha ofrecido al Fitzmolean los *Pescadores de hombres* de Caravaggio, pero el museo no podía pagar el precio de salida.

—¿Cuánto era?

—Veinte millones de libras.

—¿Por qué ha sacado una de las obras más famosas de Caravaggio al mercado, cuando pertenece a su familia desde hace muchísimas generaciones?

—Porque no tiene más remedio. Al parecer, al séptimo *lord* McLaren le han cargado con unos impuestos de sucesiones exorbitantes.

—¿Cómo de exorbitantes?

—Veintidós millones setecientas mil libras.

—Conque ahora sabemos a cuánto estará dispuesto a vender el cuadro —dijo Miles.

—¿Te interesa comprarlo?

—Pues claro, pero necesitaré que alguien me represente porque, a diferencia de Cristo, yo no puedo resucitar.

Booth Watson sonrió.

—Por mí, encantado de representarte.

—No lo dudo, BW —dijo Miles—. Dijiste que Christina se había enterado de dos noticias.

—El Fitzmolean está preparando una exposición de Franz Hals para otoño, y la señora Warwick le ha pedido a Christina que le preste *El flautista* al museo durante seis semanas.

—Eso no puede decidirlo ella, no es suyo —dijo Miles con tono desafiante.

—Y por eso yo te aconsejo que accedas.

—¿Por qué razón?

—Porque así la señora Warwick se convencería de que la colección está en manos de Christina, y, lo más importante, su marido también.

—*Pescadores de hombres*, de Caravaggio —dijo el guía turístico— es, sin lugar a dudas, el orgullo de la colección McLaren. Aunque la figura central del cuadro es Cristo, los ojos se van inmediatamente a los pescadores de la barca. El eminente historiador del arte *sir* Kenneth Clark escribió que la mirada estupefacta de los apóstoles al ver a Cristo andando sobre las aguas solo puede ser obra de un genio.

—¿Cuánto cuesta? —preguntó un joven que llevaba una camiseta con la imagen de un Warhol.

—No tiene precio, sencillamente —dijo el guía, y su intento de disimular su desdén provocó la sonrisa de un anciano que iba en silla de ruedas, las piernas cubiertas con una mantita de cuadros escoceses—. Aunque quizá les interese saber que el primer *lord* McLaren compró esta obra maestra a un marchante de Milán en 1786, por cincuenta guineas, y que al volver a Escocia la colgó aquí, en el comedor, donde ha seguido hasta el día de hoy.

Por poco tiempo más, se dijo el hombre de la silla de ruedas.

—Y con esto llegamos al final de la visita —dijo el guía—, que espero hayan disfrutado.

Así lo dieron a entender los generosos aplausos que siguieron a sus palabras.

El guía inclinó ligeramente la cabeza antes de decir:

—Si quieren visitar nuestra tienda, tomar algo en la cafetería o dar un paseo por el recinto, no duden en hacerlo. Les deseo a todos un buen viaje de vuelta.

El anciano de la silla de ruedas dio las gracias al guía y también una espléndida propina, tras lo cual salió del comedor empujado lentamente por la enfermera.

—Quiero ir a la tienda —dijo.

—Sí, señor —dijo ella siguiendo los letreros. Al llegar, el anciano compró una tarjeta postal de los *Pescadores de hombres* y un catálogo ilustrado de la colección de la familia McLaren; después, la enfermera le llevó a la limusina que le estaba esperando. El anciano reconoció a un joven policía vestido de paisano, que no los miró dos veces mientras el chófer y la enfermera le ayudaban a levantarse de la silla y le subían al coche.

Mientras la limusina salía lentamente de los jardines, el anciano abrió el catálogo por la primera página, que exhibía el árbol genealógico de los McLaren desde 1736 hasta la actualidad. Por lo visto, el primer *lord* McLaren se había hecho de oro al comienzo de la Revolución Industrial, y su interés por el arte, inicialmente como aficionado, se había transformado en pasión en sus años de madurez y, a la vuelta de su «gira europea», en una obsesión: cuando murió en 1823, su colección era considerada una de las mejores colecciones privadas del mundo. Para cuando la limusina se detuvo a la entrada del aeropuerto de Aberdeen, había llegado al final de la vida del primer *lord* McLaren.

Una atractiva azafata de tierra tomó el relevo de la enfermera y llevó al anciano caballero a la cabeza de la cola de la aduana. Una vez comprobado su pasaporte, fue conducido directamente al avión.

Durante el vuelo de vuelta se enteró de que el segundo y el tercer *lord* McLaren habían añadido a Turner, Constable y Gainsborough a la colección, aumentando su creciente fama. Al aterrizar el avión, el anciano fue uno de los últimos pasajeros en bajar, y para entonces ya sabía que el cuarto *lord* McLaren había descubierto a los impresionistas y había comprado un Monet, un Manet y dos Matisse antes de fallecer.

Mientras le llevaban a la aduana se enfrascó en la lectura de las páginas dedicadas al deseo del quinto *lord* McLaren de comprar obras de sus compatriotas para colgarlas junto a los grandes maestros italianos, franceses e ingleses, con el resultado de que McTaggart, Raeburn, Peploe y Farquharson fueron añadidos a la colección. Por desgracia, el sexto *lord* McLaren no mostró el más mínimo interés por el arte, solo por los coches veloces y las mujeres descocadas, y hubo de vender varios cuadros para sufragar sus extravagancias. Cuando murió de un infarto a los sesenta y tres años, dejó a su único hijo el título, y también la necesidad de desprenderse del Caravaggio para mantener a raya a Hacienda.

El anciano pasó lentamente por la aduana. Para cuando entró en la sala de llegadas, había llegado al final del libro.

Su chófer lo llevó del aeropuerto al coche, que estaba aparcado en la zona de discapacitados. Le abrió la puerta de atrás, y su patrón se levantó de la silla de ruedas, caminó hasta el coche y se subió. Lázaro habría estado orgulloso de él.

16

—¿Dónde están los gemelos? —preguntó *sir* Julian sin dar tiempo siquiera a Beth y a William a colgar los abrigos.

—Hoy pasan el día con mis padres —dijo Beth mientras se dirigían al salón.

—Qué suerte tienen Arthur y Joanna —dijo Marjorie.

—Esto que no salga de aquí —dijo *sir* Julian—, pero Artemisia, la última vez que vino, me dijo confidencialmente que yo era su abuelo favorito.

Beth sonrió.

—La muy pícara le ha dicho exactamente las mismas palabras a mi padre cuando los he dejado en Ewell esta mañana .

—Voy a tener que reescribir mi testamento a favor de Peter —dijo *sir* Julian con un suspiro exagerado.

—Entonces mi padre reescribirá el suyo a favor de Artemisia —dijo Beth.

—Como William nunca habla de su trabajo —dijo Marjorie dándole una taza de café a Beth— y Julian apenas habla de otra cosa, quiero que me cuentes qué proyecto tienes entre manos en estos momentos.

—El museo está preparando una exposición de Frans Hals para el próximo otoño.

—A menudo me he preguntado qué pasa entre bambalinas antes de que un museo pueda inaugurar grandes exposiciones como esta.

—Es un proceso largo y tortuoso —dijo Beth— que implica paciencia, empeño, sobornos y corrupción.

De repente, *sir* Julian pareció interesado.

—¿Cuántos cuadros se van a exponer?

—Si tengo suerte, sesenta o setenta, incluido, esperamos, *El caballero sonriente.*

—¿Dónde está ahora? —preguntó *sir* Julian.

—Forma parte de la Colección Wallace —dijo William—, así que al menos no tendría que hacer un viaje muy largo.

—A veces se me olvida —dijo *sir* Julian— que mi hijo estudió Historia del Arte en una prometedora universidad y que, si no se hubiera incorporado a la fuerza policial, a estas alturas podría ser uno de los ayudantes de Beth.

—¿Tan bien me habría ido? —bromeó William.

—Qué par de criaturas…, no les hagas caso, Beth —dijo Marjorie—. Nos estabas hablando de los preparativos para una importante exposición.

—Soborno y corrupción —le recordó *sir* Julian.

—La mayoría de las obras de Hals está en museos públicos de todo el mundo. Las mejores se encuentran en el Rijks de Ámsterdam, aunque el Met y el Hermitage tienen magníficos autorretratos, y hay otro cuadro excelente, *El tocador de laúd*, en la Mansion House de la City de Londres. Pero si quieres que otro museo te preste una obra importante, se supone que en algún momento te pedirán un *quid pro quo*.

—¿Por ejemplo? —dijo *sir* Julian, dando un sorbito al café.

—La Colección Phillips de Washington D. C. está planeando montar una exposición de Rubens dentro de dos años, y ya nos han pedido que les prestemos el *Descendimiento de la Cruz* durante tres meses. Ellos tienen tres Hals, y yo ando detrás de dos de ellos.

—Dos Hals a cambio de un Rubens suena justo —dijo *sir* Julian.

—¿Cuántos cuadros de Hals están en manos privadas? —preguntó Marjorie.

—Que hayamos podido localizar, solo once. Cuando una obra importante de un artista de los grandes, como Hals, sale a la venta, a menudo la compra algún museo nacional, y así se garantiza que jamás salga de nuevo al mercado.

—Lo cual solo aumenta el valor de esas obras que siguen en manos privadas —intervino William—. Y más aún si se prestan para una gran exposición.

—He hablado con los once propietarios privados —continuó Beth— para preguntarles si estarían dispuestos a apoyar la exposición. Tres han accedido, pero con condiciones de lo más estrictas; cuatro me han dicho que no, y los otros cuatro ni siquiera se han molestado en responder.

—¿Por qué no querrán prestar los cuadros? —preguntó Marjorie—. Total, como dice William, solo añadirían valor a las obras.

—Los propietarios tipo Mellon y Rothschild son perfectamente conscientes de eso y siempre apoyan las grandes exposiciones. Las negativas suelen venir de propietarios a los que les preocupa que las obras puedan sufrir desperfectos por el camino. Por eso me está costando tanto convencer al señor Morita de que se desprenda del magnífico autorretrato de Hals que está colgado en la colección Sony de Tokio.

—¿Y los que no se han molestado en responder? —preguntó Marjorie.

—A menudo, delincuentes que no quieren que el fisco repare en que poseen valiosas obras de arte —dijo William—. El difunto Miles Faulkner es un caso típico.

—O no tan difunto —dijo *sir* Julian.

—¿Por qué dices eso? —preguntó William con cautela.

—Booth Watson no acude a los tribunales tanto como antes, pero sigue cenando a diario en el Savoy. O se ha jubilado anticipadamente, cosa que me parece poco probable, o algún cliente privado le está pagando unos honorarios tan cuantiosos que no necesita buscar un trabajo fijo como el resto del mundo. No olvides que hay poca gente que contrate a un abogado a no ser que no tenga más remedio.

—Sobre todo a abogados que no hacen más que interrumpir cuando a sus mujeres todavía les quedan preguntas sobre Frans Hals en el tintero —dijo Marjorie.

—Perdonad —dijo *sir* Julian—. Me estoy volviendo un pelmazo de la ley.

Nadie le llevó la contraria.

—Has mencionado que a veces hay que trasladar las obras de una punta a otra del mundo —dijo Marjorie—. Eso debe de ser muy caro.

—A veces, prohibitivo —dijo Beth—. En Gran Bretaña hay muy pocas compañías que se consideren lo bastante fiables como para manejar obras tan importantes. Conozco a un comisario de arte que insiste en que la obra no desaparezca nunca de su vista, de modo que, al igual que él, tiene que volar en primera y no en la bodega del avión. No sale barato… y eso que aún no hemos hablado de las primas de los seguros. La razón por la que nunca puedes pedir prestado un Leonardo o un Miguel Ángel al Vaticano es que el Banco Lloyd's de Londres no está dispuesto a asegurarlos, y el Papa ha decretado que nada de excepciones.

—Y en esas circunstancias, ¿el gobierno no puede ayudar? —preguntó Marjorie.

—A veces puede ser más un obstáculo que otra cosa —dijo Beth—. Si el Ministerio de Asuntos Exteriores tiene sus reservas sobre el país al que quieres prestarle un cuadro, puede negarse a concederte un permiso de exportación.

—Es comprensible —dijo *sir* Julian—. Me estoy imaginando las protestas que habría si el Museo Arqueológico Nacional de Atenas pidiera en préstamo los Mármoles de Elgin… por seis semanas nada más.

—Y además está el problema judío —dijo William.

Esto silenció incluso a *sir* Julian.

—Hay varias obras maestras expuestas en museos públicos que fueron robadas por los alemanes a sus propietarios judíos durante la Segunda Guerra Mundial. Más tarde, algunas fueron «liberadas» por los rusos y ahora se pueden ver en el Hermitage de San Petersburgo, así como en varios museos famosos que están bien protegiditos por el Telón de Acero.

—¿No hay nada que puedan hacer sus legítimos propietarios? —preguntó Marjorie.

—Poca cosa —dijo Beth— mientras las autoridades de esos países se nieguen a reconocer siquiera sus derechos. Y, desde luego, jamás prestarían una obra saqueada para una exposición en un país donde podría emprenderse una acción civil contra ellos.

—Los rusos no pueden ser los únicos culpables —dijo *sir* Julian—. Hermann Göring reunió una de las mejores colecciones privadas de maestros antiguos del mundo, y me cuesta creer que todas las obras hayan sido devueltas a sus legítimos dueños.

—Algunas sí, pero no muchas. La mayoría fue al este, no al oeste, después de la guerra. No olvides que el Ejército Rojo consiguió llegar a Berlín antes que los Aliados. Conque si quieres ver los cuadros que fueron cogiendo por el camino, necesitarás un visado.

—¿Y qué hay de Inglaterra? —preguntó Marjorie—. ¿Hay muchos cuadros de procedencia sospechosa colgados en nuestros principales museos?

—Sí, desde luego —dijo William—. Tres de las mejores obras del Fitzmolean fueron donadas por un famoso delincuente.

—Están en préstamo sin límite de tiempo gracias a su generosa viuda —insistió Beth.

—Que no le va a la zaga a su «difunto» marido —dijo William—, y, si sigue vivo, puedes estar segura de que Booth Watson encontrará el modo de transformar ese «sin límite de tiempo» en un «provisional».

—¿Pruebas? —preguntó *sir* Julian tirándose de las solapas de la chaqueta.

—Christina Faulkner está representada ni más ni menos que por el señor Booth Watson, Consejero de la Reina.

—No es que sea exactamente una prueba, pero…

—Niños, niños —dijo Marjorie—. Dejadlo.

—Y luego está mi principal problema —continuó Beth—, que quizá sea insuperable.

—El balance final, sin duda —dijo *sir* Julian.

—Exacto. Hace falta que la exposición incluya sesenta o setenta obras maestras, como poco, para tener una confianza razonable en que los críticos harán buenas reseñas que, a su vez, atraerán a un público lo suficientemente amplio…; en nuestro caso, en torno a diez mil visitantes semanales. De lo contrario, el museo podría incluso perder dinero, como no se cansa de repetirme mi jefe.

—Hablando de Tim Knox… —dijo *sir* Julian—. Corre el rumor de que le van a ofrecer el cargo de Supervisor de los Cuadros de la Reina.

—Esperemos que solo sea un rumor —dijo Beth—, porque sería difícil encontrarle un sustituto.

—¿La Colección Real tiene algún Hals? —preguntó Marjorie retomando el hilo de la conversación.

—Tres —dijo Beth—. Y Su Majestad siempre es muy generosa con las peticiones de los museos públicos.

—Estoy deseando ver la exposición —dijo Marjorie.

—Estaréis los dos invitados a la inauguración —prometió Beth—. Y ahora, a pesar de los recelos de Marjorie, me gustaría saber algo del último caso de Julian.

—¿Te sobra una hora? —dijo *sir* Julian.

—Venga, dispara —dijo su esposa.

Sir Julian se reclinó en el asiento e hizo una pausa antes de pronunciar una sola palabra: «fraude». Cuando le pareció que ya había alargado bastante el silencio subsiguiente, añadió:

—Voy a representar a la Corona en el juicio a un individuo especialmente taimado y astuto, el jefe de una organización benéfica que rescata burros que han sido maltratados por sus dueños.

—¿De veras hay gente que se traga semejante timo? —preguntó Beth.

—A centenares, por lo visto. Bastó con que el tipo sacara en el *Daily Telegraph* un anuncio de un cuarto de página con una foto de un burro famélico para que entrasen donaciones a raudales. Se ve que somos una nación de granujas y de amantes de los animales.

—Pero ¿salvó a los burros? —preguntó Beth.

—No había ni un burro —dijo *sir* Julian—, solo un montón de malhadados románticos que estaban de lo más dispuestos a desprenderse de su dinero, que acabó en el bolsillo del tipo. Y que es lo que le permite contratar los servicios del señor Booth Watson, que va a hacer una de sus infrecuentes comparecencias en el Old Bailey. No os sorprendáis si unos cuantos burros, de la variedad de dos piernas, suben al estrado para dar testimonio.

Las risas tardaron un buen rato en amainar.

—¿Cuándo empieza el juicio? —preguntó William.

—Se habría celebrado mañana a las diez de la mañana —dijo *sir* Julian— si Booth Watson no hubiera solicitado un aplazamiento, al que accedí de mala gana. Al parecer, mi indigno contrincante tiene un compromiso urgente en Escocia, aunque no quiso decir con quién.

—Y, por casualidad, ¿no diría dónde? —preguntó William.

—No; como siempre, BW reveló lo menos posible.

Beth y William se miraron, pero no hicieron ningún comentario.

—Papá, ¿puedo hacer una llamada?

—Sí, hijo, por supuesto. Usa el teléfono de mi estudio.

—Gracias —dijo William levantándose y saliendo rápidamente de la habitación.

—¿Es por algo que he dicho? —preguntó *sir* Julian.

—No. Algo que Booth Watson no ha dicho —respondió Beth.

—¡Qué intriga!

—Ni siquiera puedo deciros con quién está hablando.

—Con el comandante, seguro —dijo *sir* Julian—. Y adivino lo que va a decir cuando vuelva.

—«Perdona, mamá, pero tenemos que irnos inmediatamente» —sugirió Beth—. «Ha surgido un imprevisto».

La puerta se abrió y William irrumpió en el salón.

—Cuánto lo siento, mamá, pero tenemos que irnos…

—¿Ha surgido algo de lo que te tienes que ocupar inmediatamente? —dijo *sir* Julian.

—¿Cómo lo has sabido? —preguntó William.

—No lo sabía. Pero no he podido evitar fijarme en que justo cuando he pronunciado las palabras «Booth Watson» y «Escocia» te ha faltado tiempo para ir a hacer una llamada urgente.

William no picó el anzuelo. Besó a su madre en ambas mejillas y dijo:

—Qué pena que no podamos quedarnos a comer.

—A Booth Watson es mejor no hacerle esperar —dijo *sir* Julian—. Cuando se trata de los intereses de su cliente, puede moverse muy deprisa.

—Dentro de un par de semanas vuelvo a veros —dijo William, sin hacer caso al retintín de su padre.

—Solo si traéis a los gemelos cuando vengáis —dijo Marjorie.

—Artemisia mejor que no venga —dijo *sir* Julian con voz triste—. Es obvio que tiene las miras puestas en otro hombre.

—Sospecho que tiene las miras puestas en los dos —dijo Beth mientras Marjorie y *sir* Julian los acompañaban a la salida.

Una vez hechas las despedidas, William no volvió a hablar hasta que llegaron a la carretera de Londres.

—¿Tú crees que Faulkner se arriesgará a ir a ver el Caravaggio?

—Los coleccionistas son muy apasionados —dijo Beth—. No suelen permitir que otras personas tomen decisiones en su nombre, sobre todo cuando puede costarles veinte millones de libras.

—Entonces, esperemos que Booth Watson venga acompañado por un diseñador de moda que se hace llamar Ricardo Rossi.

—Pero si lo único que hace Booth Watson es representar a un cliente y Faulkner no hace acto de presencia, será otro viaje en balde.

—No necesariamente —respondió William—, porque cuando Booth Watson entregue el cuadro, a lo mejor nos lleva directamente hasta la puerta de la casa de un coleccionista obsesionado que está esperando en el umbral a recibir a Cristo con los brazos abiertos y tiene que conformarse conmigo.

Cuando Josephine se despertó a la mañana siguiente, se encontró a Ross sentado ante el tocador, escribiendo.

—¿Me estás escribiendo una carta de despedida? —bromeó estirando los brazos.

Ross soltó el bolígrafo.

—He decidido dejar la Policía Metropolitana —dijo con tono extrañamente serio.

—Pero si te acaban de ascender.

—Desde que dejé de ser agente secreto, ya no es lo mismo —dijo Ross—. No puedo quedarme sentado detrás de un escritorio jugueteando con los clips mientras dos matones del East End nos dan mil vueltas.

—Pero si el Halcón no te permite volver a la secreta, ¿qué alternativa tienes?

—Estuve en el Servicio Aéreo Especial antes de incorporarme a la Metropolitana, y estaba a las órdenes del mayor Cormac Kinsella, un irlandés loco que desayunaba cucarachas con tostadas.

—¿Fritas o hervidas? —preguntó Jo intentando quitarle hierro a la anécdota.

—Estaban vivas; decía que así el desafío era mayor. Su lugarteniente, el capitán Gareth Evans, pensaba que el dragón era una criatura demasiado blanda para representar a los galeses. Ambos se retiraron del Servicio Aéreo Especial antes de cumplir los cuarenta y montaron una agencia de viajes, Vacaciones de Pesadilla, que no se especializa precisamente en viajes a Montecarlo ni a Saint-Tropez.

—¿Acaso hay más lugares…? —suspiró Jo.

—El eslogan de Vacaciones de Pesadilla es: «Sobrevive dos semanas con nosotros, y nada te parecerá imposible». Ofrecen a sus clientes tres tipos de experiencias: «Incómodas», «Desagradables» y, la más popular con creces, «Insoportables».

—Cuenta, cuenta, soy toda oídos —dijo Jo.

—La «Incómoda» consiste en soltar a un grupo de ocho personas en el Círculo Ártico para que se apañen solas durante quince días. Les proporcionan una tienda de campaña y comida suficiente para una semana. Y a cada cliente se le permite llevar mil libras en efectivo.

—¿De qué te sirve el dinero si te quedas tirado en el Ártico?

—Si se lo das al exoficial del Servicio Aéreo que está a cargo del grupo, te permite volver a casa antes de tiempo.

—Cuanto más sé, más promete —dijo Jo—. Creo que me voy a decantar por «Desagradable».

—Para esa experiencia, sueltan a doce clientes felices en medio de la selva brasileña, a varios miles de kilómetros siguiendo el curso del Amazonas, con seis canoas y con…

—Comida suficiente para una semana —interrumpió Jo.

—Ya lo vas pillando. Después tienes que ir remando por el río hasta que llegas a la siguiente aldea, a unos quinientos kilómetros de distancia, con la única compañía de caimanes, pirañas y nativos hostiles, así que por la noche no duermes mucho.

—Te creo a pies juntillas.

—Todavía puedes darle tus mil libras al exoficial que está a cargo del viaje, y como por arte de magia aparecerá una lancha motora y te dejará en el pueblo más cercano. Pero no recuperarás tu pasaporte ni te darán un billete de avión, así que tendrás que apañártelas solo para volver a casa.

—¿Y eso qué sentido tiene?

—Que te asegures de pensártelo bien antes de marcharte.

—No sé si quiero saber nada de la tercera opción...

—«Insoportable». No puedes ser candidata a este desafío hasta que hayas completado el «Incómodo» y el «Desagradable».

—Me muero de ganas de ver el folleto.

—Te dejan en el puerto de Quellen, en Chile, donde te incorporas a la tripulación de un viejo barco de pesca que navega por el cabo de Hornos durante la primera semana, antes de subir por la costa oriental con rumbo a Brasil.

—No suena tan mal...

—Hasta que descubres que no puedes desembarcar hasta que llegues a Río, que está a unos cuatro mil kilómetros de distancia, y que lo normal durante la travesía es que haya olas de hasta diez metros. De todos modos, la buena noticia es que tienes permiso para comerte cualquier cosa que pesques.

—¿Y qué me dan a cambio de mis mil libras?

—Te sueltan en las Malvinas, y cruzas los dedos para que el Gobernador se compadezca del hecho de que no tienes ni pasaporte ni dinero. Por desgracia, es, además, un antiguo oficial del Servicio Oficial de Embarcaciones, así que seguramente termines tus vacaciones encerrado en una celda con un grupo de argentinos que no han olvidado la invasión de las Malvinas.

—Me sorprende que después de entregar el dinero no te obliguen a caminar por la tabla.

—El mayor chiflado pensó en esa posibilidad, pero al final incluso a él le pareció que era pasarse un poco.

—¿Y la gente paga para pasar así las vacaciones? —dijo Jo, incrédula.

—Hay una larga lista de espera de clientes deseosos de ocupar el lugar de cualquier debilucho que se raje en el último momento.

—¿Y puedo preguntarte qué papel tienen pensado asignarte a ti?

—Yo me encargaría de seleccionar a los militares retirados que acompañan a los clientes en cada una de las aventuras. Solo atendería a solicitudes de miembros de la Fuerza Aérea Especial, los Marines Reales y el Servicio Oficial de Embarcaciones.

—Ahora entiendo por qué te eligieron. ¿Vas a aceptar el trabajo?

—Empiezo dentro de seis semanas. El comandante me ha ofrecido casi el doble del sueldo que gano en la Policía Metropolitana.

—Vamos a necesitar hasta el último penique —dijo Jo.

—Sí, porque no te van a pagar mil libras semanales para que pases a contarles las opiniones personales de un exmilitar chiflado en lugar de las de un comandante chiflado. Me tocará a mí ganar las mil libras semanales, para que podamos empezar una nueva vida los dos juntos.

—Los tres —dijo Jo tocándose el vientre.

Ross tardó unos instantes en comprender sus palabras; después dio un salto de alegría y, recobrando el dominio de sí mismo, dijo:

—Tenemos que casarnos cuanto antes.

—¿Por qué?

—Mi madre es una irlandesa católica de la vieja escuela que utiliza palabras como «desposorios», «ilegítimo» y «bastardo» como si todavía estuvieran en boga.

—¿Qué dirá si se entera de que he sido prostituta?

—Mucho peor sería que fueras protestante.

17

—Y con esto llegamos al final del recorrido —dijo el guía—. Espero que lo hayan disfrutado. —Estalló a continuación una cálida salva de aplausos—. Si quieren llevarse algún recuerdo de su visita, la tienda de la planta baja está abierta, y también la cafetería si les apetece tomarse un piscolabis. No duden en pasear por los jardines, pero por favor recuerden que hoy las verjas se cerrarán a la una. Gracias.

William y Ross salieron con el grupo, dejando atrás la tienda y la cafetería para dirigirse a la puerta principal.

—Sigue avanzando —dijo William mientras cruzaban un amplio tramo de césped sin cortar y se encaminaban hacia una gran arboleda que daba al castillo—. ¿Alguna observación? —preguntó una vez fuera del alcance del oído del resto de los visitantes.

—El Caravaggio sigue colgado sobre la chimenea del comedor, a la vista de todos.

—¿Qué más te ha llamado la atención de esa sala?

—Una mesa puesta para cuatro. Así que es evidente que están esperando a Booth Watson para comer —sugirió Ross—. Con o sin su cliente.

—¿Seguridad? —dijo William pasando al punto siguiente.

—Prácticamente inexistente. Los cuadros más pequeños están todos atornillados a la pared, y solo hay una barrera de cuerda para impedir que alguien se acerque demasiado a ellos.

—¿Sistema de alarma?

—Penfold, pero muy anticuado.

—¿Y qué es lo que no has visto?

—Guardias de seguridad, como los que habría en cada sala si fuera un museo público y no una casa privada.

—¿Conclusión?

—Su señoría solo puede permitirse contratar al mínimo de personal indispensable, y puede usted estar seguro de que Faulkner se encargará de cronometrar todos sus movimientos —dijo Ross—. Eso, suponiendo que aparezca.

—Más bien, suponiendo que no haya aparecido ya —dijo William—. No olvides que la policía local solo disponía de un agente que pudiera vigilar las veinticuatro horas del día.

Ross no hizo ningún comentario.

—En fin —continuó William—, sigamos con el comedor. ¿En qué más te has fijado?

—Una galería de trovadores recorre el nivel superior.

—¿Cómo se accede a ella?

—Por una estrecha escalera de caracol. La única medida de seguridad es una cuerda y un letrero de «No pasar» en el primer peldaño.

—¿Alguna observación más?

—Justo enfrente del Caravaggio hay un mirador que da al patio. Es probable que desde ahí se vea la verja de la entrada.

—¿Qué más?

Ross se quedó pensando unos instantes, pero no respondió.

—Hay un pequeño órgano de Hamburgo a la izquierda de la galería —dijo William—. Si alguien se escondiese en la galería, no sería visto desde el comedor.

—¿Cabemos los dos?

—No. Como mucho, un monaguillo —dijo William, sonriendo—. En cualquier caso, si los dos desapareciéramos, el guía seguramente se daría cuenta y vendría a buscarnos.

—No nos incluyó en el recuento que hizo antes de empezar el recorrido.

—Bien visto —dijo William haciendo el saludo militar con aire guasón—. Aun así, cuando termine la visita guiada quiero que vuelvas aquí e informes a los muchachos, que estarán esperando en coches patrulla dispuestos a ponerse en marcha inmediatamente si aparece Faulkner. ¿Dijo algo más el guía que resultase especialmente revelador?

—Las verjas del recinto se cerrarán a la una.

—Lo cual permite suponer que hoy solo habrá una visita más. Así que pongámonos en marcha, porque no podemos permitirnos faltar.

Bajaron rápidamente por la cuesta en dirección al castillo. Una vez dentro, William compró otras dos entradas a una anciana que estaba sentada detrás del mostrador de recepción. Después se sumaron a un grupo de unas doce personas que estaban reunidas en el vestíbulo esperando a que empezara la visita.

Sin decir palabra, Ross se abrió paso hacia la cabecera del grupo mientras William se quedaba atrás. Una vez que el guía hubo hecho los comentarios introductorios, la visita comenzó. William no se pudo resistir a detenerse a admirar varias de las joyas de la colección mientras pasaban de una sala a otra. Estaba deseando hablarle a Beth del Farquharson, el Raeburn y el Peploe cuando volviera a casa esa noche. No retomó su papel de detective hasta que volvieron al comedor.

Ross siguió en la cabecera del grupo mientras el guía les contaba que el primer *lord* McLaren había comprado *Pescadores de hombres* hacía más de doscientos años.

William hizo como que estaba contemplando el retrato de uno de los coetáneos menos conocidos de Caravaggio mientras se acercaba con aire despreocupado hacia la escalera de caracol que subía a la galería de los trovadores. El guía concluyó sus comentarios sobre el plato fuerte de la colección y empezó a caminar hacia la siguiente sala. Hubo varios devotos que no pudieron resistirse a echar un último vistazo a la obra maestra antes de reincorporarse al grupo.

En cuanto se hubo asegurado de que estaba solo, William pasó ágilmente por encima de la cuerda y empezó a subir a la galería por la escalera de caracol. Oyó un par de crujidos que le hicieron mirar atrás para asegurarse de que nadie le había visto. Al llegar a la galería, recorrió rápidamente el angosto pasillo y se acurrucó contra el fondo del órgano.

Aunque el exterior se veía claramente desde donde estaba, no así la mesa del comedor ni el Caravaggio. Se relajó y se dispuso a hacer lo que había hecho tantas veces en el pasado: sentarse, esperar, ser paciente y, ante todo, no perder la concentración.

Cuando el guía dio por terminada la visita, Ross estaba entre los primeros que se separaron del grupo, y salió rápidamente del castillo. Se fijó en que, aunque el guía mencionaba la tienda y la cafetería, esta vez no había dicho que no dudasen en pasearse a su antojo por el recinto. Sin embargo, sí les recordó que la verja se cerraría a la una.

Ross volvió a la arboleda, donde había unas vistas despejadas tanto de la puerta principal del castillo como de las verjas que se abrían a la carretera. Se sacó el radiotransmisor de un bolsillo interior y pulsó el botón verde.

—El inspector Warwick sigue dentro de la casa. Yo estoy fuera, apostado en los jardines a unos sesenta metros de la puerta principal. Si aparece Faulkner, os lo haré saber inmediatamente.

—Entendido —dijo una voz entrecortada por las interferencias—. Si vemos un coche acercándose al castillo, será usted el primero en enterarse.

—Recibido —dijo Ross, y volvió a guardarse el radiotransmisor en el bolsillo.

William miró por el ventanal y vio cómo los últimos integrantes del grupo se alejaban hacia el aparcamiento. Cuando oyó pasos en el comedor, se arrinconó aún más en el hueco entre el órgano y la pared, doblando las rodillas por debajo de la barbilla.

Dos camareras estaban charlando mientras daban los últimos toques a los cubiertos. Se callaron cuando entró alguien, que dijo con voz potente:

—Supongo que no es necesario que os recuerde lo importante que es esta reunión para su señoría. Tenemos que estar todos al pie del cañón. ¿Entendido?

—Sí, señor —dijeron dos voces al unísono.

Ross vio cómo se cerraba la verja nada más irse el último turista. Bueno, tampoco exactamente el último. Echó un vistazo al ventanal del primer piso y se preguntó cómo se las estaría apañando William. Si no aparecía un coche en los próximos minutos, ¿cuánto tiempo iban a tener que quedarse ahí antes de que aceptase que había sido otro viaje en balde? Aunque no tenía ni idea de cómo planeaba William salir del castillo, una cosa estaba clara: seguro que ya lo tenía pensado.

Por el radiotransmisor llegó un cerrado acento de Glasgow salpicado de interferencias.

—Un coche con chófer se dirige hacia el castillo, dos pasajeros en el asiento trasero. Llegarán en unos tres minutos.

—Mensaje recibido.

William se quedó mirando por la ventana y vio que la verja de la entrada se abría lentamente. Instantes después, un BMW entró en el recinto y se dirigió hacia el castillo. Perdió de vista el coche mucho antes de que llegase a la puerta principal, pero Ross todavía pudo ver con claridad cómo el BMW se detenía en la entrada de coches. El chófer se bajó de un salto y abrió la puerta de atrás. Salieron dos personas: una mujer elegantemente vestida que se fue derecha a la puerta y, detrás, un hombre con un largo abrigo negro y un maletín.

En las escaleras los recibió su señoría, que llevaba una chaqueta verde grisáceo, una falda escocesa con el estampado de la familia McLaren, calcetines marrones de lana gruesa y lo que su madre habría llamado «unos zapatos prácticos». A su lado estaba una mujer mayor que a Ross le pareció reconocer. La puerta principal se cerró y pasaron todos al interior.

William ya estaba agarrotado y necesitaba estirarse, pero no se atrevía a moverse por temor a hacer ruido. Momentos después, resonó un gong a lo lejos, y a continuación oyó que un grupito de gente entraba en el comedor charlando amistosamente.

—Aquí es donde *Pescadores de hombres* lleva colgado desde hace doscientos años —dijo una voz aristocrática que solo podía ser la de *lord* McLaren.

Murmullos de «magnífico», «soberbio», «una obra maestra»...

—¿Qué tal si nos sentamos a comer? —oyó William que sugería *lord* McLaren—. He pensado que le gustaría sentarse de cara al cuadro, para verlo mejor —le dijo a uno de los invitados, que no respondió.

William oyó que retiraban las sillas mientras las camareras iban y venían a la carrera. Había dos voces que se oían con mucha claridad, pero otra voz, que debía de estar de espaldas a William, era prácticamente indescifrable. Entonces habló una mujer, y William reconoció su voz al instante. No era la de *lady* McLaren, eso sin duda.

Ross permaneció oculto en la arboleda, intentando imaginarse qué estarían comiendo al otro lado de los impenetrables muros del castillo. Salmón ahumado y urogallo de la finca, supuso, teniendo en cuenta la época del año. Se relamió y se resignó a estar un buen rato esperando a que apareciera un extraño trovador en el ventanal. Si William levantaba el pulgar, significaba que tenía que llamar por radio a los agentes que estaban esperando y que inmediatamente se dirigirían al castillo, sin luces parpadeantes ni estruendo de sirenas. Para cuando llegaran a la puerta principal, William ya habría detenido a Faulkner. El pulgar bajado significaría que Faulkner no se hallaba entre los invitados, y entonces él intentaría marcharse discretamente.

* * *

William escuchó atentamente la conversación que tenía lugar en torno a la mesa del comedor. Había palabras que no conseguía entender, y un miembro del grupo aún no había hablado.

—¿Nos ponemos manos a la obra? —dijo *lord* McLaren una vez retirado el primer plato.

—¿Qué cifra tiene en mente? —dijo una voz, yendo al grano.

—Considero que treinta millones de libras sería un precio justo.

—Veinte millones se ajustaría más, en mi opinión.

—Vale mucho más que eso —dijo McLaren.

—Estaría de acuerdo con usted si no fuera porque se trata de una venta de liquidación.

A William le habría gustado ver la expresión del rostro de su señoría.

—Cuando hay un problema de herencias, el mercado favorece al comprador. —La voz hizo una pausa—. Sin embargo, estaría dispuesto a ofrecerle veintidós millones, con un incentivo añadido.

—¿Y cuál es? —preguntó McLaren, aturullado.

—Mantendré mi oferta durante una semana. La segunda semana bajará a veintiún millones, y la tercera, a veinte.

William comprendió que Faulkner conocía la cifra exacta que necesitaba *lord* McLaren para cubrir el impuesto de sucesiones, y seguramente también la fecha límite para pagar el monto total, tras la cual tendría que empezar a pagar intereses a la oficina de recaudación de Su Majestad.

—Tendré que pensármelo —dijo McLaren, esforzándose por sonar relajado y que pareciera que seguía teniendo todo bajo control.

—El reloj está haciendo tictac —dijo la misma voz

—Pasemos al salón a tomar café —dijo McLaren haciendo caso omiso de la amenaza velada. William oyó que los comensales retiraban las sillas de la mesa y salían de la habitación.

Ahora sabía que las pisadas fuertes y lentas pertenecían al representante en la tierra de Miles Faulkner.

William no se movió hasta que las camareras recogieron la mesa, salieron y cerraron la puerta. Cuando ya no se oía ni una sola voz, gateó hasta el ventanal e hizo la seña del pulgar bajado... en el mismo instante en que la puerta se volvía a abrir. Se tendió boca abajo y no se movió.

Ross echó pestes antes de radiar un sencillo mensaje a los coches patrulla:

—Podéis retiraros. Misión abortada.

—Lo siento, muchachito —dijo una voz, y acto seguido la radio se apagó.

Más o menos una hora después, William y Ross vieron que las verjas se abrían de nuevo y el BMW desaparecía.

William no se movió hasta que estuvo seguro de que no había nadie en la sala de abajo. Se asomó por la barandilla de la galería y, viendo que no había nadie, bajó de puntillas por la escalera de caracol y cruzó el comedor, incapaz de resistirse a echar un último vistazo al Caravaggio. Abrió la puerta lo mínimo para asomarse antes de salir al pasillo vacío, preparado para meterse sigilosamente en la cafetería o en la tienda de regalos si aparecía alguien. Caminó con cautela hacia la puerta principal, sintiéndose cada vez más seguro. Estaba a punto de girar el picaporte cuando oyó una voz a sus espaldas:

—¿Puedo ayudarle, joven?

William se volvió nerviosamente y vio a la anciana del mostrador de recepción, que estaba contando la recaudación de la mañana.

—Hola. Sí, quería una entrada para la visita guiada de la tarde —dijo manteniendo el tipo a la vez que cogía el monedero y sacaba un billete de una libra.

—Lo siento, pero ya hemos cerrado por hoy.

—Vaya, qué desilusión. Tenía muchas ganas de ver el Caravaggio.

—¿No le he visto esta mañana? —dijo la mujer mirándole con más detenimiento.

—Sí. Mañana vuelvo a Londres, y esperaba ver el cuadro una vez más.

—Tendrá que volver mañana a primera hora, joven, porque es muy posible que sea su última oportunidad de verlo.

William se arriesgó.

—No lo entiendo. El guía nos dijo que pertenece a la familia desde hace más de doscientos años y que es el orgullo de la colección de *lord* McLaren.

—Y en efecto, lo ha sido, pero me temo que mi hijo no tiene más remedio que venderlo —dijo la condesa viuda saliendo de detrás del mostrador. Cruzó el vestíbulo y abrió la puerta principal—. Ya sabe, impuestos de sucesiones… —añadió con un suspiro antes de invitarle a salir y cerrar la puerta tras él.

William ya sabía quién había sido la cuarta persona presente en la comida.

—¿Christina también estaba en la comida? —preguntó Beth esa noche mientras William se metía en la cama.

—Sí, y se estaba haciendo pasar por una compradora interesada en el cuadro —dijo William—, aunque el que más habló fue Booth Watson.

—Vaya, parece que, una vez más, me he tragado sus mentiras. Te prometo que no pienso volver a permitir que se salga con la suya.

—Entonces tendrás que matarla, y cruza los dedos para que sea yo el agente que investigue el caso.

—No te necesitaré —dijo Beth—, porque sé cómo matarlos a los dos sin derramar una sola gota de sangre.

—¿Qué tienes en mente? —preguntó William.

—Si Tim Knox aconsejase al gobierno de Su Majestad que rechace la solicitud de *lord* McLaren de una licencia de exportación aduciendo que *Pescadores de hombres* es un cuadro de importancia nacional, podrían pasar años antes de que Faulkner le echase el guante. Y solo podría echarle la culpa a una persona: Christina.

—Eso es lo último que quiero —dijo William con firmeza—. El comandante acaba de dar el visto bueno a la operación Obra Maestra, así que voy a necesitar que averigües a quién han contratado para que traslade el cuadro a su nuevo dueño.

—Me bastará con un par de llamadas telefónicas. Pero ¿qué gano yo a cambio?

—Traeré a Faulkner esposado, además del cuadro.

—Si lo logras —dijo Beth—, le pediré a Tim Knox que recomiende que el Lord Canciller exonere a su señoría del impuesto de sucesiones a cambio de que done el Caravaggio a la nación.

—¿A qué te refieres con «la nación»? —preguntó William inocentemente.

—Al Fitzmolean, por supuesto.

—No sé cuál de las dos es más intrigante y tiene menos escrúpulos, si Christina o tú.

Beth apagó la luz.

18

—Es preciosa, ¿verdad? —dijo Beth cuando el novio y la novia entraron en la sala y vio a Josephine por primera vez.

—Y está claro que Ross bebe los vientos por ella —dijo William.

—¿Tú no los beberías?

—Hace ya tiempo que me resigné al hecho de que me has tocado tú... «Una pobre virgen, señor, mal parecida, señor...».

—«Pero mía» —dijo Beth—. De *A buen fin no hay mal principio.*

—No, de *Como gustéis.*

—A ti lo que te pasa es que te has educado solo a medias.

—Y a ti lo que...

—Shh —dijo Beth mientras Ross y Jo tomaban asiento delante de la secretaria del Registro Civil.

—Bienvenidos a la antigua casa consistorial de Marylebone —dijo la secretaria dirigiéndose a los asistentes.

—No creo que me acostumbre nunca a que una mujer celebre la ceremonia del matrimonio —susurró Beth.

—Estás maravillosamente chapada a la antigua —dijo William cogiéndole la mano.

—Por eso estoy contigo, cavernícola.

—Tengo el placer de dirigir esta ceremonia matrimonial entre Ross y Jo —continuó la secretaria—. Debería empezar señalando que el compromiso que van a adquirir hoy es para el resto de sus vidas, y tan vinculante moral y legalmente como cualquier promesa hecha en una iglesia. Y ahora, empecemos.

William jamás había visto a Ross tan relajado y feliz. El elegante traje nuevo, la camisa blanca y los gemelos, con el complemento del clavel rojo en el ojal, habrían sorprendido a los habitantes del mundo del hampa con los que se había mezclado durante años. Ninguno de ellos había sido invitado a la boda.

Cuando la secretaria dijo solemnemente, «Si alguno de los presentes sabe de algún impedimento legal a este matrimonio, ahora es el momento de declararlo», Beth apretó la mano de William, que supo que su mujer estaba recordando el burdo intento de Miles Faulkner de estropearles el día de su boda y la ayuda que les había prestado Christina.

En esta ocasión, nadie alzó la voz.

William no pudo contener una sonrisa mientras la pareja intercambiaba los votos matrimoniales. Todavía no se había acostumbrado a que uno de los hombres más duros que había conocido en su vida estuviera tan locamente enamorado.

Estalló una cálida salva de aplausos nada más anunciar la secretaria:

—Con mucho gusto os declaro legalmente casados. Puedes besar a la novia.

El señor y la señora Hogan se besaron por primera vez.

—Tengo hambre —susurró William.

—Paciencia. Estamos invitados a la comida que dan en el hotel Marylebone después de la ceremonia.

—No puedo más. Hace semanas que no pruebo una comida como Dios manda.

Beth le dio un puntapié en el tobillo y William soltó un chillido exagerado.

Los invitados siguieron a los novios hasta la salida y bajaron las escaleras del consistorio. William y Beth, cogidos de la mano, cruzaron la calle y se dirigieron hacia el hotel.

En la parada del autobús de la acera de enfrente había un hombre sentado que iba anotando los nombres de todas las personas que reconocía. Solo había tres invitados que no le sonaban de nada. Mientras miraba detenidamente a los novios, se preguntó si Hogan sabría que se había casado con una prostituta. En cualquier caso, tenía que informar a su patrón inmediatamente de que ya no se podía confiar en la chica. Entonces vio a la subinspectora Roycroft. ¿Tampoco se podía seguir confiando en ella? La información que le había estado pasando a él, ¿habría sido revisada previamente por Warwick? Tenía que ponerse en lo peor, a la vez que intentaba sacarle partido. Echaría la culpa a la puta de cualquier información falsa, y después se atribuiría el mérito de haberla desenmascarado. Era el modo de asegurarse de que no perdía su única fuente de ingresos.

Lamont, quieto como una estatua, siguió con la mirada a los invitados mientras se encaminaban hacia un hotel cercano. Una vez que ya no pudo verlos, se metió en la cabina de teléfono más cercana, marcó un número y esperó.

—Despacho de abogados Fetter Lane —dijo una voz al otro lado de la línea—. ¿En qué puedo ayudarle?

—Necesito hablar con el señor Booth Watson. Urgentemente.

—Menudo banquetazo —dijo William poniéndose a la cola de la mesa del bufé.

—Recuerda que estás intentando perder unos kilitos… —dijo Beth.

William no hizo caso del reproche y se llenó el plato de pollo a la coronación, tomates y ensalada, antes de acercarse a la otra punta de la mesa y rellenar los huecos que quedaban con jamón, queso y patatas nuevas.

—Ya puede una sacar a un hombre de su cueva —suspiró Beth—, que, por mucho que se esfuerce por mejorarlo, seguirá siendo siempre un cavernícola.

Cogió una fina rodaja de salmón ahumado, medio huevo duro y un poco de ensalada y se fue a saludar a Paul, que estaba charlando con la novia. La montaña del plato de Paul parecía aún más grande.

—Te presento a Beth Warwick, la mujer de William —dijo Paul entre bocado y bocado.

—Ross habla maravillas de tu marido —dijo Jo—. Pero, como ya sabrás, lo que más feliz le ha hecho siempre es trabajar en la secreta. Si no, ni se le habría pasado por la cabeza abandonar el cuerpo de policía.

—William es todo lo contrario —dijo Beth—. Estuvo una temporada en la secreta, pero estaba deseando volver a Scotland Yard y reencontrarse con el equipo.

—Por eso Ross y él hacían tan buena pareja —dijo Paul.

—¿Puedo preguntarte adónde vais de luna de miel? —dijo Beth.

—Ross me dio a elegir entre cuatro posibilidades —dijo Jo—. Cualquiera de las tres Vacaciones de Pesadilla o un recorrido por los viñedos del valle del Loira, degustando sus mejores vinos y disfrutando de la deliciosa gastronomía de la zona antes de ir a París a pasar un largo fin de semana en el Ritz Carlton.

—Te habrá costado mucho decidirte… —dijo Beth.

—Más o menos un nanosegundo. Pero cuando volvamos, Ross pretende vivir todas las experiencias de las *Vacaciones de Pesadilla* mientras yo me quedo en casa preparándolo todo para la llegada de Josephine… o de Joseph.

—Me invitó a acompañarle a la experiencia «Desagradable» —dijo Paul—, pero, por desgracia, ninguna de las fechas encajaba en mi ajetreada agenda.

Los tres se echaron a reír mientras Beth se fijaba en una mujer mayor que estaba sumida en una conversación con el comandante en la otra punta de la sala.

—Tengo que admitir que jamás pensé que mi hijo se fuera a casar —estaba diciendo—. Así que todo esto ha sido una sorpresa tremenda.

—Agradable, espero, señora Hogan —dijo el Halcón—. Puede usted estar muy orgullosa de su hijo, y yo lamento que vayamos a perderlo.

—Eso es todo un elogio, comandante. Pero, como buen católico romano, se habrá fijado usted en que se han casado justo a tiempo —dijo la señora Hogan lanzando una mirada a su nuera.

—Me temo que soy un católico no practicante —respondió el comandante.

—¿Tanto como para que no le importe la antigua profesión de la novia?

Al comandante no se le ocurrió ninguna respuesta adecuada.

—¿Quién es ese que está hablando con William? —preguntó Jackie situándose al lado de Paul en la cola para servirse de nuevo.

—El mayor Cormac Kinsella. El nuevo jefe de Ross. Está completamente chalado, así que seguro que Ross se siente como pez en el agua —añadió Paul cogiendo el último muslo de pollo.

—¿Cuándo empieza Ross a trabajar con usted? —preguntó William.

—El día uno —dijo el mayor Kinsella—. Así que usted solo dispondrá de él un par de semanas más cuando vuelva de la luna de miel.

—Perfecto. Tenemos una última misión que no puede seguir adelante sin él.

—¿Puedo preguntar de qué se trata? —dijo Kinsella—. Ross se niega a contarme nada de lo que hace en Scotland Yard.

—Y yo también —dijo William—. Si lo hiciera, me despedirían.

—Si llegase a pasar —dijo Kinsella sacándose una tarjeta de un bolsillo interior para dársela a William—, por favor póngase en contacto conmigo.

—¿Y eso por qué? —preguntó Beth apareciendo al lado de William.

—Tenemos la gran suerte de que Ross se viene a trabajar con nosotros en calidad de representante sobre el terreno, señora Warwick —dijo Kinsella—, pero yo no voy a tardar mucho en buscar un nuevo director ejecutivo que me sustituya. Francamente, creo que su marido sería la persona ideal para llevar a la compañía a su siguiente etapa.

—¿Qué diablos puede haber después de «Insoportable»'

—Un sueldo de ochenta mil libras al año, acciones en la compañía y un porcentaje de los beneficios.

—¿Y qué le hace pensar que yo sería el hombre indicado para el puesto? —preguntó William—. A fin de cuentas, solo hace diez minutos que me conoce.

—Sé que es usted el inspector jefe más joven de la historia de la Policía Metropolitana, y en opinión de Ross es usted el mejor agente de todos a cuyas órdenes ha trabajado. Para ser sincero, yo ya había tomado la decisión antes de conocerle.

—Más vale que no se lo diga al comandante.

—Que no me diga ¿qué? —preguntó el Halcón acercándose a ellos.

—Que el mayor Kinsella acaba de ofrecerle un trabajo a William... —respondió Beth, que se lo estaba pasando en grande.

—Por encima de mi cadáver —dijo Hawksby.

—Se hará lo que sea necesario —respondió Kinsella, sonriendo.

—Y yo haré lo que sea necesario para pararle a usted los pies —dijo el Halcón—. Tengo miras más altas para el inspector jefe Warwick, y no incluyen dirigir un campamento de vacaciones. Es más, no tendré el menor reparo en asesinar a cualquiera que se interponga en mi camino.

—Los Evangelios nos dicen que pensar en cometer un asesinato es tan malo como cometerlo —dijo Beth intentando relajar el ambiente.

—Pues entonces —dijo el comandante— tendré que pedirle a Dios que tenga en cuenta unos cincuenta casos más que conozco. Y, francamente, usted ni siquiera está entre los primeros de mi lista actual —dijo fulminando al mayor con la mirada.

William sonrió; sabía exactamente quién era el primero de la lista del mayor.

—Y en cualquier caso —continuó el Halcón—, yo también voy a jubilarme en un futuro no muy lejano, y alguien va a tener que sustituirme.

Esto silenció incluso a Beth; mientras, una voz distraía a William susurrándole al oído:

—¿Podemos hablar un momento antes de irnos al aeropuerto?

—Sí, claro —dijo William dejando que el comandante siguiera batiéndose solo con el mayor Kinsella.

—¿Volveré a tiempo para el premio gordo? —preguntó Ross después de asegurarse de que nadie podía oírlos.

—He retrasado todo una semana para que así sea. No quiero empezar esta particular operación sin ti.

—¿Qué les pareció a los de la empresa de mudanzas especializadas que Scotland Yard vaya a acompañarlos en el viaje?

—Muy contentos no estaban, pero no dijeron ni pío después de que el Halcón les recordase que la mayoría de sus contratos tienen que ser autorizados por el Gobierno. Siguieron estando un poco protestones unos días más, hasta que el Ministro del Interior llamó al dueño de la empresa. Por lo que me han dicho, la conversación no duró mucho.

—Me muero de impaciencia —dijo Ross.

—Que no te oiga Jo decir eso —dijo William—, porque seguro que tiene otros planes para ti para los próximos diez días. Así que relájate y disfruta de tu luna de miel. Voy a necesitarte en plena forma cuando vuelvas si pretendemos concluir con éxito la mayor operación en la que he participado en toda mi vida.

—¿Mayor que Caballo de Troya?

—Aquella fue del comandante. La operación Obra Maestra es mía.

Ross se pasó la siguiente semana rondando por el valle del Loira, degustando los mejores vinos, pero sin permiso para vaciar la copa, y devorando después varios platos de *nouvelle cuisine* antes de irse a la cama con hambre. Los tres últimos días de la luna de miel los pasó disfrutando de los lugares turísticos de París, ajeno al hecho de que no iba a tardar mucho tiempo en volver a la capital francesa. Todavía conseguía correr ocho kilómetros cada mañana antes de acompañar a Jo a desayunar café con cruasanes. El desayuno, reflexionó, era claramente una comida que los franceses no habían resuelto bien. En su ausencia, el inspector jefe Warwick y el comandante pasaron el tiempo afinando los últimos detalles de una operación que iba a precisar de una coordinación milimétrica.

Cuando un bronceado Ross volvió al trabajo el lunes siguiente por la mañana, todo estaba atado y bien atado, tan solo a la espera del visto bueno del jefe de la Policía Metropolitana.

—Si nos sale bien —dijo Ross después de que William y él repasaran por última vez el plan—, dejaré el cuerpo de policía feliz y contento. Y no solo porque ya no será usted mi jefe —añadió riéndose.

—Si fracasamos —dijo William sin reírse—, yo también dejaré la policía, pero seguiré siendo tu jefe.

19

A William nunca se le había pasado por la cabeza cuánto se podía tardar en embalar una valiosa obra de arte ni cuánta gente se necesitaba para ello, a pesar de que Beth había intentado advertírselo.

La figura clave del grupo era Ian Posgate, un avezado corredor de seguros del Banco Lloyd's de Londres, que había asegurado el Caravaggio contra cualquier posible daño sufrido durante el transporte y que asimismo cubriría la suma total de veintiún millones de libras en el caso de que no llegase a su destino. Posgate estaba encantado de que unos policías fuesen a acompañarlos en el viaje disfrazados de ayudantes suyos.

William y Ross se quedaron al margen observando cómo trabajaban los profesionales. El señor Benmore, el jefe del equipo de manipulación de obras de arte, podía alardear de tener un Goya, un Rembrandt y un Velázquez en su catálogo razonado. Sin embargo, recientemente había dejado en manos de uno de sus ayudantes el embalaje de un Warhol para la Tate. El señor Benmore no se dedicaba al arte moderno.

El largo proceso empezaba con cuatro técnicos, dos de ellos subidos a la mitad de sendas escaleras y los otros dos con los pies firmemente plantados en el suelo. Entre ellos, iban bajando la obra maestra con movimientos lentos y controlados, separándola a cada paso de unos cuantos eslabones de la cadena que la sujetaba a la pared. William se fijó en que *lord* McLaren parecía envejecer a marchas forzadas mientras contemplaba el rectángulo oscuro que marcaba el espacio ocupado por el orgullo de la colección familiar desde hacía dos siglos.

Cuando la parte inferior del marco les llegó a la altura de la cintura, los cuatro técnicos levantaron el cuadro para descolgarlo de las cadenas y lo dejaron cuidadosamente sobre unos bloques de gomaespuma; después, descansaron un momento y lo encajaron en un marco especial para viajes. Esta excepcional pieza de artesanía era obra de un carpintero que nunca había visto el cuadro, pero que había sido informado de las medidas exactas del ornamentado marco dorado.

Una vez bien sujeto el cuadro, estiraron una capa protectora de polietileno sobre la superficie hasta que quedó tirante, y después el equipo de técnicos, supervisado por el señor Benmore, colocó el marco de viaje en un cajón exterior reforzado, construido por el mismo carpintero; una operación delicada que exigía destreza y fuerza en idéntica medida. La responsabilidad última del señor Benmore, después de comprobar que no podía producirse ningún movimiento interno durante el largo viaje a Barcelona, consistía en dejar bien cerrada la tapa de madera del cajón de embalaje con un destornillador eléctrico. Ross contó veinticuatro tornillos.

Después de una inspección minuciosa, el señor Benmore se dio por satisfecho y dio permiso al equipo para que se tomase un descanso.

Veinte minutos más tarde, estaban otra vez manos a la obra. Dos de ellos levantaron el cajón a medio metro del suelo, mientras los otros dos colocaban debajo un anchísimo monopatín. Una vez depositado suavemente el cajón sobre el monopatín, lo sacaron despacio del comedor y siguieron por el pasillo en dirección a la puerta principal. Para proteger el suelo de mármol, la ruta se cubrió con láminas de plástico corrugado.

Cuando llegaron al vestíbulo, William miró al *lord*, cuyo brazo rodeaba a una anciana a la que reconoció. Estaba conteniendo las lágrimas por la triste pérdida.

Se fijó en que el cuadro se mantuvo en posición vertical desde que lo embalaron hasta que lo sujetaron con correas en un camión climatizado de suspensión neumática, a fin de asegurar que los *Pescadores de hombres* no se caían de su barca.

Durante el trayecto de veinte kilómetros hasta el aeropuerto de Aberdeen, no superaron los cincuenta kilómetros por hora.

William y Ross iban detrás en un coche patrulla camuflado. Un *jet* privado los esperaba en un aeropuerto en el que los *jets* privados son más habituales que los aviones de vuelos comerciales.

El señor Benmore fue el primero en bajar del camión, y de nuevo supervisó a los técnicos mientras trasladaban con esmero el cuadro a la bodega del avión, donde, todavía en posición vertical, fue amarrado con correas. Ni él ni el corredor de seguros apartaron un instante la mirada del cajón de madera hasta que la puerta se cerró pesadamente. Cuatro pasajeros subieron a bordo de un *jet* con destino a Barcelona.

Cuando el avión aterrizó en suelo español un par de horas más tarde, el teniente Sánchez los estaba esperando en la pista. También él venía bien preparado. Siguiendo las ansiosas instrucciones del señor Benmore, cuatro policías vestidos con monos de trabajo descargaron el cajón y lo subieron a una furgoneta acolchonada y climatizada, donde lo dejaron sujeto con correas en posición vertical.

Ross se sentó delante al lado de Sánchez mientras el señor Benmore, el señor Posgate y William se subían atrás. William dio unos golpecitos a la mampara divisoria y Sánchez empezó a recorrer a paso fúnebre el tramo final del trayecto.

Booth Watson había llegado esa misma mañana en un vuelo anterior para acudir a la cita mensual con su cliente más preciado.

Encontró a Miles de un humor extrañamente exuberante mientras esperaba la llegada de su última adquisición. Los dos hombres se sentaron en el salón de cara al amplio espacio vacío de encima de la chimenea, donde iban a residir los *Pescadores de hombres*.

—Mientras esperamos —dijo Faulkner—, ponme al día de lo que está sucediendo en Londres.

—Hay buenas noticias, y otras que no lo son tanto —dijo Booth Watson abriendo su maletín y sacando las inevitables carpetas—. Me temo que ya no podemos fiarnos de los informes que me ha estado pasando tu fulana. Pero, claro, teniendo en cuenta que jamás me pediste mi opinión sobre ella…

—Venga, dispara de una vez —dijo Miles apenas disimulando su irritación.

—Hace un par de semanas, en la vieja casa consistorial de Marylebone, Josephine Colbert se casó con el inspector Ross Hogan, a quien se suponía que tenía que seducir para informarnos de los planes del equipo de Warwick; para eso la estabas pagando. Pero ahora es, claramente, un miembro de pleno derecho del equipo.

—Quítala de la nómina inmediatamente —dijo Faulkner pasando de la irritación a la ira.

—Ya lo he hecho —dijo Booth Watson—. ¿Quieres que haga algo más en relación con ella?

—No. Lo que más me interesa es saber cómo te llegó esta información, porque me cuesta creer que te invitasen a la boda.

—Lamont ha estado vigilando a Hogan durante una temporada. Debo avisarte que sospecha que la subinspectora Roycroft también está en el bolsillo de Warwick , y no en el nuestro.

—Dile a Lamont que siga quedando con Roycroft, para que no se den cuenta de que la hemos calado. El próximo informe de Roycroft promete ser de lo más interesante, ahora que sabemos a quién es verdaderamente leal. Y encárgate de mantener contento a Lamont.

—Solo hay una cosa que mantiene contento a Lamont —dijo Booth Watson—, y ellos no pueden aportársela.

—Eso vale también para Christina. No podemos arriesgarnos a que abandone el barco.

—No hay mucho riesgo de que eso suceda. Sabe que, si elige a la señora Warwick por encima de ti, ya puede ir despidiéndose de la casa de campo, del apartamento, del chófer, de la ropa cara y de los almuerzos con las señoras... y, desde luego, ni un jovencito más. Sabe que acabaría durmiendo en el cuarto de los invitados de los Warwick y teniendo que contentarse con las sobras que le dieran. No, no creo que abandone el barco.

—Entonces, ¿para qué mantenerla en nómina? —preguntó Faulkner.

—Mientras Christina siga en contacto con la mujer de Warwick, seguirá siendo nuestra mejor opción para descubrir qué trama el inspector... Beth Warwick también parece sensible a un tipo distinto de soborno...

—¿Adónde quieres llegar? —interrumpió Faulkner.

—Christina dijo que su último encuentro con la mujer de Warwick fue sobre ruedas. Se alegró mucho de que Christina accediese a prestar su Frans Hals al Fitzmolean para la exposición del próximo otoño.

—Mi Frans Hals —precisó Miles.

—Solo estarás sin él unas semanas. Un pequeño sacrificio si lo comparas con las posibles consecuencias.

—Asegúrate de que recuperas el cuadro el día siguiente a la clausura de la exposición. ¿Algo más?

—Sí —dijo Booth Watson—. La compra del Caravaggio casi te ha dejado sin haberes en Londres.

—Se repondrán en cuanto se ultime la absorción de Marcel and Neffe. Y no olvides el efectivo que sigo teniendo en las cajas de seguridad de Rashidi.

Booth Watson no quería decirle a su cliente por nada del mundo que esa fuente de financiación también estaba tocando fondo, pero por otra razón distinta.

Faulkner se miró el reloj.

—Si mi *jet* privado ha aterrizado a tiempo, el cuadro debería estar aquí más o menos dentro de una hora... ¿Qué tal si salimos a comer algo?

* * *

El teniente Sánchez arrancó la furgoneta, metió primera y fue siguiendo las instrucciones del señor Benmore: mantenerse en el carril interior en todo momento y no superar los treinta kilómetros por hora, ni siquiera en la autopista.

Ross iba callado a su lado, alerta a todo lo que lo rodeaba, tratando de anticiparse a los imprevistos. Ya se había fijado en las cuatro motos de policía camufladas que iban por la autopista. Dos delante y dos detrás, fingiendo que estaban controlando el tráfico. En cuanto salieron a una carretera nacional, encendió una videocámara para grabar el curso de los acontecimientos.

El teniente le miraba con envidia.

—¿La cámara viene con el uniforme de Scotland Yard?

—No, para nada. Es un regalo de mi mujer.

—A mí, mi mujer solamente me regala hijas —dijo Sánchez.

—¿Cuántas van?

—Tres. Pero no me doy por vencido —dijo el teniente mientras llegaban a la linde del bosque donde no tuvieron más remedio que detenerse.

Ross apagó la cámara y la guardó en la guantera mientras Sánchez daba golpetazos a la mampara para que los compañeros que iban atrás supieran que habían llegado.

William miró al señor Benmore, que parecía agobiado y sudaba mucho.

El teniente Sánchez tocó el claxon, provocando que unos pájaros salieran en desbandada de las altas copas de los pinos. A punto estaba de tocar por segunda vez cuando salió del bosque un carrito de golf y se detuvo delante de la furgoneta.

Dos guardas musculosos se bajaron del carrito y rodearon lentamente la furgoneta. Uno abrió la puerta del conductor e intercambió unas palabras con Sánchez, que llevaba un guion bien preparado para cada una de las preguntas. El guarda le hizo el saludo militar con gesto guasón y se reunió con su colega en la parte de atrás de la furgoneta. Examinaron el enorme cajón de madera, contaron a los pasajeros, comprobaron la tablilla sujetapapeles y por último cerraron de un portazo antes de volver al carrito. El otro guarda le indicó a Sánchez con el brazo que le siguiera.

Ross sacó la cámara de la guantera, pulsó un botón y empezó a grabar el avance lento y serpenteante por un sendero sin señalizar. Llegaron a un puente de madera, y siguió filmando mientras cruzaban por encima de un río de aguas rápidas para salir finalmente a un claro presidido por una mansión palaciega.

Sánchez siguió al carrito del golf por un prado de césped bien cortado hasta que llegaron a la ancha entrada de gravilla de la casa. Una vez más, Ross repasó para sus adentros el Plan A. Si Faulkner aparecía cuando se abriera la puerta principal, Ross iría a la parte de atrás de la furgoneta y fingiría que estaba supervisando la descarga, con el fin de reducir las posibilidades de que su antiguo compañero de cárcel le reconociera.

En cuanto Faulkner empezase a seguir al cajón mientras lo trasladaban al interior, los cuatro policías armados lo agarrarían y le pondrían las esposas. Y entonces, Sánchez arrestaría a Faulkner y le leería sus derechos.

Si los dos guardaespaldas oponían resistencia, por leve que fuera, los policías motorizados que estaban patrullando impacientemente la autopista entrarían en acción y se presentarían en un abrir y cerrar de ojos.

La puerta principal se abrió y apareció un mayordomo. Pero de Faulkner, ni rastro. Las cosas nunca eran tan sencillas. Ross pasó al Plan B.

Sánchez y Ross se bajaron de la furgoneta, se dirigieron lentamente a la parte de atrás y observaron mientras el señor Benmore supervisaba la descarga del cajón. Ya se había quejado a William de los cuatro novatos que habían sustituido a sus técnicos profesionales, pero en vano. Entre quejas y resoplidos, sacaron por fin el cajón de la furgoneta, y los cuatro policías, acompañados de Ross y del señor Benmore, siguieron a Sánchez y al mayordomo hasta la casa mientras William se mantenía fuera del alcance de la vista. Y Faulkner aún no había dado señales de vida.

Una vez que se hubo cerrado la puerta principal, William se encasquetó una gorra de béisbol para que le cubriera los ojos, salió sigilosamente de la parte de atrás de la furgoneta y se puso al volante, consciente de que no podía arriesgarse a ser visto por Faulkner, que lo habría reconocido inmediatamente. Le habría gustado ser el agente que lo detuviera, pero supuso que, cuando se abriera de nuevo la puerta principal, un Sánchez triunfante reaparecería con el prisionero. La desazón del señor Benmore iba a aumentar con creces cuando se enterase de que el cuadro iba a volver directamente a Escocia, debido a un acuerdo negociado entre el comandante, el Ministerio de Interior y la policía española.

Los cuatro policías avanzaron lentamente por el vestíbulo cargando con su billete de acceso mientras Sánchez charlaba con el mayordomo. Finalmente llegaron al salón; allí, sobre la chimenea, estaba el espacio grande y vacío en el que los *Pescadores de hombres* jamás se iba a colgar.

El cajón fue depositado cuidadosamente en la alfombra, y los policías se apartaron para que el señor Benmore llevase a cabo su otra tarea, que precisaba idéntica pericia: había que desembalar.

Mientras el señor Benmore empezaba a sacar los tornillos uno a uno, Ross se situó sigilosamente detrás de la puerta abierta para cazar por sorpresa a Faulkner en caso de que apareciera.

Una vez sacados los veinticuatro tornillos y abierta la tapa del cajón, el señor Benmore quitó el marco de viaje y el polietileno que protegía la superficie del lienzo. Satisfecho con su trabajo, dio instrucciones a sus inexpertos técnicos para que sacasen poco a poco el cuadro cogiéndolo por las cuatro esquinas del marco dorado. Debió de pronunciar la palabra «lentamente» veinte veces, y eso que el señor Benmore no tenía por costumbre repetirse.

Los cuatro hombres se agacharon, cada uno agarró una esquina del marco y sacaron la obra maestra del cajón de viaje. Ross no pudo resistirse a dar un paso para mirar más de cerca, justo cuando el mayordomo volvía a entrar en la sala seguido de cerca por su patrón.

Ross intentó esconderse detrás de la puerta, pero Faulkner lo reconoció al instante y una expresión de indisimulada sorpresa asomó a su rostro. Se dio la vuelta y cruzó el vestíbulo a la carrera, con Ross pisándole los talones y Sánchez un metro más atrás.

El mayordomo se plantó rápidamente en el umbral, pero Ross, haciéndole un placaje que le habría valido la expulsión de un campo de *rugby*, le derribó… eso sí, cuando ya había conseguido darle a su patrón unos segundos de ventaja decisivos.

Ross persiguió a Faulkner por el vestíbulo y por un largo pasillo, acortando las distancias con cada paso. Al llegar a una puerta que estaba al final del pasillo, Faulkner sorprendió a Ross deteniéndose a mirar la hora; a continuación, la puerta se abrió, la cruzó de un salto y la cerró de golpe. Ross agarró el picaporte un segundo tarde. Después de embestirla con ímpetu una vez, comprendió que ni una melé de *rugby* habría podido abrirla.

Faulkner oyó el golpe del hombro y se permitió una sonrisa burlona mientras cruzaba la habitación y se detenía ante la pesada puerta de hierro. Introdujo un código de ocho cifras en su reloj de pulsera, y la inmensa puerta obedeció su orden y se abrió de par en par. Pasó, tiró de ella y esperó a que los cuatro pesados pestillos volvieran a cerrarse.

De nuevo, dio unos golpecitos al reloj y esperó a que la esfera se iluminase antes de introducir un segundo código, que inmediatamente abrió la puerta del fondo. Salió y cerró la puerta metálica a sus espaldas. Soltó un suspiro de alivio antes de descender las escaleras a su otro mundo. La ensayadísima desaparición había salido como estaba previsto, pero sabía que ahora iba a tener que pensar más en serio en irse a otro lugar.

Lo primero que hizo al llegar a su estudio fue llamar por teléfono.

20

El mayordomo no vaciló en pasarle las llaves a un furioso Ross. Total, a estas alturas el jefe habría tenido tiempo de sobra para huir.

Ross volvió corriendo por el pasillo y se encontró a Sánchez, a William y a un par de sus agentes intentando sin éxito derribar la puerta, con los hombros magullados como única recompensa a sus esfuerzos. Abrió rápidamente, y a ninguno le sorprendió que no se viera a Faulkner por ninguna parte.

—Observa detenidamente esta puerta de metal —dijo William—. Dime lo que ves, o, más importante, lo que no ves.

—No hay ni pomo ni cerrojo —se apresuró a decir Ross.

—Ni tampoco un dial —añadió Sánchez—. Entonces, ¿cómo se abre?

—Sospecho que solo hay una persona que lo sabe —dijo William mientras el mayordomo aparecía de nuevo con una enorme bandeja llena de bebidas, lo cual solo hizo que Ross quisiera pegarle con más fuerza todavía.

—¿Cómo abrimos esta puerta? —preguntó William.

—No tengo ni idea, señor —dijo el mayordomo colocando la bandeja sobre la mesa. La mirada vacía que asomó a su rostro hizo pensar a William que tal vez hasta estuviera diciendo la verdad.

A punto estaba William de hacer otra pregunta cuando empezó a sonar el teléfono del escritorio. Hizo una seña al mayordomo para que respondiera.

El mayordomo cogió el auricular.

—Residencia Sartona, buenas tardes. ¿En qué puedo ayudarle?

William se sacó una libreta y un bolígrafo del bolsillo, escribió el nombre «Sartona» y lo subrayó mientras escuchaba la parte de la conversación que correspondía al mayordomo.

—¿Siguen ahí?

—Sí, señor. Lo siento, pero el señor Sartona se encuentra fuera del país en estos momentos. ¿Quiere que le deje un recado?

—¿Booth Watson sigue ahí contigo?

—Sí, señor. Cuenta con verle cuando vuelva usted.

—Llámame en cuanto estés seguro de que todos los maderos se han largado y están de camino a Barcelona.

—Por supuesto, señor. Le diré que ha llamado.

El mayordomo colgó, se volvió hacia William y dijo:

—¿Puedo ayudarles en algo más, caballeros?

Ross apretó el puño y dio un paso al frente.

—No, gracias —dijo William interponiéndose rápidamente entre ambos—. De hecho, creo que haría bien en marcharse.

—Como deseen —dijo el mayordomo haciendo una discreta reverencia y saliendo sin decir una palabra más.

William esperó a que la puerta se cerrase antes de decir:

—Si queremos tener alguna oportunidad de descubrir qué hay detrás de eso —dijo señalando la impenetrable puerta de hierro—, vamos a necesitar maquinaria pesada.

—Es fácil decirlo, pero… Este lugar fue el escondite secreto de Franco —dijo Sánchez—. Fue lo que llaman ustedes una «propiedad protegida», así que no podemos tocar nada sin la autorización de un tribunal.

—Entonces tendremos que ponernos a ello sin consultar con las autoridades, ¿no? —dijo Ross.

—Me temo que no —dijo William moviendo la cabeza—. Recuerda, Ross, que no estamos en los barrios bajos de Battersea. Aquí no tenemos ninguna autoridad.

—¿Y a quién le importa, Monaguillo? —dijo Ross incapaz de disimular su contrariedad.

—A mí —dijo Sánchez—. Porque ni siquiera estamos en los barrios bajos de Barcelona.

—Y en cualquier caso —dijo William—, puedes estar seguro de que a estas alturas Faulkner estará hablando por teléfono con su abogado español, que nos plantará una orden de restricción en menos que canta un gallo.

—También podríamos esperar. A fin de cuentas, tarde o temprano tiene que salir —sugirió Ross.

—Apuesto a que hay otro mundo al otro lado de esa puerta —dijo William—. A saber cuánto tiempo íbamos a estar mano sobre mano esperando a que reapareciera.

—Y el abogado de Faulkner nos habría echado mucho antes —añadió Sánchez.

William asintió con la cabeza, pero Ross aún no parecía convencido.

—Y estoy casi seguro de que conozco al abogado con el que hablará —siguió Sánchez—. Así que no hay nada que podamos hacer hasta que consigamos un mandato judicial que desestime cualquier objeción.

—¿Y eso cuánto puede tardar? —preguntó Ross.

—Unos días, semanas, puede que meses —dijo Sánchez mientras el teléfono volvía a sonar. Después de dos toques se interrumpió, y William supuso que habría respondido alguien en otra extensión.

Sánchez cogió el auricular y oyó una conversación entre el mayordomo y una mujer con la que había tenido numerosos encontronazos en el pasado.

—¿Qué oficial está al mando? —dijo una voz seria.

—El teniente Sánchez —les interrumpió el teniente.

—Buenas tardes, teniente —saludó la mujer como si se dirigiese a un subalterno.

—Buenas tardes, señora.

—Que quede bien claro desde el principio, teniente —dijo ella intentando sonar razonable—, que si descubro que han alterado algo en la casa de mi cliente no vacilaré en demandar a la policía y considerarle a usted personalmente responsable. ¿Entendido?

—Sí, señora.

—Para que no haya malentendidos en el futuro, teniente Sánchez, se lo voy a volver a preguntar. ¿Entendido?

—Perfectamente, señora —dijo Sánchez colgando con brusquedad.

—Bueno, parece que Faulkner ha vuelto a esquivarnos —dijo Ross.

—No necesariamente —dijo Sánchez—. Voy a poner un par de coches patrulla en la carretera que lleva a la autopista, y así, si intenta escapar, estaremos esperándole.

—¿Y el otro lado de la casa? —preguntó William.

—Se encontraría con un acantilado muy escarpado. Franco escogió este lugar para que no pudieran pillarle nunca por sorpresa. No facilita las cosas el hecho de que Faulkner sabe perfectamente que no dispongo de los recursos necesarios para mantener una operación a tiempo completo durante mucho tiempo. Hoy en día todo se reduce al presupuesto —añadió con un suspiro.

—Entonces tendremos que volver cuando menos se lo espere —dijo William.

—Cuando lo hagan, por favor infórmenme —dijo Sánchez—. Porque Faulkner es un hombre al que me gustaría conocer.

Ross sonrió, pero no hizo ningún comentario.

—Pero hasta que llegue ese momento —dijo Sánchez—, no hay mucho más que podamos hacer hoy, así que si quieren los acerco al aeropuerto.

William se giró y vio que Ross estaba de rodillas, examinando atentamente la esquina inferior izquierda de la puerta de hierro.

—¿Algo de interés?

—Nada, señor inspector—dijo Ross levantándose despacio.

Al oír que le llamaba «señor inspector», William dedujo que Ross había visto algo que no quería compartir con Sánchez.

Ross y William salieron detrás del teniente. A mitad del pasillo, William se detuvo a mirar más de cerca *El flautista*, que estaba colgado en la pared, y frunció el ceño.

—¿Algo de especial en ese cuadro, jefe? —preguntó Ross.

—Me temo que sí. A mi mujer no le va a hacer ninguna gracia que le diga que ya puede ir tachándolo de su lista.

En su estudio del sótano, Faulkner colgó el teléfono, contento porque su abogada española hubiese resuelto el problema más urgente y, más pronto que tarde, la policía española se fuese a freír espárragos. Pero ¿cuánto tardarían en volver con más efectivos todavía?

Abrió su agenda telefónica y pasó las páginas hasta que llegó a la letra R, con la esperanza de que el número no estuviera fuera de servicio. Miles se recostó en el asiento y ensayó lo que iba a decir exactamente antes de coger el auricular y marcar.

La señal estuvo sonando un buen rato hasta que por fin oyó una voz:

—¿Quién es?

—Miles Faulkner. Puede que no se acuerde de mí, pero…

—Señor Faulkner. ¿Cómo iba a olvidarme? ¿A qué debo este inesperado placer?

—¿Con quién hablo?

—Soy el cabeza de familia.

—Quiero darle un recado a su hijo Terry.

—Soy todo oídos, señor Faulkner.

—Necesito que me haga un trabajillo.

—Entendido. Pero primero tenemos que ponernos de acuerdo con el precio.

—¿Cuál es la tarifa actual?

—Depende del perfil de la persona.

—La mujer de un agente de policía.
—Barato no va a salir, señor Faulkner.
—¿Cuánto?
—¿Diez de los grandes, le parece?
—De acuerdo —dijo Faulkner aceptando que no era el momento de regatear.
—¿Cómo voy a cobrar?
—El excomisario Bruce Lamont le entregará el dinero en efectivo mañana por la mañana.
—Sabe dónde encontrarnos, de eso no hay duda —dijo la voz—. Ahora, solo me falta saber el nombre.

—La verdad es que habría preferido el *jet* privado de Faulkner... —dijo Ross mientras se sentaban en la última fila de la clase turista.
—Este era el único vuelo disponible —dijo William—, y, francamente, suerte hemos tenido de conseguir dos plazas en el último momento.
—En fin, ¿puede saberse dónde están los señores Benmore y Posgate?
—Delante, en primera, con Cristo y cuatro pescadores.
—Bueno, si nos caemos al canal —dijo Ross—, al menos habrá un pasajero que podrá caminar sobre las aguas...
Una vez que el avión hubo despegado, William esperó a que alcanzara la altura de crucero antes de abrir la libreta.
—¿Qué has pillado tú que se me haya pasado a mí?
—Para eso necesitaríamos un vuelo transatlántico —dijo Ross—, así que mejor que empiece usted.
—Comencemos con la conversación telefónica del mayordomo en el estudio —dijo William ignorando la típica pulla de agente-a-punto-de-desmovilizarse—. Estoy casi seguro de que estaba hablando con Faulkner.
—¿Qué le hace pensar eso?

—Cuando cogió el teléfono, sabía exactamente quién estaba al otro lado.

—¿Cómo puede estar tan seguro?

—Dijo «Sí, señor» dos veces, y terminó con un «Por supuesto, señor» —dijo William, mirando sus notas—. Me sonó como un guion bien ensayado para esa situación concreta.

—No son más que conjeturas. Necesita algo más sólido para convencer a un jurado.

—Vale. Cuando la abogada de Faulkner telefoneó unos minutos más tarde, sonó la típica señal doble de las líneas externas..., pero la primera vez fue una sola señal, así que tuvo que ser una llamada interna.

—No está mal, pero ¿qué fue lo que el mayordomo reveló expresamente y que vi que usted anotaba?

—Sartona. Evidentemente, quería hacerme creer que es el nuevo alias de Faulkner, pero dudo que sea el nombre que figure en su pasaporte cuando decida que ha llegado el momento de salir escopetado.

—Bien hecho, Monaguillo, pero ahora voy a matar a su as con un triunfo.

William no pudo contener una sonrisa al pensar que Ross era uno de los pocos miembros del cuerpo que todavía se atrevían a llamarle «Monaguillo» a la cara. Cerró la libreta, se recostó en el asiento y se dispuso a escucharle.

—Mientras usted se echaba una siestecita en la furgoneta y yo perseguía a Faulkner por el pasillo, vi que paraba a mirarse el reloj de pulsera. ¿Qué delincuente, me pregunté, mira la hora cuando un poli le está pisando los talones? Al tocar el reloj, la esfera se iluminó.

—Entonces, ¿cuál es la respuesta a tu pregunta retórica, inspector?

—Él ya sabía que la puerta de su estudio no estaba cerrada con llave, porque era parte del plan de fuga que había previsto por si se presentaba la policía.

—Y según tu teoría «rossoniana», ¿qué pinta un reloj de pulsera que se ilumina?

—Primero, pregúntese por qué no hay pomo ni cerrojo en la puerta de la cámara acorazada.

—¿A qué conclusión has llegado tú?

—No era un reloj propiamente dicho, sino la llave que abre la puerta de metal. Cuando se iluminó la esfera, bastó con introducir un código para que la puerta se abriese.

—Eso explicaría que consiguiera esfumarse y sin embargo pudiera llamar al mayordomo instantes después.

—Y por si le interesa —continuó Ross—, le puedo decir el nombre de la compañía que fabricó la puerta.

—NP —dijo William, que no le iba a la zaga—. Son las letras que estaban grabadas en la esquina inferior izquierda.

—No está mal, Monaguillo, pero ¿sabe lo que representa NP?

—No, pero me da que estás a punto de decírmelo.

—Nosey Parker. El coronel Parker es el único hombre que puede decirnos cómo se abre esa puerta.

—Pero solo te falta una semana para abandonar el cuerpo...

—Entonces quizá tenga que tardar un poco más en irme, si quiero demostrar que mi teoría es acertada.

—¿De qué me sirve a mí un expolicía que está a punto de incorporarse a una agencia de vacaciones dirigida por dos chalados?

—De mucho —dijo Ross sacándose del bolsillo interior de la chaqueta una latita que contenía el molde de plástico de una llave.

—¿Es de la puerta del estudio de Faulkner?

—Si me hubiera llevado la llave original, Faulkner habría hecho cambiar el cerrojo antes de que hubiésemos llegado al aeropuerto.

—¿Algo más?

—Sí —dijo Ross—. Preferiría ir sentado en primera clase al lado de Cristo.

—Yo creo que un monaguillo tiene más probabilidades de...

—Es mejor salvar a un pecador —contraatacó Ross.

* * *

Faulkner cogió el teléfono del escritorio.

—Todo despejado, señor —dijo el mayordomo—. El hombre que tenemos en el aeropuerto acaba de llamar para decir que los ha visto embarcar a los dos en un avión con destino a Londres.

—¿A los dos? —repitió Faulkner.

—Al inspector jefe William Warwick y a su lugarteniente, un tal inspector Ross Hogan.

—La mujer de Warwick va a recibir en breve una sorpresa desagradable, y no es simplemente que no va a echarle el guante a mi Frans Hals para su exposición de este otoño —dijo Faulkner, y colgó de golpe. Salió de la habitación, subió las escaleras y, después de dar unos golpecitos a su reloj, introdujo un código de ocho cifras. Cuando la puerta interior se abrió, se metió en la cámara acorazada, volvió a mirarse el reloj y metió un segundo código, que le permitió volver a su estudio de la planta baja.

Cuando se abrió la puerta, lo primero que vio fue a Collins esperándole con una copa de champán recién servido sobre una bandeja de plata. Cogió la copa sin hacer una pausa y dijo:

—¿Sigue con nosotros el señor Booth Watson?

—Sí, señor. Le está esperando en el salón.

Faulkner recorrió con la mirada la habitación, que había sido registrada de arriba abajo.

—Ya veo que el inspector jefe ha dejado su tarjeta de visita —dijo, y acto seguido se dirigió al salón, haciendo un alto para enderezar un cuadro del pasillo.

Booth Watson se puso en pie al ver entrar a su cliente. Faulkner se desplomó en la butaca más cercana y se quedó mirando un gancho para colgar cuadros que sobresalía de la pared y que ahora sobraba.

—De modo que el Caravaggio no era más que un cebo para descubrir dónde me había escondido…

—Eso parece —dijo Booth Watson—. Y no te va a gustar saber que se han llevado el cuadro.

—Tú asegúrate de que el banco rechaza el cheque.

—Ya he hablado con el banco. Su señoría presentó el cheque esta mañana, y estaban a punto de hacerlo efectivo cuando llamé.

—Todavía pienso echarle el guante a ese cuadro —dijo Miles sin apartar la vista del hueco de la pared.

Booth Watson no hizo ningún comentario.

—¿Cómo te las apañaste para evitar que te viera la policía?

—Collins me llevó al último piso, a la habitación de una de las criadas, y me escondí debajo de la cama.

—¿La policía no subió a echar un vistazo a la habitación?

—Vino un poli, pero se encontró a un jardinero retozando con la criada. Se disculpó y se marchó al instante. Pero vas a tener que aceptar el hecho de que este lugar va a estar sometido a una vigilancia constante a partir de ahora.

—Siempre hemos sabido que en algún momento iba a pasar. Al menos, yo estaba bien preparado —dijo Faulkner—. Pero ahora tengo que planear mi fuga, porque no van a tardar en volver.

—¿Cuándo y cómo? —dijo Booth Watson—. Tenemos que dar por supuesto que habrán puesto coches patrulla, día y noche, en la carretera que sale de aquí.

—Yo no pienso irme por carretera...

—Pero si me dijiste una vez que al otro lado de la casa no había nada más que un acantilado...

—Y no habría nada más si Franco no hubiera construido un túnel que une el estudio de abajo con la playa. De todos modos, no puedo permitirme moverme de aquí hasta que todo lo demás esté resuelto, así que vas a tener que trabajar horas extra cuando vuelvas a Londres. Primero, necesito que te pongas en contacto con el capitán de mi yate y le digas que esté listo para zarpar en cualquier momento.

—¿Y la colección?

—Se viene conmigo. En el lugar al que voy, puede que sea mi única posesión valiosa.

—Permíteme que te sugiera —dijo Booth Watson— que de aquí en adelante duermas en tu estudio con la puerta trancada. Así, si Warwick aparece en mitad de la noche, tendrás tiempo de sobra para escapar.

—Bien pensado, BW. Voy a decirle a Collins que me prepare un catre inmediatamente.

—¿Hay algo más que necesites que haga en Londres?

—Solo una cosa. Dale a Lamont diez mil libras en metálico y dile que se las entregue a Terry Roach mañana por la mañana.

Booth Watson, como cualquier Consejero de la Reina con tablas, jamás hacía una pregunta cuando no quería saber la respuesta.

21

—Bueno, ¿y a qué ciudad has ido esta vez, cavernícola? —preguntó Beth sirviendo una segunda taza de café solo a su marido.

—¿Y tú por qué piensas que he salido de Londres?

—Ayer necesitaba un préstamo de un par de libras y al coger tu monedero vi que estaba lleno de pesetas.

—Define el significado de «préstamo».

—La cantidad íntegra te será devuelta en algún momento futuro.

—¿Lejano o cercano? —preguntó William, untando mermelada en la tostada.

—En algún momento de mi vida —dijo ella, besándole en la frente—. Deja de cambiar de tema y dime adónde fuiste después de Escocia.

—¿Qué te hace pensar que estuve en Escocia?

—Además del billete de mil pesetas, me encontré un billete de ida a Aberdeen, y que yo sepa la peseta todavía no ha pasado a ser la moneda oficial de Escocia…

—Pues deberían haberte dado más de un par de libras a cambio de las mil pesetas.

—Que dejes de cambiar de tema… —repitió Beth—. Ya he llegado a la conclusión de que seguro que has ido a Escocia para ver a *lord* McLaren o, para ser más exactos, para ver su Caravaggio. La razón solo puede ser que tenías la esperanza de que Miles

Faulkner estuviese allí, y sospecho que la única recompensa a tus esfuerzos fue que te encontraste a su representante en la tierra.

William untó otra tostada de mantequilla.

—Me da igual que no me lo quieras contar —dijo Beth—, porque voy a comer con Christina y estoy segura de que lo va a soltar todo.

William sintió remordimientos de conciencia al pensar que Beth estaba a punto de enterarse de que el Frans Hals que Christina había prometido prestar al Fitzmolean no iba a poder colgarse en la exposición del próximo otoño, y que la culpa la tenía él.

—Tengo que irme —dijo, apurando el café de un trago—. No quiero llegar tarde a la reunión del comandante.

—¿Te sobran pesetas? —dijo Beth después de otro beso.

—Ya me advirtió mi padre contra las mujeres como tú —dijo él dándole un billete de cinco libras.

—Adoro a tu padre.

El comandante tomó asiento a la cabecera de la mesa, alegrándose al ver que estaban presentes todos los miembros del equipo. Miró a su derecha y dijo:

—Así que ahora sabe que lo sabemos.

—Sí, señor —dijo William—. Por tanto, no nos queda mucho tiempo para elaborar un plan si queremos atraparle antes de que desaparezca de nuevo.

—¿«Queremos», en plural? —dijo el Halcón.

—Ross ha accedido a posponer su salida un mes más con el fin de asegurarse de que Faulkner no se sale con la suya por tercera vez.

—¿Hay algo que no estés dispuesto a hacer para volver a la secreta, inspector Hogan? —preguntó el Halcón dirigiendo la mirada al otro lado de la mesa.

—Parece que no —dijo William, sin dar tiempo a Ross a responder—. La policía española ha colaborado al máximo. Aun así, el teniente Sánchez piensa que sería de gran ayuda que hablara usted con su homólogo en Barcelona.

—Le llamaré esta misma mañana —dijo el Halcón—. Vosotros dos aseguraos de mantenerme plenamente informado de todos vuestros planes, y subrayo lo de plenamente.

—Sí, señor —dijo William, consciente de que no iba a ser posible a no ser que Ross le mantuviese a él plenamente informado de sus planes.

—¿Y qué habéis estado haciendo los demás mientras el inspector jefe Warwick y el inspector Hogan daban vueltas por Europa a costa de los contribuyentes? Comencemos contigo, Pankhurst.

—Darren Carter —empezó Rebecca— sigue trabajando de gorila en el club Eve, y aparte de salir al callejón a fumarse algún que otro canuto en los descansos, no hace nada de lo que pueda acusarle. Aunque a juzgar por lo que dice cuando se toma unas cervezas y se le suelta la lengua, me da que sigue creyendo que se ha ido de rositas.

—¿Y qué hay del dueño del garito, que es igual de culpable? —preguntó el Halcón.

—Acaba de solicitar que le amplíen la licencia de consumo de alcohol hasta las dos de la mañana.

—Habla con el juez de paz y encárgate de que se la denieguen. Si pregunta por qué, que me llame.

—Así lo haré —dijo Rebecca tomando nota.

—Que quede bien claro, detective —continuó el Halcón sin apartar la mirada de Rebecca—, que no me voy a quedar contento hasta que el garito se cierre y esos dos delincuentes estén entre rejas.

—Sí, señor —repitió Rebecca, sin tomar nota esta vez.

—¿Tienes mejores noticias, subinspector Adaja?

—Sí y no, señor —dijo Paul—. Sleeman sigue prestando dinero con intereses exorbitantes, a la vez que amenaza con imponer una cláusula no verbal de impago a todo aquel que no pague dentro de plazo. Pero poco puedo hacer yo para remediarlo.

—¿Por qué no? —preguntó William.

—Hasta ahora, todas las víctimas con las que he hablado han cerrado el pico o niegan haber oído hablar siquiera de Sleeman. Incluso uno que había perdido un dedo recientemente.

—Es evidente que temen más a Sleeman que a nosotros —dijo Ross.

—Y con razón —dijo William.

—¿Habéis avanzado en la búsqueda de los tres que desaparecieron?

—No, señor. Ninguno ha dado señales de vida por ahora. Pero eso no impide que los matones de Sleeman se presenten en la puerta de casa cuando va a vencer el siguiente pago y exijan a sus mujeres el óbolo de la viuda.

—A lo mejor alguna de esas viudas se muestra más dispuesta a colaborar en el futuro —sugirió el Halcón.

—Yo no sería muy optimista a este respecto, señor. Cada vez que he mencionado el nombre de Sleeman, han dicho que jamás han oído hablar de él.

—Entonces, crucemos los dedos para que le pillemos antes de que desaparezca la siguiente víctima.

—Más fácil decirlo que hacerlo, señor. Hay muchos candidatos a ser la siguiente víctima —dijo Paul repasando una larga lista de nombres—, y solo dispongo de tres detectives, y encima uno de ellos acaba de incorporarse al cuerpo.

—No me pongas la excusa de «me falta personal» —dijo el comandante—. Quiero ver a Sleeman y a sus matones compartiendo la misma celda en Navidad.

Paul mantuvo la cabeza gacha.

—Ahora tú, Jackie. ¿Cómo va tu aspirante a donjuán asesino? La mujer a la que está planeando estafar, ¿ha visto por fin la luz?

—Por desgracia, no, señor. La semana pasada pasó a ser la señora Pugh en una ceremonia poco concurrida que se celebró en el registro civil de Chelsea. A la mañana siguiente, se fueron de luna de miel a Ciudad del Cabo. No se sorprenda si un viudo afligido y enriquecido vuelve a Inglaterra dentro de unas semanas, pero sin vestir de luto.

—Supongo que habrás informado a tu homólogo de Ciudad del Cabo y le habrás pedido que vigilen de cerca a Pugh.

—Tardé una semana solamente para enterarme de quién era mi homólogo —dijo Jackie—. Y cuando por fin lo conseguí, me dijo que se le han amontonado cuarenta y nueve asesinatos sin resolver en su bandeja de entrada y que no tiene tiempo para preocuparse por uno que sabe Dios si tendrá lugar. Me dijo que me llamaría en cuanto se enterase de algo. Desde entonces, no he sabido nada de él.

—No suena muy prometedor —dijo William.

—Quizá deberías ir a Ciudad del Cabo a charlar discretamente con la señora Pugh —sugirió Ross— y advertirla de que puede que disfrute de una luna de miel muy corta y que no le conviene ilusionarse con que van a vivir felices y a comer perdices.

—Si Jackie hiciera eso —dijo William—, seguro que Pugh demandaría a la Policía Metropolitana. Haría su agosto, y encima no podríamos acusarle.

—Bien visto, inspector jefe —dijo el Halcón—. En cualquier caso, carecemos de recursos para enviar a Jackie a Ciudad del Cabo.

—Bueno, y entonces ¿qué hago? —preguntó Jackie.

—Por ahora, espera. Si vuelven los dos a Inglaterra, puedes reabrir el expediente.

—¿Y si no vuelven?

—Te encontraremos otro expediente —dijo William.

—Y, por último, Ron Abbott y Terry Roach —dijo el comandante—. ¿Se sabe algo nuevo, Ross?

—Poca cosa que usted no sepa ya, señor. Las dos familias siguen a la gresca. Me temo que más pronto que tarde estallará una guerra abierta.

—No podemos permitirlo —dijo el Halcón—. Entre otras cosas, porque la prensa aprovechará una vez más para escribir sobre la escasez de efectivos policiales en las zonas peligrosas. William, en vista de que los otros tres casos parecen estar en el limbo y el inspector Hogan nos va a abandonar dentro de poco, quiero que tomes tú las tiendas de Abbot y Roach.

—¿A costa de la operación Obra Maestra? —preguntó William—. Porque Ross y yo estamos convencidos de que tenemos un buen plan para conseguir que Faulkner vuelva a Inglaterra y complete su condena de diez años.

—Además de lo que añada el tribunal por su fuga —intervino Ross.

—No somos cazarrecompensas —dijo el Halcón—. Vais a tener que convencerme de que tenéis más de un cincuenta por ciento de posibilidades de éxito antes de que me plantee siquiera dar el visto bueno a la operación.

—Esta tarde tengo una cita con la empresa que construyó la puerta metálica del estudio de Faulkner —dijo Ross—. Eso podría volver las tornas a nuestro favor.

—Si te dicen cómo se abre esa puerta —dijo el Halcón—, te invito a una pinta.

—Pues a mí solo me invitó a media pinta después de nuestro triunfo del Caballo de Troya —le recordó Paul.

—Más de lo que te merecías —dijo William—, teniendo en cuenta que te pasaste casi toda la tarde en Urgencias con un esguince de tobillo.

El resto del equipo se puso a dar palmadas sobre la mesa mientras Paul adoptaba la expresión de arrepentimiento que pedía la ocasión. Fue rescatado por la secretaria del comandante, que irrumpió en la sala y dijo:

—Acaban de asesinar a una mujer en South Kensington. Están pidiendo la ayuda de Scotland Yard.

—Diles que le pidan a alguno de los equipos de asesinatos de la zona que se encargue del caso, Angela —dijo el comandante—. ¿No ven que ya tenemos bastantes problemas?

—Normalmente es lo que harían, según me ha dicho el

agente que está al mando —dijo Angela—, pero han encontrado a la mujer con un cuchillo de cocina de sierra clavado en la garganta.

—Roach —dijeron William y Hogan al unísono levantándose de un salto.

—Diles que vamos para allá —dijo William—. Jackie, asegúrate de que hay un coche patrulla esperándonos en la puerta, y pídele al oficial de guardia que se ponga en contacto conmigo por radio y me informe de todo antes de que llegue yo allí.

William y Ross echaron a correr hacia la puerta, pero de repente William se detuvo, se dio media vuelta y dijo:

—Paul, emite una orden de busca y captura para Terry Roach, con el aviso de que irá armado y es peligroso. No puede andar muy lejos de la escena del crimen, pero, en este caso concreto, lo decisivo no son las primeras cuarenta y ocho horas sino los primeros cuarenta y ocho minutos. Si no le detenemos antes de que vuelva al East End, tendrá una coartada irrebatible además de montones de testigos que jurarán por lo más sagrado que no ha salido de Whitechapel en todo el día.

Paul agarró el teléfono más cercano mientras William salía corriendo al pasillo. Ross ya había desaparecido; estaba bajando las escaleras a la planta baja de dos en dos, desconfiando del caprichoso ascensor. Cuando llegó al vestíbulo, Danny estaba parando el coche delante de la puerta.

William pasó a la carrera por la puerta batiente mientras Ross se subía de un salto a la parte de atrás del coche y dejaba la puerta abierta. William ni siquiera la había cerrado cuando Danny pisó el acelerador.

Salieron disparados de Scotland Yard, con la sirena sonando a todo volumen. Danny se saltó un semáforo en rojo en la esquina de la calle Victoria, provocando los frenazos de varios vehículos y, acto seguido, un furioso estruendo de bocinas.

—¿Conocemos la localización exacta? —preguntó William agarrándose al asiento delantero.

—Prince Albert Crescent —dijo Danny dejando atrás el Palace Theatre y dirigiéndose a mil por hora hacia Hyde Park Corner. Varios vehículos se apartaron a derecha e izquierda para que el coche que veían por el espejo retrovisor siguiera su camino sin interrupciones.

El primer pensamiento de William fue que el Fitzmolean estaba en Prince Albert Crescent. Intentó sacarse la idea de la cabeza. Sonó el radiotransmisor y respondió.

—Inspector jefe Warwick —dijo.

—Inspector Preston, señor. Soy el agente de guardia en la central de West End. La subinspectora Roycroft acaba de decirme que quería ser informado inmediatamente.

—Correcto —dijo William sin desperdiciar ni una palabra.

—Le han cortado el cuello a una joven en Prince Albert Crescent —dijo Preston—. Me da que ha sido premeditado, y que el asesino conocía a su víctima.

—¿Se sabe algo de la identidad de la joven?

—No, señor. Un viandante vio que un coche se detenía a su lado y que un hombre corpulento que llevaba el rostro tapado con una media se bajaba y le rajaba varias veces la cara antes de cortarle el cuello. Después se volvió a subir al coche, que salió disparado. Todo acabó en cuestión de segundos.

—¿Alguien anotó la matrícula?

—El subinspector Adaja me hizo la misma pregunta, pero lo único que sabemos es que el testigo estaba prácticamente seguro de que era un BMW negro.

—¿Me puede describir a la mujer?

—No es fácil, señor. Está muy desfigurada.

—¿Color de piel, edad?

—Blanca, yo diría que treinta y pocos.

El corazón de William se puso a latir con fuerza.

—¿Arma? —preguntó mientras Danny seguía zigzagueando entre los coches.

—Un cuchillo pequeño y fino con hoja de sierra. Se lo dejó

clavado en el cuello. Era casi como si quisiera que supiéramos quién lo había hecho.

—En efecto, eso quería —dijo William mientras distinguía el sonido de otra sirena a lo lejos—. No dejen que el personal de Urgencias se acerque al cuerpo antes de que llegue yo.

—Entendido, señor.

Cuando Danny pasó como una flecha por delante de Harrods, los peatones se volvieron a mirar, y a medida que se iban acercando William rezó una oración silenciosa, intentando convencerse de que su reacción era exagerada. Por fin, Danny pisó suavemente el freno y dobló a la izquierda para entrar en Prince Albert Crescent, el cuentakilómetros rozando todavía los ochenta por hora. Imposible no ver la gran presencia policial que había a unos doscientos metros. En la acera de enfrente, un grupo de mirones asistía boquiabierto a la escena.

El coche se detuvo con un chirrido a escasos metros de la cinta azul y blanca que rodeaba el lugar del crimen.

William fue el primero en bajar. Pasó por debajo de la cinta y salió corriendo hacia el cuerpo sin vida que yacía en medio de un charco de sangre sobre la acera. Al acercarse, cayó de rodillas y gritó:

—¡No!

Ross apareció a su lado instantes después. Al ver quién era, empezó a vomitar descontroladamente.

Al inspector Preston le sorprendió que dos agentes con tanta experiencia hubiesen reaccionado como si fuera su primer caso de asesinato.

—¿Saben quién es? —preguntó con tono vacilante.

—Sí —respondió Ross, abrazando y meciendo tiernamente a su mujer—. Y lo voy a matar.

22

William siempre había querido llevar a Beth a pasar un fin de semana largo en París. A menudo habían hablado de ir al Louvre, al Musée d'Orsay y, cómo no, al Musée Rodin. Irían a ver escaparates a la Rue de Rivoli, quizá comprarían un óleo a un pintor callejero en Montmartre, recordando la historia de la mujer americana que compró un cuadro de Picasso por unos pocos francos simplemente porque le gustaba.

Bajarían en barco por el Sena, beberían vino —un poco más de la cuenta— y degustarían un *coq au vin* con una tabla de quesos que no volverían a probar en ningún otro lugar del mundo, antes de volver a su pequeña pensión de la Rive Gauche. Se resistirían a subir a la Torre Eiffel, pero al final se sumarían a un montón de turistas en un ascensor abarrotado para ver el espectacular panorama de la ciudad más romántica del planeta. Pero este fin de semana, no.

Nada más bajarse del tren en la Gare du Nord, William fue a buscar un taxi. Le dio al taxista una dirección de las afueras de París, y veinte minutos más tarde el taxi se detuvo enfrente de la iglesia de Santa María. Después de pagar cincuenta francos al taxista, William se incorporó al goteo de personas que avanzaban por un caminito que terminaba en la puerta abierta del lado este de la iglesia.

Las tres primeras filas estaban ocupadas por diez o doce de las mujeres más elegantes que había visto William en su vida.

Caminó despacio por el pasillo y se sentó en el banco detrás de su amigo, cuya cabeza estaba inclinada en oración.

Cuando sonó la hora en punto en la torre del reloj, el sacerdote entró y se detuvo en los peldaños delante del altar. Ofició el funeral con aire de serena dignidad, y aunque William no entendía todas las palabras, su francés del colegio le permitía seguir el desarrollo de la ceremonia, incluso el conmovedor tributo rendido por un anciano caballero que William supuso que sería un pariente o algún viejo amigo de la familia.

Una vez terminada la misa, se reunieron todos en el cementerio. Mientras el féretro descendía, William se alegró de que ninguno de los congregados al pie de la sepultura la hubiera visto tendida en la acera poco después de morir, y de que solo la recordarían como una mujer hermosa. El único consuelo era que su hija había conseguido sobrevivir a un parto prematuro; habría corrido otra suerte si Roach hubiera sabido que la mujer de Ross Hogan estaba embarazada.

El sacerdote hizo la señal de la cruz y bendijo a los dolientes; a continuación, las chicas se pusieron en fila y besaron tiernamente a Ross en ambas mejillas, sin dejarle lugar a dudas del cariño que compartían con él por la única mujer a la que había amado en toda su vida.

William fue de los últimos en presentar sus respetos y le fue difícil expresar sus verdaderos sentimientos. El policía curtido y cínico se vino abajo cuando William le abrazó y le dijo sencillamente:

—Cuánto lo siento.

—No me vas a ver en unos días —dijo Ross—. Tengo unas cuentas pendientes que saldar. Volveré en cuanto termine.

William estuvo dando vueltas a sus palabras en el taxi que le llevó de vuelta a la estación, en el tren de camino al aeropuerto y durante el vuelo a Heathrow. Se temía que Ross iba a volver a infiltrarse y no iba a compartir los detalles ni con él ni con el comandante.

* * *

La intención de Ross había sido volver a Londres en el primer vuelo disponible: no podía perder ni un segundo antes de llevar a cabo la primera parte de su plan. Y lo habría hecho si no le hubiera abordado el anciano caballero que había pronunciado el encomio, del que no había entendido ni una sola palabra.

—Disculpe, señor Hogan. Me llamo Pierre Monderan —dijo el anciano con un acento francés apenas perceptible—. Yo era el asesor financiero de su difunta esposa. —Le dio a Ross una tarjeta con membretes en relieve—. ¿Podemos sentarnos? Lo que tengo que contarle puede llevarnos un rato.

—Ojalá hubiera podido entender sus cariñosas palabras sobre Jo —dijo Ross sentándose en el banco al lado de *monsieur* Monderan—. Era evidente que sus amigas las agradecían.

—Es usted muy amable —dijo Monderan sacándose un sobre del bolsillo del abrigo y entregándoselo a Ross—. He traducido mi encomio. Admiraba muchísimo a su esposa, y pensé que a lo mejor le apetecía a usted leerlo cuando le venga bien. La muerte prematura de su esposa me obliga a cumplir con una última responsabilidad. Durante un tiempo, estuve llevando los asuntos financieros personales de Josephine, como hago con el resto de las chicas del sindicato.

—¿El sindicato?

—Las copropiedades de su empresa estaban registradas con el nombre de Las Vestales. En total eran doce, y cada una invertía diez mil francos al mes en una empresa mixta que yo administraba en su nombre. Y con bastante éxito, como creo que verá. El objetivo era que, cuando les llegase la hora de jubilarse, tuvieran suficientes reservas financieras para no tener que preocuparse por el futuro. Por desgracia, Josephine no podrá beneficiarse de su «colchón». Al ser usted su familiar más cercano, le corresponde ahora ser el beneficiario.

Sacó un segundo sobre blanco y fino de un bolsillo interior y se lo dio a Ross.

—Pero ¿qué hay de su familia, o de sus amistades más cercanas? ¿No deberían tener prioridad sobre mí?

—Nunca me habló de la familia, y le puedo asegurar que sus amistades tienen las espaldas bien cubiertas.

—Pues entonces, quizá alguna organización benéfica que fuera de su gusto —insistió Ross, reacio a abrir el sobre.

—No soy yo quien debe tomar esa decisión, señor —dijo *monsieur* Monderan—. No obstante, si fuera usted mi cliente, le recordaría educadamente que tiene una hija que podría beneficiarse de la prudencia de su madre.

Sin añadir una palabra más, *monsieur* Monderan se levantó, se despidió con una ligera inclinación de cabeza y se marchó, habiendo cumplido con sus deberes fiduciarios.

Ross miró el sobre cerrado y se sintió culpable por no haber contemplado el futuro de su hija. Pasó un rato hasta que finalmente rasgó el sobre y extrajo un cheque a nombre del señor Ross Hogan, Medalla de la Reina al Valor. Sonrió al recordar las veces que Jo le había insistido en que le contase qué había hecho para merecer la condecoración; él siempre se las había apañado para cambiar sutilmente de tema.

Se quedó mirando el cheque y tuvo que contar los ceros hasta tres veces para comprender que, por primera vez en su vida, era un hombre rico. Aunque lo cierto era que se sentía un hombre pobre, y habría hecho trizas el cheque sin pensárselo dos veces si hubiera servido para recuperar a su Jo.

Beth no tuvo que preguntarle a William en qué ciudad extranjera había pasado el día cuando volvió por la noche a casa, porque ya lo sabía. Había querido acompañarle a París, y lo habría hecho si Artemisia no hubiera contraído la varicela, lo cual significaba que Peter, casi seguro, seguiría sus pasos, como hacía siempre. Pero Josephine había estado todo el día en su pensamiento.

A punto estaba de leerles a los gemelos su cuento de buenas noches cuando oyó que se cerraba la puerta de la calle. Bajó corriendo y se encontró a William colgando el abrigo. Se fundieron en un largo abrazo, y por fin William sacó fuerzas para hablar.

—¿Qué tal está Artemisia?

—Recuperándose. Pero ahora la ha pillado Peter, como era de esperar. Están deseando que les leas tú el cuento de buenas noches.

—Claro que sí. Ya te contaré en la cena todo lo que ha pasado en París.

Aunque todavía no había decidido cuánto le iba a contar.

Subió con desaliento, pero se animó en el momento en que entró en el dormitorio y los gemelos se levantaron corriendo y se le agarraron a una pierna cada uno. De nuevo le vino a la cabeza Ross, y la alegría que sabía que habría de darle su hija. Estos pensamientos fueron bruscamente interrumpidos por Artemisia:

—Hemos llegado al capítulo tres, y queremos saber qué le va a pasar al agente Pocaprisa.

William sonrió a su hija, alegrándose al ver que ya apenas tenía granos; pero la sonrisa se transformó en un ceño fruncido al ver que a Peter le estaban empezando a salir.

—No olvidéis que el agente Pocaprisa siempre les dice a sus hijos que no se toqueteen los granos.

Peter asintió con la cabeza mientras William abría el libro.

—¿Por dónde íbamos?

—Acaban de decirle al agente Pocaprisa que vaya a la mansión ¡ya mismo!

—¿Recordáis lo que había desaparecido de la casa?

—Un collar de perlas de *lady* Tododudas.

—A ver… ¿Cómo se llamaba la mujer del agente Pocaprisa?

—¡Beryl! —dijo Artemisia—. Cree que su marido debería ser inspector.

William asintió con la cabeza y se puso a leer.

—«Cuando el agente Pocaprisa llegó a la mansión, apoyó la bicicleta contra el cobertizo y se fue con los demás policías, que estaban registrando los jardines en busca de pruebas. Dudaba que fueran a encontrar nada, ya que estaba seguro de que el delincuente tenía que ser alguien de intramuros».

—¿Y eso qué es? —preguntó Peter.

—El agente Pocaprisa piensa que el que ha robado las perlas vive o trabaja en la casa.

—¿Quién? —preguntó Artemisia.

—No tengo ni idea —dijo William, conteniendo un bostezo mientras pasaba la página.

—Pero, papi, tú eres detective, así que tú seguro que lo sabes —dijo Artemisia con la aplastante lógica infantil.

—«El agente Pocaprisa se fijó en que la puerta principal de la mansión estaba abierta —continuó William, sin responder a su hija—, y vio que el inspector Fisgónez, con aire satisfecho, sacaba de la casa a una criada que llevaba años sirviendo con los Tododudas. Pocaprisa frunció el ceño. Sabía que Elsie no habría sido capaz de robar ni una galletita de chocolate de un carrito del té, menos aún un collar de perlas. Iba a tener que volver a la comisaría a ponerle los puntos sobre las íes a Fisgónez, antes de que acusase a la pobre chica de un crimen que no había cometido. Dejó que los muchachos continuasen con su trabajo y se dirigió hacia su bicicleta. A punto estaba de ponerse el casco cuando vio que venía la furgoneta de una pescadería a entregar la pesca del día. A Pocaprisa le sorprendió ver que el señor Meduso, el pescadero, aparcaba la furgoneta justo enfrente de la puerta principal y no en la parte de atrás, junto a la entrada de la cocina. El señor Meduso se bajó y subió los peldaños que llevaban a la puerta, que fue abierta por la señora Tododudas sin darle la oportunidad siquiera de llamar al timbre. Su señoría dio una caja grande de cartón al pescadero y volvió a meterse rápidamente en casa. "¿Por qué no habría ido Meduso a la entrada de los comerciantes a entregar el pescado a la cocinera, como hacía cada viernes?", se preguntó el agente Pocaprisa. No tenía ningún sentido, así que decidió investigar. Pocaprisa se acercó con paso pesado a la furgoneta y vio que el señor Meduso había dejado la caja en el asiento del copiloto y estaba detrás del volante, a punto de arrancar. Pocaprisa dio unos golpecitos en la ventanilla y dijo, "¿Qué estás tramando, chavalote?", Meduso se puso rojo como un tomate. Se apresuró a arrancar el motor, metió tercera y salió disparado hacia la verja de la entrada. Pocaprisa subió corriendo los peldaños y aporreó la puerta. Cuando abrió el mayordomo instantes después, le dijo que cerrase enseguida las verjas eléctricas. El mayordomo dio al interruptor justo a tiempo para impedir que Meduso se escapase tranquilamente».

—Creo que por hoy ya está bien —dijo William.

—¡No, papi! —gritaron Artemisia y Peter al unísono—. ¡Más!

—Venga, vale, pero solo un par de páginas —dijo William, con un suspiro exagerado—. «Los otros tres policías rodearon rápidamente la furgoneta mientras el agente Pocaprisa abría la puerta del copiloto y sacaba la caja de cartón. Vio que estaba llena de conchas de ostra, y, haciendo palanca, abrió una. En su interior había una perla. Pocaprisa sabía que las perlas se encontraban normalmente en el fondo del océano y no en cajas de cartón».

El teléfono del pasillo empezó a sonar. William dejó el libro y dijo:

—¿Lo coges tú, Beth? El señor Pocaprisa está a punto de arrestar al auténtico delincuente. —Miró a los niños y continuó—: «Arrestó inmediatamente al señor Meduso y les dijo a dos policías que le acompañasen a comisaría, junto con las pruebas. "¿Qué digo cuando el inspector Fisgónez me pregunte qué se trae usted entre manos?", preguntó uno de los policías. "Dile que voy a pasarme por la mansión y voy a arrestar al auténtico culpable", respondió Pocaprisa. "Y puede que le sorprenda quién…"».

William no pudo terminar la frase porque Beth asomó la cabeza por la puerta.

—Es James, dice que te pongas.

—¿James?

—James Buchanan, desde Nueva York.

—Os va a seguir leyendo mamá mientras hablo por teléfono.

—Pero entonces no vas a descubrir a quién arresta el señor Pocaprisa —dijo Artemisia.

—Seguro que mamá me lo cuenta después —dijo William mientras se levantaba de la cama, salía del dormitorio e intercambiaba un libro por un teléfono—. ¡Qué sorpresa más agradable! —exclamó antes de que James dijera esta boca es mía.

—Puede que no piense lo mismo cuando le diga la razón por la que llamo —dijo James—. Necesito que me aconseje sobre una situación incómoda.

—Estoy a tu disposición —dijo William con voz serena.

—Me he enterado hace poco de que mi mejor amigo de Choate ha hecho que otra persona se presente en su lugar a los exámenes de acceso a Harvard.

—¿Pruebas?

—Me lo pidió a mí primero, y me negué. Pero cuando anunciaron los nombres de los candidatos seleccionados, mi amigo, para mi sorpresa, estaba entre los seis primeros de la lista.

—De lo cual se deduce que habrá suspendido otra persona, alguien a quien el resto de tus compañeros de curso habrían supuesto que le darían una plaza.

—Así es, y hasta le puedo decir cómo se llama. Es un chico becado de una familia monoparental, y siempre anda corto de dinero.

—Y tú quieres saber si deberías comunicar tus sospechas a una autoridad superior.

—Sí. Tenía curiosidad por saber qué haría usted si se enfrentase a un dilema como este.

William guardó silencio durante tanto rato que al final habló James.

—¿Sigue ahí, señor?

—Sí, aquí estoy. Confieso que me enfrenté casi al mismo problema cuando estaba en la escuela. Sorprendí a un amigo, no a mi mejor amigo, robando con demasiada frecuencia en la tienda de golosinas que había en el recinto del colegio.

—¿Lo denunció al director?

—Sí, al final lo hice —dijo William—, pero no pasa un solo día sin que me pregunte si no debería haber hecho la vista gorda.

—Pero ¿por qué —preguntó James—, cuando evidentemente hizo lo correcto?

—Al siguiente cuatrimestre lo cambiaron de colegio, y un año después lo expulsaron de allí por consumo de drogas.

—¿Hubo repercusiones para usted?

—No puede decirse que mis compañeros se encariñasen más conmigo. Me llamaban chivato y traidor, y no siempre a mis espaldas.

—A palabras necias, oídos sordos…

—Volvió a pasar más recientemente —dijo William con tono reflexivo—, cuando tuve que investigar a un compañero con el que había ido a la academia de policía. Teníamos razones para pensar que estaba aceptando sobornos de un narcotraficante de su zona. En su caso, había crack de por medio.

—¿Consiguió reunir pruebas suficientes para arrestar al tipo?

—Más que suficientes. Ahora está cumpliendo una larga condena, lo cual, una vez más, no me ha granjeado el cariño de mis colegas, pero si sigues pensando en dedicarte a esto, no puedes tener una norma para tus amigos y otra para la gente que no conoces o, peor aún, que te cae mal.

—Voy a pedir cita con el director para mañana a primera hora —dijo James— y le contaré mis recelos.

—Los recelos no constituyen una prueba —le recordó William—, pero lo que sí harán será poner a prueba su integridad moral, sobre todo en este caso.

—¿Por qué sobre todo en este caso?

—Está implicado el futuro de dos chavales, y sus vidas se van a ver afectadas para siempre por la decisión del director. En cualquier caso, cuéntame en qué queda la cosa.

—Lo haré, señor, y ahora le dejo que vuelva con el agente Pocaprisa, que me ha dicho Beth que está a punto de detener al auténtico delincuente.

—Sí, y eso también tiene un final sorpresa. Pero una pregunta más antes de que te vayas, James: ¿acierto al suponer que a ti también te han ofrecido una plaza en Harvard?

—Sí, señor. Me han concedido la beca John Quincy Adams.

—Aquel sí que era un hombre que no habría hecho la vista gorda.

—¿Hay algo que deba saber de tu viaje a París? —preguntó el Halcón.

—Mal que bien, Ross aguantó todo el funeral, pero estoy un poco preocupado por algo que me dijo después de la misa.

—Cuenta.

—Escribí sus palabras exactas mientras volvía en taxi a la Gare du Nord. —Abrió su libreta—. «No me vas a ver en unos días. Tengo unas cuentas pendientes que saldar. Volveré en cuanto termine».

—Cuentas que saldar ... Eso solo puede ser Faulkner —dijo el Halcón—. ¿Alguna idea de lo que tiene planeado para los próximos días?

—Creo que se propone matar a Roach.

—¿Y quién se lo puede reprochar? —murmuró el comandante entre dientes.

—Pero no va a ser fácil, ni siquiera para alguien con la trayectoria de Ross —dijo William haciendo caso omiso del comentario del Halcón.

—No olvides que estuvo cuatro años en las Fuerzas Aéreas Especiales y otros cuatro con la brigada de Homicidios, y que los últimos tres años ha estado infiltrado. Poca gente habrá mejor cualificada para matar a alguien.

—Creo que tengo que pararle los pies y dejarle bien claras las posibles consecuencias.

—Estoy de acuerdo —dijo el Halcón—. Pero si quieres impedir que haga algo de lo que más tarde se arrepentirá, primero tendrás que encontrarlo. Y si al final consigue matar a Roach, se nos vendrá encima un problema todavía más gordo.

—¿A saber?

—Volverá al trabajo a los pocos días y te dirá que ha estado de duelo o cuidando de su hija, y que ahora quiere seguir intentando encarcelar de nuevo a Faulkner. Pero, en realidad, lo único que tendrá en la cabeza es cómo va a matarlo.

23

El vagabundo iba caminando lentamente por la calle empujando un viejo cochecito de bebé; de los labios le colgaba una colilla. Llevaba un viejo gabán militar que casi rozaba el suelo, además de cuatro medallas de combate —los únicos accesorios auténticos de su disfraz— que sugerían que era un veterano de alguna guerra tiempo ha olvidada. El cabello oscuro estaba apelmazado y le asomaba por debajo de un gorro de lana que en otra vida perfectamente habría podido ser un cubreteteras. Estaba sin afeitar y se le olía a varios metros de distancia. A medida que avanzaba, iba registrando las cambiantes reacciones que recibía de los viandantes con los que se cruzaba: compasión, por lo general en mujeres; repulsión, en jóvenes tatuados; y los había que hasta le daban una moneda de una libra para descargarse de la sensación de culpa.

Se acercó a un *pub* en el que estaba sonando a todo volumen *I Can't Get No Satisfaction.* Tranquilos, prometió a los que estaban dentro; solo es cuestión de tiempo, pero me quedaré satisfecho.

Al pasar por delante del *pub*, miró de cerca a los dos gorilas que estaban apostados en la puerta para impedir que se colase nadie que no hubiera sido invitado al cumpleaños. Varios años atrás había detenido a uno de los gorilas, que, sin embargo, no miró dos veces al viejo chalado que pasaba de largo arrastrando los pies. Si hubiese echado una ojeada al interior del cochecito, lo único que habría visto sería una caja rota de cereales, una caja de hojalata abollada que en tiempos había contenido «las mejores galletas de mantequilla de Edimburgo», una caja vacía de Kleenex y una cajetilla de Marlboro con una colilla asomando. Engurruñadas en una esquina había un par de mantas raídas que hasta Oxfam habría rechazado.

Al llegar a un semáforo, pulsó el botón y esperó a que se iluminase el hombrecito verde antes de cruzar. Siguió caminando despacio hasta que llegó a un cruce: la línea de demarcación que, de manera no oficial, señalaba la frontera entre los dos imperios controlados por los Roach y los Abbott. Dos jóvenes de aspecto agresivo patrullaban la acera de enfrente con el único propósito de asegurarse de que ningún Roach se desviaba hacia el territorio de los Abbott. El vagabundo se detuvo y le pidió lumbre a uno.

—Lárgate, vejestorio —le espetó. Y eso hizo. Siguió caminando hasta llegar a un oscuro callejón que hasta la más apasionada pareja de jóvenes enamorados habría evitado, y por el que ni siquiera la policía se aventuraba después del anochecer.

Siguió empujando el cochecito hasta la mitad del callejón, y luego, tras comprobar que nadie se estaba fijando en él, se quitó el gorro cubretetera y se lo metió en el bolsillo del gabán, que dobló y colocó bajo las mantas del cochecito. Aunque todavía tenía el pelo apelmazado y seguía sin afeitar y despidiendo un olor fétido, el hombre que acababa de ponerse un chándal negro y deportivas negras se irguió todo lo alto que era y echó un último vistazo a derecha e izquierda. No había ni siquiera un gato callejero que pudiera observarle.

Metió la mano en la caja de cereales y sacó la culata de un fusil. A continuación, destapó la caja de «las mejores galletas de Edimburgo» y sacó un pequeño telescopio de visión nocturna. Después desenroscó el manillar del cochecito, le dio unos golpecitos y salió un cañón fino y perfectamente calibrado. En un abrir y cerrar de ojos había ensamblado un Remington M40. Si por él fuera, habría elegido otro modelo, pero era el preferido de Ron Abbott. Por último, cogió la cajetilla de Marlboro y se la metió en un bolsillo del chándal. Avanzó rápidamente hacia el edificio del fondo del callejón y empezó a trepar por la cañería de la pared trasera con la facilidad de un ladrón de pisos, recordando el asedio a la embajada de Irán, cuando era un joven soldado de primera del Servicio Aéreo Especial; aquello le valió menciones de elogio por su valor.

Cuando llegó al último piso, volvió a mirar abajo para asegurarse de que nadie le había visto. En efecto, no había ni un alma. Había escogido la posición con sumo cuidado: solo se le podía ver desde un viejo almacén que cerraba sus puertas a las seis de la tarde.

Se subió al tejado, y después se arrastró lentamente hasta que llegó al otro lado, donde estudió el hueco que había entre los dos edificios. Lo separaban tres metros y pico de la posición elegida; no le iba a suponer ningún problema. Había practicado el salto varias veces con el fusil al hombro, y su promedio había estado justo por encima de los cuatro metros.

Volvió sobre sus pasos, y a continuación se puso en cuclillas y salió corriendo como un galgo en dirección al borde del edificio, alcanzando la máxima velocidad en la última zancada. Sabiendo que le sobraban centímetros, saltó como un atleta olímpico que sabía exactamente dónde estaba la plancha de despegue y aterrizó con un margen amplio en el tejado del edificio colindante. Hincó una rodilla en el suelo y recuperó el aliento, quedándose inmóvil hasta que las pulsaciones volvieron a un ritmo constante de cincuenta y cuatro por minuto.

Después se fue arrastrando hacia el borde del edificio, pero sin mirar abajo. Nunca le había dicho al coronel Parker, su antiguo jefe, que tenía vértigo. Al cabo de unos minutos se levantó para asimilar todo lo que le rodeaba, y se quedó contento. Había elegido el lugar cuidadosamente. Estaba justo encima del piso de Ron Abbott, y Abbott —no había tardado en descubrirlo— era un esclavo de la costumbre, cosa que, en el Servicio Aéreo Especial, se consideraba un pecado mortal, ya que te convertía en un blanco fácil para el enemigo. Abbott se juntaba todos los jueves por la tarde con miembros de su familia en las carreras de perros de Romford, donde solían acabar desprendiéndose de parte de sus ganancias ilícitas. Después, invariablemente, cenaban en un club nocturno que no era precisamente famoso por su cocina. Solía volver al piso a eso de la una de la mañana con una chica del brazo, a veces con dos.

La otra razón por la que Ross había elegido ese lugar concreto era que le ofrecía unas vistas despejadas del *pub*, en el que la fiesta de cumpleaños estaba en estos momentos en su apogeo. Doscientos veinte metros en línea recta, completamente a tiro del potentísimo fusil de precisión.

Se apoyó suavemente la culata en el hombro y alineó el punto de mira del visor con la frente de uno de los gorilas. Mantuvo el fusil en la misma posición durante dos minutos antes de bajar el brazo y descansar.

Ross sospechaba que le aguardaba una larga espera antes de que apareciera el verdadero objetivo. Al fin y al cabo, cumplía treinta y cuatro años. Se sacó la cajetilla de Marlboro del bolsillo, cogió seis lustrosas balas y las alineó como soldados en un desfile. Después se puso cómodo para esperar, pero ni por un instante perdió la concentración.

El primer juerguista salió del *pub* justo después de la medianoche. No le conocía de nada. El segundo, que se desplomó en la acera minutos más tarde, era Stan, tío de Terry Roach, que llevaba los veinte últimos años entrando y saliendo de la cárcel y que ahora, se rumoreaba, había sido jubilado por la familia.

Ross subió el fusil una vez más y centró el punto de mira en la frente arrugada del tío Stan. Apretó el gatillo, y acto seguido se oyó un pequeño clic. Stan siguió caminando, feliz en su ignorancia de que había servido para una práctica de tiro al blanco.

Aunque no esperaba que el verdadero objetivo apareciera antes de una hora como poco, cargó seis balas en la recámara. Solo por si acaso.

A lo largo de la siguiente hora, una hilera de invitados borrachos fue saliendo del *pub* y volviendo a casa con paso vacilante. Los taxistas evitaban esa calle incluso en pleno día.

Y, de repente, sin previo aviso, apareció el cumpleañero. Salió del *pub* tambaleándose, acompañado por dos amigos que no estaban en condiciones de ayudarle.

Ross se sacó con calma el teléfono y llamó a Emergencias. A la pregunta de la operadora —«¿Policía, bomberos o ambulancia?»— respondió con firmeza, «Policía» mientras Terry Roach daba tumbos y se agarraba al antepecho de una ventana para recuperar el equilibrio.

—Policía. ¿En qué puedo ayudarle?

—Hay un tiroteo en Plumber's Road, Whitechapel —dijo fingiendo que le faltaba el aliento.

—¿Me da sus…?

Pero ya había apagado el teléfono. Más tarde se desharía de él.

Volvió a apoyarse la culata del fusil en el hombro, y sujetó el cañón con la mano izquierda. Centró el punto de mira telescópica en la frente del enemigo, igual que había hecho en Omán, y ahora en Whitechapel. Bajó la línea de tiro a la rodilla derecha del cumpleañero mientras las palabras del viejo sargento mayor le resonaban en los oídos: «Concéntrate, respira con normalidad y presiona suavemente el gatillo en un solo movimiento, sin brusquedad». Ejecutó la orden y la bala cruzó silbando el aire en dirección a su objetivo. Segundos más tarde, Roach cayó de rodillas al suelo retorciéndose de dolor y agarrándose la pierna izquierda.

Tal y como había previsto Ross, los dos amigos del herido intentaron arrastrarle al interior del *pub*. Bajó el punto de mira un par de centímetros y se equilibró antes de apretar el gatillo por segunda vez. En esta ocasión, la bala se dirigió a la ingle de Roach, y a juzgar por el súbito desplazamiento desesperado de las manos de Roach desde la rodilla a los testículos, había dado en el blanco. Uno de los amigos siguió tirando de Roach hacia el *pub*, pidiendo ayuda a voz en cuello, mientras el otro salía corriendo en dirección contraria.

De repente, la puerta del *pub* se abrió de par en par y una multitud de familiares y miembros de la banda se abalanzó al exterior. Un dedo señaló hacia arriba y se lanzaron todos como un solo hombre a cruzar la calle en dirección a Ross, que, a su vez, preparó el fusil por última vez, sin apuntar a la frente de Roach para poner fin a su sufrimiento sino unos centímetros más abajo. La tercera bala le dio justo encima de la nuez, le atravesó el cuello y acabó incrustada en la pared del *pub*.

Ross miró a un lado del edificio y vio que se encendían luces en las ventanas de los pisos inferiores. Solo le interesaba un piso en concreto, y a los pocos segundos fue recompensado.

Dejó el fusil junto a los tres cartuchos gastados, se volvió y respiró hondo antes de salir disparado por el tejado y volver a saltar. Como ya no iba cargado con un fusil, esta vez voló incluso más alto que antes. Aterrizó sano y salvo, dio una voltereta y se puso rápidamente de pie. Mientras se dirigía a la otra punta del edificio, oyó una sirena a lo lejos. Empezó el largo descenso, siempre más lento y espinoso que la subida, como bien saben los montañeros.

Cuando sus pies tocaron tierra, volvió corriendo al callejón, donde cogió el gabán del cochecito y se caló el gorro cubretetera. Acababa de llegar al final del callejón cuando oyó voces cercanas. Siguió dirigiéndose hacia el campo de batalla, un riesgo, sí, pero no podía permitirse que los dueños de aquellas voces, fuera cual fuera su bando, pensaran que estaba huyendo del lugar del crimen. Uno de ellos aflojó la marcha al cruzarse con él, volcó el cochecito y miró por encima sus contenidos antes de seguir corriendo. Pero para entonces Ross ya no tenía nada que ocultar.

Una vez que hubo vuelto a meter todo en el cochecito, siguió corriendo hacia el *pub*. Ya no había líneas de demarcación. Era una guerra sin cuartel.

El primer coche patrulla se detuvo con un chirrido a la puerta de Plumber's Arms, y a los pocos instantes la calle estaba llena de policías armados y con equipos y escudos antidisturbios. Empezaron a coger a miembros de ambas bandas y los fueron arrojando al furgón más cercano.

Fue incapaz de contener una sonrisa al ver al Monaguillo delante del *pub*, dirigiendo las operaciones. Pasó justo por delante de él, y no habría vuelto la vista atrás si no hubiera oído el batacazo de un cuerpo al aterrizar en medio de la calle. Su único error.

24

Aunque no se había acostado hasta las dos y pico de la madrugada, a las cinco Ross ya estaba en pie. Tenía una cita con Jimmy el ratero, que no tenía ni idea de que un inspector de policía de Scotland Yard iba a desayunar con él.

Ross se dio una larga ducha fría, se lavó el pelo y, con ayuda de una cuchilla, se quitó la barba de tres días. Miró el reloj, seguro de que podría llegar al café Putney Bridge mucho antes que Jimmy. Una vez cerrado el negocio con el viejo expresidiario, volvería por el puente para acudir a una cita todavía más importante en Chelsea.

Lo único que sabía Ross del ratero, aparte de que no tenía nadie que le hiciera sombra en su profesión, era que no le gustaba empezar la jornada con el estómago vacío. Jimmy había cumplido un par de condenas en el trullo, pero había echado mano de su encanto personal para que más de un jurado le viera como una víctima de una infancia llena de privaciones y pensara que, si le daba la oportunidad, se enmendaría y cambiaría de vida. Habría estado mucho más tiempo en la cárcel si esos mismos miembros del jurado se hubieran enterado de su historial delictivo, pero los británicos siempre han creído en el juego limpio y en conceder a todo quisque el beneficio de la duda.

Ross llegó al café justo antes de las siete, pidió un café solo y se sentó en un taburete al fondo de la barra. El ratero llegó nada más dar las siete y media, se sentó en su lugar habitual frente a la ventana y se puso a leer *The Sun*.

Ross no anunció su presencia hasta que apareció la camarera con el plato de siempre de Jimmy: dos huevos fritos, beicon, alubias, champiñones y croquetas. Saltaba a la vista que Jimmy habría estado de acuerdo con la observación de Somerset Maugham de que «Para comer bien en Inglaterra hay que desayunar tres veces al día». Aunque tampoco es que a Jimmy le hubiese sonado de nada Somerset Maugham.

—¿A qué debo este honor, inspector? —preguntó Jimmy nerviosamente cuando Ross se sentó enfrente—. No va a encontrarme nada incriminatorio a estas horas de la mañana.

—Necesito tu ayuda, Jimmy.

—No soy un informante. Nunca lo he sido y nunca lo seré. No es mi estilo.

—Ya no estoy en el cuerpo —dijo Ross—. He dimitido.

Jimmy no parecía convencido, hasta que Ross se sacó del bolsillo un fajo de billetes y los colocó en medio de la mesa.

—¿Qué tendría que hacer para ganarme toda esa pasta? —dijo el ratero mirando los billetes con anhelo.

—Necesito que, por una vez, seas tú el que devuelves algo a su sitio —dijo Ross antes de detallarle qué tenía en mente.

Para cuando Jimmy hubo terminado de desayunar, las doscientas libras ya no estaban sobre la mesa.

—Recibirás otras doscientas, pero no antes de que hayas completado la tarea.

—Entonces, lo único que tengo que saber es cuándo y dónde.

—Me pondré en contacto contigo, ahora que sé dónde puedo encontrarte.

Se levantó, y a punto estaba de mirar la hora para asegurarse de que no llegaba tarde a su siguiente cita cuando vio que ya no llevaba el reloj. Alargó la mano y esperó.

Jimmy el ratero se encogió de hombros, le devolvió su Rolex y dijo:

—No me gustaría que pensase que he perdido facultades, inspector.

—Felicidades, inspector jefe —dijo el comandante cuando William entró en su oficina esa misma mañana.

—¿Y eso por qué, señor?

—Por poner fin de una vez por todas al problema Roach/Abbott.

—¿Eso he hecho? —dijo William, pensativo.

—¿A qué te refieres? Tu equipo ha cogido a catorce miembros de la banda, y los dos peores criminales han terminado oportunamente en el cementerio.

—¿Demasiado convenientemente, quizá?

—Todas las pruebas nos dicen que Ron Abbott mató a Terry Roach. Hasta tenemos el fusil, los cartuchos gastados y el cadáver. Pocas veces se tiene tanta suerte.

—A no ser que te lo hayan servido todo en bandeja de plata antes de llegar —dijo William.

—¿Quién?

—Quienquiera que dejase el arma asesina y tres cartuchos gastados en el tejado del edificio en el que, azares del destino, vivía Abbott.

—Pero dos miembros de la banda de los Roach pillaron a Abbott en el tejado, y nuestros muchachos llegaron justo a tiempo para ver cómo lo tiraban desde lo alto del edificio.

—«Justo a tiempo» —repitió William—. ¿No le parece demasiada coincidencia que Emergencias recibiese una llamada anónima a la una y trece minutos de la madrugada, y que nuestros muchachos, curiosamente, llegasen a tiempo de oír el tercer disparo? Roach seguía vivo cuando llegué yo, así que sospecho que la llamada se hizo antes del primer disparo.

—¿Adónde quieres llegar? —dijo el comandante con un tono distinto.

—Como oficial al frente de la investigación, estoy intentando llegar a la verdad.

—¿Y has concluido algo?

—Tengo el pálpito de que los tres disparos los hizo alguien que estaba de baja por motivos personales... Eso sí, concedo que fueron los dos miembros de la banda de los Roach que vimos en el tejado los que arrojaron a Abbott del edificio. Aunque sospecho que todo formaba parte del plan de Ross.

—Si Abbott no mató a Roach, ¿cómo es que lo encontraron en el tejado?

—Supongo que oyó disparos desde su piso y subió a ver qué pasaba. ¿No le parece raro que después nos encontrásemos en su piso un fusil idéntico al arma asesina? ¿Por qué iba a tener dos fusiles iguales?

—¿Tienes algo más en lo que basarte, aparte de tu pálpito?

—En el tejado también había una cajetilla vacía de Marlboro.

—Mucha gente fuma Marlboro, incluido yo. Va a tener que esforzarse más, inspector jefe.

—Mientras los muchachos estaban haciendo una redada del resto de los miembros de la banda, Ross pasó por delante de mis narices, disfrazado de vagabundo y empujando un viejo cochecito de bebé.

—¿Y por qué no le preguntaste qué demonios hacía allí?

—En ese mismo momento estaba intentando interrogar a Roach, antes de que los paramédicos lo metieran en la ambulancia.

—¿Roach seguía vivo? —preguntó el Halcón, incrédulo.

—Sobrevivió veinte minutos más, lo cual, sospecho, formaba parte del plan de Ross.

—Pero no puedes demostrar que el vagabundo fuera Ross.

—Llevaba cuatro medallas de combate.

—Genial, así solo tendrás que interrogar a unos diez mil posibles sospechosos...

—Podría prescindir de los 9.999 que no han recibido la Medalla de la Reina al Valor.

—Ross no cometería un error semejante.

—No creo que fuera un error. Creo que quería que yo la viera.

—Y entonces, ¿por qué no le detuviste?

—Porque justo entonces el cuerpo de Abbott aterrizó en la acera, a unos pocos metros de distancia, lo cual confieso que me distrajo.

—¿Vas a citarle para interrogarle?

—¿De qué serviría? Se habrá preparado todas las respuestas, y seguro que sabe perfectamente que no tenemos nada que pueda sostenerse ante un tribunal.

—¿Todavía quieres que forme parte de tu equipo cuando vayas a por Faulkner?

—Sin él no llegaríamos ni a la puerta de la casa de Faulkner —dijo William—, por no decir más allá de su estudio.

—Si estás en lo cierto y, en efecto, mató a Roach, más vale que te asegures de que no lleva encima un arma cuando entréis en la casa, porque no le va a importar un carajo quién le vea matar a Faulkner.

La puerta fue abierta por un hombre alto como una torre. Tenía los brazos cruzados, los puños cerrados, «ODIO» tatuado en los nudillos de ambas manos.

—¿Qué puedo hacer por usted? —dijo una voz.

Haciendo caso omiso del portero, vio a un anciano arrugado que estaba sentado detrás de un escritorio de roble en una gran silla de cuero que parecía engullirlo.

—Necesito que me preste mil libras, señor Sleeman —dijo con voz angustiada, sin apartar la vista de la diminuta figura, que parecía aún más detestable que el necio de su guardaespaldas.

—¿Por qué? —preguntó Sleeman sin mover apenas los delgados labios.

—Tengo que comprar un coche.

—¿Por qué? —repitió.

—Me han ofrecido un trabajo de representante comercial en una empresa farmacéutica y he dicho que tenía coche.

—¿Me ofrece algún tipo de garantía?

—El propio coche, y además voy a cobrar doscientas libras semanales, más las comisiones.

—¿Dónde vive?

—En Chelsea, en un pequeño apartamento.

—¿Es de su propiedad?

—No, tengo un contrato de arrendamiento a corto plazo.

—¿Cómo de corto?

—Todavía me quedan dieciséis años.

—Voy a necesitar la documentación del coche y el contrato de arrendamiento. Mi ayudante se pasará esta tarde a por ellos —dijo Sleeman señalando con la cabeza al hombre de la puerta—. Le serán devueltas ambas cosas, pero no antes de que recupere hasta el último céntimo de mi dinero. Además de los intereses habituales, por supuesto.

—¿Cuáles son sus condiciones?

—Usted tendrá sus mil libras, y a cambio me pagará seiscientas al mes durante los próximos tres meses.

—Pero si es un interés de casi un cien por cien… —protestó.

—Si quiere el coche, estas son mis condiciones. Lo toma o lo deja.

Estuvo dudando un rato lo suficientemente largo como para que Sleeman abriese el cajón de su escritorio, sacase un fajo de billetes de cincuenta y se los deslizara por encima de la mesa sin molestarse en contarlos.

El hombre se quedó mirando el dinero. Con la mano temblorosa, vaciló antes de decidirse a cogerlo y se dio media vuelta para marcharse.

—Antes de que se vaya —dijo Sleeman—, permítame que le avise de que mi cobrador se pasará por su casa el primer día del mes durante los próximos tres meses. Si no paga usted a tiempo, que sepa que no envío recordatorios por escrito, pero ya se encargará él de dejarle algo que le ayude a recordar.

El hombre se estremeció y se le cayó un billete de cincuenta libras al suelo; aterrizó a los pies del portero, que se agachó a cogerlo y se lo devolvió.

—Estoy deseando verle el día uno —gruñó a la vez que abría la puerta—. Asegúrese de estar en casa.

—Estaré —le aseguró Ross.

25

—Tengo la sensación de que he dado un paso muy importante en el caso Sleeman —dijo el subinspector Adaja sentándose en una silla al lado del escritorio de William.

—Soy todo oídos —dijo William soltando el bolígrafo y recostándose en su asiento.

Paul le dio una bolsa de pruebas de plástico transparente en la que había un billete de cincuenta libras.

—Una persona anónima me ha dejado esto en recepción.

—Supongo que lo habrás mandado a analizar por si tiene huellas... ¿Han encontrado alguna?

—Las mías —admitió Paul.

—Qué bobo eres. ¿De alguien más?

—De Max Sleeman.

—Eso está mejor. Y, por tu sonrisita de satisfacción, deben de haber encontrado algo todavía más sorprendente.

—Leonid Verenich.

—¿El psicópata al que expulsaron de la mafia rusa porque era demasiado violento?

—El mismo.

—Pensaba que estaba condenado a cadena perpetua en la cárcel de Dresden.

—Lo estaba, hasta que conoció a un tal coronel Putin y pasó a ser más útil fuera de la cárcel —dijo Paul—. Lo que no acabo de entender es cómo consiguió pasar por el control de inmigración.

—Para alguien como Sleeman, que tiene contactos en los dos mundos del hampa, no sería difícil —dijo William—. Así que ahora lo único que tienes que hacer tú es encontrarle.

—No va a ser fácil. En Moscú le llamaban «Muerte Susurrante».

—La persona que dejó ese billete en recepción sabrá cómo encontrarlo.

—Pero no tengo ni idea de quién pudo ser.

—Yo sí —dijo William.

Hasta ahora, Ross nunca había viajado en primera clase, pero como apenas había dormido las últimas noches e iba a tener que estar bien espabilado cuando llegase a Ciudad del Cabo, pagó a regañadientes la diferencia, miró al cielo y se tocó el anillo de bodas, dando una vez más las gracias a Jo, que en raras ocasiones se ausentaba de sus pensamientos.

Sabía que, mientras Miles Faulkner siguiera siendo su objetivo prioritario, solo podía dedicar un par de días a avisar a la señora Pugh de su inminente muerte. Si el Monaguillo le mandaba volver, tendría que dejarlo todo y acudir corriendo. Eso, suponiendo que el Monaguillo pudiera dar con él, claro.

Se reclinó en el cómodo asiento y se dispuso a disfrutar de un largo sueño sin interrupciones, dando gracias porque el asiento contiguo estuviese vacío.

A punto estaba la azafata de cerrar la puerta del avión cuando un hombre obeso y falto de aire entró corriendo y avanzó atropelladamente por el pasillo comprobando los números de los asientos. Ross clavó los ojos en la ventanilla y se quedó mirando cómo se metía la pasarela de embarque, esperando que el viajero rezagado pasara de largo, pero de repente oyó crujir el cuero del asiento de al lado y vio que el hombre acababa de desplomarse en él, todavía jadeante.

—Por los pelos —dijo respirando con dificultad.

Ross miró de reojo a su nuevo vecino, que si hubiese adelgazado veinte kilos habría seguido teniendo sobrepeso. Desde luego, no era candidato a unas Vacaciones de Pesadilla.

Decidió que en cuanto el avión alcanzase la altura de crucero se recostaría en el asiento, se taparía con una manta, se pondría el antifaz para dormir y no se lo quitaría hasta que la azafata anunciase, «Señoras y señores, por favor, abróchense los cinturones, estamos a punto de iniciar el descenso».

—Hola —dijo el que iba a ser su compañero de viaje durante las once horas siguientes, tendiéndole la mano—. Larry T. Holbrooke Tercero. ¿Qué le lleva a Ciudad del Cabo?

Lo que menos necesitaba Ross en estos momentos era un americano charlatán que tenía pinta de haber dormido como un lirón la noche anterior. Se preguntó cómo reaccionaría si le diese una respuesta sincera: «Espero impedir que un individuo muy desagradable asesine a su mujer, herede su fortuna y viva feliz el resto de sus días».

—Ross Hogan. Estoy de vacaciones, y voy a ver el torneo internacional de *rugby*—respondió a la vez que chocaban los cinco. Sus palabras pusieron fin a la conversación por un momento, pero solo por un momento.

—Qué suerte. Yo voy por negocios. No recuerdo la última vez que tuve vacaciones. Y dígame, Ross, ¿a qué se dedica?

Ross no respondió inmediatamente. Tiempo atrás, cuando se alistó en el Servicio Aéreo Especial, había tenido que firmar la Ley de Secretos Oficiales, que le prohibía decir a nadie a qué se dedicaba. Desde su incorporación a la policía, estaba obligado por la misma ley.

—Trabajo para una empresa de viajes organizados. ¿Y usted? —dijo arrepintiéndose de sus palabras nada más pronunciarlas.

—Soy intermediario financiero. Cobro deudas a corto plazo. Así que si alguien le debe una gran cantidad de dinero y quiere recuperarla, soy la persona que está buscando.

De repente, Ross estaba completamente despierto.

—¿Y eso cómo funciona? —preguntó mientras se abrochaba el cinturón de seguridad.

—Imaginemos que la empresa de viajes en la que trabaja tiene un problema de *cash flow*. Aunque sus clientes son fiables, a menudo tardan sesenta días, a veces hasta noventa, en pagar sus facturas, y mientras tanto usted tiene que cubrir gastos como el alquiler y las nóminas. Yo compro esas deudas, para que usted pueda seguir con su negocio sin tener que preocuparse por ninguna dificultad económica pasajera.

—¿Qué ganancia hay en eso?

—Espero a que pasen sesenta o noventa días antes de cobrar el monto total de la deuda, y después me llevo una comisión de entre el dos y el tres por ciento, según el tiempo que lleve conmigo como cliente.

—Pero si el cliente no paga pasados los noventa días —dijo Ross—, ¿no pierde usted la cantidad total?

—Sí, así es, pero yo solo trato con compañías que tienen una alta solvencia crediticia según Standard and Poor's. Yo no estoy en el negocio del riesgo, de manera que no gano una fortuna, pero me va muy bien. Mi abuelo, que fundó la compañía, decía que si tratas bien a la gente, volverán una y otra vez para hacer negocios contigo.

—Señor Holbrooke…

—Larry, por favor.

—Larry. Tengo un problema con el que quizá pueda ayudarme. Pero primero tengo que aclarar que no trabajo para una empresa de viajes, y que no estamos en la época del año de los encuentros internacionales de *rugby*. Soy un inspector de la Policía Metropolitana de Londres.

Sacó su tarjeta de identificación, y Larry la miró detenidamente.

—¡Scotland Yard, ni más ni menos! Estaré encantado de ayudarle, detective, pero ¿qué puedo ofrecerle yo que no pueda ofrecerle su formidable cuerpo de policía?

—Para empezar, quizá pueda aconsejarme cómo lidiar con un prestamista que no es precisamente un angelito.

—¿Van a querer cenar, señores? —preguntó una azafata ofreciéndoles un menú.

—Claro que sí, señorita —dijo Larry.

—Yo también.

—Venga —dijo Larry una vez que la azafata hubo tomado nota—. Cuénteme su problema despacito, y no se salte ningún detalle por trivial que pueda parecerle.

Ross se explayó contándole a Larry todo lo que la policía sabía sobre Max Sleeman, sus socios y los métodos que utilizaban para asegurarse de que sus clientes liquidaban puntualmente sus deudas.

La azafata había retirado las bandejas y ya estaba sirviendo el café cuando Larry T. Holbrooke habló por fin.

—Fascinante —dijo echando tres terrones de azúcar al café—. Ha descrito en dos palabras el talón de Aquiles de Sleeman, así que ahora sáquele provecho.

—Siempre que pueda identificar esas dos palabras…

Larry empezó a remover el azúcar.

—Usted tiene el arco, detective, lo único que puedo hacer yo es darle las flechas.

—Los detectives dependen de las pruebas —le recordó Ross.

Larry dio un sorbito a su café antes de sacarse una flecha de la funda.

—¿Cuándo le dijo Sleeman que iba a cobrar el primer pago de seiscientas libras?

—El día uno, sin falta.

—«Sin falta» son las dos palabras a las que tiene que sacarles provecho. Porque ahora sabe la hora y el lugar en el que aparecerá su cobrador.

—De la hora no puedo estar seguro.

—Usted será la primera visita que haga esa mañana —dijo Larry mientras una azafata les volvía llenar la taza.

—¿Cómo puede estar tan seguro?

—Los primeros pagos son siempre los más fáciles de cobrar. Más adelante, a medida que el prestatario se va endeudando cada vez más y no puede pagar por mucho que quiera, es cuando empiezan los problemas de verdad. Yo siempre doy a mis clientes unos días de gracia, pero, claro, a mí no me interesa que la cosa se quede en una única transacción. Pero Sleeman y los que son como él trabajan con amenazas y plazos. Así que asegúrese de que cuando su cobrador aparezca el día uno, tiene usted las seiscientas libras listas para dárselas. Entonces será usted quien esté al mando.

—¿Y eso por qué?

—No olvide que el cobrador dedicará el resto del día a recaudar el dinero de otros clientes menos dispuestos que usted. Puede estar seguro de que dejará al más difícil para el final, y tengo la sensación de que usted querrá estar presente cuando eso suceda.

—¡Anda, claro, qué tonto soy! —dijo Ross.

—No, en absoluto. Es que yo llevo en el negocio del cobro de deudas más de treinta años, y durante todo este tiempo me he topado con delincuentes tan despiadados como ese tal Sleeman. Le gustará saber que por lo general acaban muriendo solos y que nadie va a sus funerales.

—¿Y si no tengo tanta suerte?

—Entonces, tendrá que estar en plena forma el día uno del mes que viene.

Ross ya estaba pensando dónde iba a aparcar el coche, cómo iba a…

—Una última pregunta antes de que me ponga a soñar con los angelitos —dijo Larry mientras la azafata se llevaba su taza y le subía la bandeja extensible—. ¿Hace cuánto que ha perdido a su mujer?

Ross se quedó tan sorprendido que tardó un rato en recuperarse lo suficiente para decir:

—Hace unas semanas. Pero ¿cómo lo sabe?

—Perdí a Martha hace seis años —dijo Larry— y, a día de hoy, sigo tocándome sin parar la alianza. No haga caso a la gente que le dice que con el tiempo acabará siendo más fácil. No es así. Si lo fuera, no me sobrarían veintipico kilos ni viviría, como quien dice, en un avión.

Y dicho esto, reclinó el asiento, se subió la manta hasta la barbilla y cerró los ojos.

—Gracias —dijo Ross, encantado de que aquel hombre inteligente y bueno se hubiera desplomado en el asiento contiguo en vez de pasar de largo.

—El encargado de seguridad del aeropuerto de Heathrow, jefe —dijo Paul.

William cogió el auricular y oyó una voz conocida.

—Buenos días, señor. Soy Geoff Duffield. Me pidió que le avisase si el inspector Ross Hogan sacaba un billete para algún vuelo al extranjero.

—Le escucho.

—Embarcó en el vuelo BA027 a Ciudad del Cabo a las veintiuna treinta de anoche. Ha aterrizado esta mañana a las nueve, hora local.

—Gracias —dijo William—. ¿Ha reservado un vuelo de vuelta?

—No, señor. Era un billete abierto. Pero le informaré en cuanto haga otra reserva.

—Volverá antes de que termine la semana —dijo William, sin dar explicaciones.

26

—¿Sería usted tan amable de firmar el libro de visitas, caballero? —dijo la recepcionista dando la vuelta a un gran cuaderno con tapas de cuero justo cuando el teléfono empezaba a sonar. Lo cogió y dijo:

—Hotel Mount Nelson, buenos días. ¿En qué puedo ayudarle?

Ross empezó a pasar las páginas en busca del señor y la señora Pugh, que sabía que habían pensado alojarse allí a comienzos de esa semana.

—¿Le puedo ayudar? —preguntó la recepcionista a la vez que colgaba y le pillaba mirando una página concreta con detenimiento.

—Sí —dijo Ross sin alterarse—. Estaba comprobando si un amigo mío, Larry T. Holbrooke Tercero, había hecho una reserva.

—No tenemos a ningún alojado con ese nombre —dijo la recepcionista. Ross puso la cara de decepción que la respuesta requería y cogió la llave—. Está usted en la habitación treinta y tres, tercera planta. Un botones le subirá el equipaje. Espero que tenga una estancia agradable.

«Agradable» no era lo que tenía Ross en mente.

—Gracias —dijo, y a continuación siguió al botones por el vestíbulo en dirección al ascensor. Pasaron por delante de una fotografía de Winston Churchill sentado en el porche del hotel, fumándose un puro y sujetando una enorme copa de brandi.

Una vez en la tercera planta, Ross siguió al botones por un ancho pasillo enmoquetado y flanqueado por paredes revestidas de fotografías en color sepia de la Reina Madre, Jan Smuts y Cecil Rhodes, recordando a los huéspedes una era pasada de la que el hotel parecía reacio a desprenderse. El botones abrió la puerta de la habitación treinta y tres y dejó la maleta en un soporte situado al pie de la cama. Ross le dio las gracias y una propina, y después se acercó al mirador. Se quedó atónito con las impresionantes vistas de la Montaña de la Mesa, cubierta por nubes que la envolvían como un esponjoso edredón. Al volverse vio la cama de matrimonio y de nuevo pensó en Jo antes de quitarse la chaqueta y tumbarse. Era comodísima. Cerró los ojos y se sumió al instante en un profundo sueño.

—Es para usted, jefe —dijo Paul pasándole el teléfono—. Un tal teniente Sánchez le llama desde Barcelona.

—Hola, Juan —dijo William cogiendo el teléfono—. ¿Alguna novedad?

—Sí. Mi mujer ha vuelto a quedarse embarazada, y esta vez esperamos que sea un niño.

—Felicidades —dijo William, riéndose—, pero no me refería a eso.

—Respecto a lo otro, también tengo buenas noticias —dijo Sánchez—. Después de recibir la llamada del comandante Hawksby, mi jefe ha dado el visto bueno a la siguiente fase de la operación Obra Maestra, aunque con algunas advertencias.

—¿Tenemos fecha? —preguntó William.

—Sí, el domingo que viene. No creo que puedan permitirse ustedes esperar mucho más. Tendremos que reunirnos antes para repasar los detalles. Yo podría coger un vuelo a Londres el miércoles por la tarde, si le viene bien.

—Perfecto —dijo William pasando una hoja de su agenda—. ¿Dónde piensa alojarse?

—He pensado que a lo mejor podría recomendarme algún hotel barato cerca de Scotland Yard.

—Londres no es precisamente famoso por sus hoteles baratos —dijo William—. ¿Por qué no se queda en mi casa? Así podrá conocer a Beth y a los gemelos.

—Gracias, pero ¿no es…?

—Nada, está decidido. Simplemente, llame desde la portería cuando llegue. —William colgó, miró a Jackie y dijo—: Encuentra al inspector Hogan. Necesito que esté aquí el jueves por la mañana a las nueve para una sesión informativa con el teniente Sánchez. Si no, estamos perdiendo todos el tiempo.

—¿Dónde cree que está, señor? —preguntó Jackie—. Porque sé que en su casa, no.

—En el mismo hotel de Ciudad del Cabo que el señor y la señora Pugh.

—¿Sabe el nombre del hotel?

—No, subinspectora Roycroft, no lo sé. He pensado que así le daba algo que hacer.

Ross se despertó en medio de un sueño muy vívido y se dio cuenta de que seguía completamente vestido, y por un momento se preguntó dónde estaba. Echó un vistazo a su reloj —las 18:18— y se puso en marcha: se levantó de la cama, se desnudó y dejó la ropa tirada en una silla antes de meterse en el cuarto de baño y darse una ducha muy larga.

Los chorros de agua fría no tardaron en reanimarle, y se fue espabilando mientras repasaba mentalmente un plan provisional. Para cuando hubo salido de la ducha y se hubo secado, ya se había puesto las pilas del todo, pero no acababa de dar con un buen plan para toparse con la señora Amy Pugh sin que su marido se diera cuenta de lo que se traía entre manos.

Por si al final conseguía pasar aunque solo fuera unos minutos con ella, llevaba bien preparada una historia: era agente de seguros y no podía dejar de advertirle que su marido le había hecho un seguro de vida por valor de un millón de libras. Después le preguntaría si conocía las circunstancias de la muerte de su primera esposa. En caso de que la respuesta fuera un sí, sabía lo que le preguntaría a continuación; si era un no, tenía previsto soltarle un breve discurso.

Se puso una camisa blanca limpia, una corbata de club de golf y un traje que le hacía parecer un hombre que se encontraba más a gusto en un hotel de cinco estrellas que en un callejón desierto. Cogió la llave de su habitación y se dirigió, rebosante de energía, hacia el comedor.

Por mucho que el hotel tuviera un encanto informal —«pintoresco», habría dicho Jo—, al entrar en el salón Nelson le bastó con echar un rápido vistazo al *maître* para saber que era un profesional de categoría.

—¿Tendría la amabilidad de decirme en qué habitación está, caballero? —preguntó el *maître*, un hombre alto y delgado vestido con un chaqué largo con pantalón de raya diplomática.

—Treinta y tres —dijo Ross. Miró en derredor y sus ojos se posaron en una pareja que estaba sentada en un rinconcito al fondo del restaurante. Se fijó en que, aunque el banco corrido que tenían a la izquierda estaba ocupado, el de la derecha estaba vacío.

El *maître* interrumpió sus pensamientos.

—¿El caballero va a cenar solo o espera a alguien?

—Voy a estar solo los próximos dos días. ¿Puedo sentarme en ese banco que hay al lado de la ventana?

El *maître* comprobó el listado de mesas.

—Lo siento, caballero, pero ya está reservado para esta noche.

Ross se sacó la billetera, cogió un billete de cincuenta rands y lo dejó encima de la lista de reservas.

—Tenga la amabilidad de seguirme, caballero —dijo el *maître*, dedicándole una cálida sonrisa. Desde luego, poco encanto pintoresco tenía el hombre, se dijo Ross al verle embolsarse el billete igual que el ratero Jimmy.

Ross cogió de una mesita un ejemplar del *New York Times* mientras seguía al jefe de camareros. Al llegar a su mesa, se sentó de espaldas a los Pugh, abrió el periódico y empezó a leer. Si por un casual miraban en su dirección, le tomarían por un americano. Se echó ligeramente hacia atrás, y aunque solo pillaba alguna que otra palabra suelta de la señora Pugh, oía casi todo lo que estaba diciendo su marido.

Apareció un sumiller.

—¿Desea el señor algo de beber mientras se decide?

Ross estudió la larga lista de vinos. Se acordó de que Jo le había dicho en cierta ocasión que los viñedos sudafricanos estaban produciendo vinos que solo les iban a la zaga a los franceses... aunque eso los franceses jamás lo admitirían. La lista confirmaba otra de las máximas de Jo, a saber, que los vinos nacionales serían mucho más baratos que los de importación francesa. Eligió una botella pequeña de Malbec de la provincia del Cabo Occidental, y cuando se hubo ido el sumiller se sacó una pitillera de un bolsillo interior y la dejó sobre la mesa. Después leyó el titular de la portada: *Irak-Irán: negociaciones de paz en Ginebra*. Habría leído el artículo si no hubiera querido concentrarse en la conversación que estaba teniendo lugar detrás de él.

—¿Ha decidido qué va a tomar, caballero? —preguntó su camarero de mesa con la libreta abierta y el bolígrafo en ristre.

—Sopa de verduras, y de segundo un filete de lomo, poco hecho.

Miró la silla que tenía enfrente... estaba vacía.

Esperó a que el camarero se marchase para abrir la pitillera y ajustar el espejito interior de manera que le permitiera ver con claridad a Pugh, pero solo se reflejaba la parte de atrás de la cabeza de su mujer. Nosey Parker le había proporcionado con mucho gusto la pitillera de plata, que en su momento había sido encargada por un cliente a cambio de un dineral que habría impresionado al mismísimo Cartier.

Era evidente que Pugh se estaba desviviendo por mostrarse atento con su flamante esposa, a la vez que daba la impresión de escuchar atentamente una historia que, a juzgar por su rígida sonrisa, debía de haber oído más de una vez.

Ross cerró la pitillera, pero siguió atento a la conversación, mientras el sumiller volvía y descorchaba la botella de Malbec y le servía un dedo para que lo catase.

—Excelente —dijo Ross, dejando que le llenase la copa.

Al llegar a la página de deportes, se enteró de que los Yankees habían derrotado al Oakland Athletics. Gracias al espejito supo que los Pugh habían terminado de cenar. La única información importante que había obtenido era que Clive Pugh, que le había sugerido a su mujer que les convenía abrir una cuenta conjunta, se iba a pasar por su banco la mañana siguiente. A juzgar por el lenguaje corporal de la mujer, la idea no le hacía mucha gracia. Ross recordó que, en la última reunión de equipo a la que había asistido, Jackie les había dicho que Pugh debía de estar quedándose sin blahca a marchas forzadas, teniendo en cuenta que había dejado varias facturas sin pagar.

Pugh le dijo a su esposa que regresaría a eso de las doce y le recordó que después cogerían el tranvía que llevaba a la Montaña de la Mesa para almorzar en una cafetería, cuya fama se debía más a las vistas que a su cocina.

Ross tendría que decidir si aprovechaba la ausencia de Pugh mientras estuviera en el banco para intentar hablar con su mujer, o si le seguía hasta el banco con la esperanza de descubrir la gravedad de su situación económica.

Cuando los Pugh se levantaron de la mesa, Ross se metió la pitillera en el bolsillo, pero siguió leyendo el periódico mientras salían del restaurante. Esperó unos minutos antes de marcharse. Al cruzarse con el *maître* le pasó discretamente otro billete de cincuenta rands, no por los servicios prestados, sino por los que pudiera necesitar en el futuro.

—Está en Ciudad del Cabo —dijo William.

—¿Qué hace allí? —preguntó el comandante.

—Vigilar de cerca al señor y a la señora Pugh, diría yo. Lo más probable es que quiera advertir a la candorosa novia de los planes a largo plazo que ha trazado su marido para ella antes de que sea demasiado tarde. Pero estoy seguro de que volverá a tiempo para la reunión del jueves por la mañana con Sánchez.

—¿Por qué?

—El uno de septiembre tiene una cita a la que no puede permitirse faltar.

—¿Con quién?

—Con el cobrador de deudas de Max Sleeman, Leonid Verenich, que, según me ha dicho Paul, siempre empieza sus rondas el día uno del mes con los clientes nuevos.

—Y Ross le estará esperando, claro. Pero ¿qué crees que tiene pensado? Porque Muerte Susurrante no es un hombre al que nadie iría a buscar si pudiera evitarlo…

—No tengo ni idea, señor, pero me propongo poner freno a los planes de Ross antes de verme obligado a detenerlo.

—Te verá venir.

—Espero que esté tan preocupado con Verenich que pueda tomarle por sorpresa.

—No cuentes con ello —dijo el Halcón—. Desde que murió su mujer, parece como poseído. Primero Abbott y Roach, ahora Pugh, después Sleeman, y seguramente también tenga a Darren Carter en el punto de mira. ¿Cuándo se va a acabar esto?

—Apostaría a que con Miles Faulkner, señor.

27

A la mañana siguiente, Ross se despertó a las cinco, hora de Londres, y vio que en Ciudad del Cabo ya eran las siete. Faltaba poco para que tuviera que decidirse.

Fue de los primeros en bajar a desayunar, pero eligió una mesa en la otra punta del comedor para reducir las posibilidades de que el señor y la señora Pugh le recordaran.

Al igual que Jimmy el ratero, Ross empezó el día con un desayuno copioso: un bol de copos de avena seguido de un par de arenques ligeramente ahumados que habrían tenido pase en cualquier mesón de las Highlands.

Mientras esperaba a que aparecieran los Pugh, leyó el *Times* londinense de la víspera.

Estuvo un buen rato leyendo un largo artículo encabezado por una fotografía del Monaguillo. «El agente que ha puesto de rodillas a dos de las más temidas bandas del East End de Londres, los Abbott y los Roach», informaba el corresponsal a sus lectores. Ross se tranquilizó al ver que el artículo no mencionaba a un misterioso vagabundo que había sido visto cruzando el campo de batalla con un cochecito de bebé, y el corresponsal concluía que era «una reyerta interna entre las dos bandas rivales del East End, en la que no ha habido más implicados». Ross dudaba que William hubiese llegado a la misma conclusión mientras presentaba su informe al Halcón.

Empezaba a preguntarse si los recién casados estarían desayunando en su habitación cuando Clive Pugh entró y fue derecho a su mesa de siempre. También pidió arenques ahumados antes de concentrarse en el *Financial Times,* pero su esposa aún no había dado señales de vida para cuando llegó a la sección de los índices bursátiles. Si no hacía acto de presencia, la cuestión de decidir a cuál de los dos debería seguir sería meramente teórica.

Por fin, Pugh se levantó, salió del comedor y, tras una breve charla con la recepcionista, se fue del hotel. Ross no andaba lejos. Nada le procuraba más disfrute que trabajar de agente secreto, y vigilar a este objetivo en particular no era difícil. Pugh llevaba una chaqueta de *sport* azul marino, una camisa color crema sin corbata y un pantalón de franela gris muy bien planchado, pero lo que le impedía pasar desapercibido era el sombrero Panamá blanco. Jo le había dicho en cierta ocasión que la calidad de un sombrero Panamá se distinguía por el tejido —cuanto más apretada la trama, mejor era—, y que así era cómo había sabido si el cliente podía permitirse el lujo de estar con ella. Yo no tengo sombrero, le había dicho él. Ahora, vestido con una vulgar camiseta gris, vaqueros y deportivas, Ross desapareció entre la muchedumbre que abarrotaba las calles del bullicioso centro urbano.

Se cuidó muy bien de acercarse demasiado a Pugh. Puede que estuviera pisándole los talones a un aficionado, pero no podía arriesgarse a ser visto, sobre todo porque seguía pensando en sentarse otra vez detrás de él durante la cena.

La primera parada que hizo Pugh fue en una farmacia, de donde salió a los pocos instantes. Recorrió otra manzana antes de hacer la segunda parada, en unos grandes almacenes de lujo. Ross entró tras él, y se mantuvo en un segundo plano fingiendo que le interesaba un pañuelo de seda mientras un dependiente de la sección de tabacos le enseñaba a Pugh una caja de puros Montecristo.

—Me llevo dos cajas —dijo Pugh entregando la tarjeta de crédito. Al cabo de unos minutos, el dependiente, muerto de vergüenza, le devolvió la tarjeta y le susurró unas palabras que Ross no pudo oír.

—Tiene que haber un error —dijo Pugh, rabioso—. ¿Por qué no llama al banco?

El dependiente hizo lo que le pedía, pero al colgar parecía aún más incómodo, y volvió a dejar los puros en el estante.

Pugh, rojo como un tomate, se dio media vuelta y se dirigió a zancadas hacia la salida más cercana. Ross le siguió.

—Disculpe, señor —dijo una joven corriendo tras él—, ¿va a comprar este pañuelo?

Un Ross también avergonzado le devolvió el pañuelo. Afortunadamente, Pugh ya se había ido de la tienda.

Una vez fuera, Ross localizó enseguida el sombrero blanco, que avanzaba cabeceando por la otra acera. Casi había dado alcance a Pugh cuando este entró en el Banco del Cabo y se fue derecho al cajero más cercano.

—Quiero hablar con el director —exigió en voz muy alta—. Inmediatamente.

Ross se quedó rondando detrás de un escritorio que había al fondo del vestíbulo, cogió un bolígrafo y empezó a rellenar un formulario para abrir una cuenta de ahorro mientras ambos esperaban a que llegase el director.

Un hombre alto y elegantemente vestido apareció a los pocos minutos. No le costó deducir cuál era el cliente enfurecido que había exigido verle.

—¿En qué puedo ayudarle, señor? —preguntó cortésmente.

—¿Es usted el director? —dijo Pugh, incapaz de disimular su sorpresa.

—Sí, caballero. Soy el señor Joubert —dijo el hombre tendiéndole la mano. Pugh la ignoró.

—Me llamo Clive Pugh, y su banco acaba de ponerme en una situación muy incómoda.

—Lo siento, caballero. ¿Quiere que hablemos del asunto en la intimidad de mi despacho?

—No necesito que me trate con condescendencia, Joubert. Lo único que quiero saber es por qué me han rechazado la tarjeta de crédito.

—¿Seguro que no prefiere pasar a mi despacho para hablar del problema?

—No hay ningún problema —dijo Pugh, casi gritando—. Una explicación y una disculpa es lo mínimo que espero, si quiere usted mantener su trabajo.

Ross se fijó en que ya no era la única persona del vestíbulo del banco que se estaba interesando por el encuentro entre los dos hombres.

—Me temo —dijo el director casi en susurros, aunque todo el mundo oyó sus palabras— que su cuenta ha superado con creces el límite, así que no he tenido más remedio.

—Entonces, yo tampoco tengo más remedio —dijo Pugh— que trasladar mi cuenta a otro banco. Volveré mañana y espero que tenga listo todo el papeleo necesario.

—Como usted quiera, señor. ¿Podría decirme a qué hora le viene bien?

—¡Me vendrá bien cuando a mí me dé la gana! Está claro que sois unos críos y que aún no estáis preparados para trabajar como los hombres.

Ross estuvo a punto de infringir otra regla de oro y darle un puñetazo a la persona a la que estaba siguiendo, y lo habría hecho si Pugh no se hubiera dado media vuelta y hubiera salido del banco con paso resuelto.

Ross salió tras él, y dejó de seguirle cuando quedó claro que estaba volviendo al hotel. Estaba deseando que llegase la hora de la cena para oír su versión de los hechos.

—Si Ross no vuelve a tiempo para la reunión de mañana —dijo Juan mientras, sentados a la mesa de la cocina después de la cena, disfrutaban de una segunda botella de vino—, voy a tener que suspender toda la operación. Sin él no llegaremos ni a la puerta de la entrada de la casa de Faulkner.

—Volverá a tiempo —dijo William con más convicción de la que en realidad sentía.

—Esperemos que así sea —dijo Juan—, porque mi jefe no me va a permitir que me quede aquí esperando por si acaso le da por aparecer. Como si le estuviera oyendo: «Ya tenemos bastante con nuestros propios delincuentes».

—Tu jefe suena clavadito al Halcón —dijo Beth.

—Están cortados por el mismo patrón —dijo Juan.

—¿Cómo es que hablas tan bien el inglés, Juan?

—Mi madre se casó con un galés. Echaron a cara o cruz dónde iban a vivir, y perdió mi padre; de todos modos, para él no hay más santos que San David de Gales, más flores que los narcisos ni más deportes que el *rugby*.

Beth sonrió y preguntó inocentemente:

—Si al final Ross llega a tiempo para la reunión de mañana, ¿significa que William tendrá que volver a Barcelona?

—¿Y tú por qué crees que ya he estado en Barcelona? —dijo William, sonriendo.

—La primera pista fue un billete de avión; la segunda, otro montón de pesetas, y el hecho de que Juan haya venido a casa lo ha remachado.

—Tú, ni caso… —le dijo William a Juan en un cómico aparte.

—Si no os sentís capaces de responder a mi pregunta —dijo Beth sirviéndole otra copa de vino a su invitado—, quizá pueda preguntarte a ti, Juan, si has visto con tus propios ojos los *Pescadores de hombres.*

—Una pregunta trampa —interrumpió William—. Beth intenta llevarte a su terreno sin admitir lo poco que sabe en realidad. Pasa de ella, y se acabará rindiendo.

—Sí, lo he visto —admitió Juan—. Pero, por desgracia, me distraje, y apenas me dio tiempo a apreciarlo.

—¿Te distrajo su aspirante a propietario, tal vez? —preguntó Beth sin bajar la guardia.

Los dos hombres se quedaron callados unos instantes, hasta que William dijo:

—Digamos solamente que Faulkner tuvo todavía menos oportunidades de apreciarlo que Juan. Y, por desgracia, dudo que ninguno de nosotros vayamos a volver a verlo.

—A no ser que, con lo apañados que sois los dos, consigáis detener a Faulkner y meterle otra vez en la cárcel, que es donde tiene que estar. Y entonces, con la ayuda de mi amiga del alma Christina, puede que el Fitzmolean todavía tenga alguna oportunidad de hacerse con la obra maestra, y así podréis ir a verlo sin temor a que os interrumpan. —Ni Juan ni William respondieron, pero Beth no se dio por vencida—. Y al menos así se compensaría que por vuestra culpa el museo no pueda tomar en préstamo *El flautista* de Frans Hals, que sospecho que estaba en la misma casa…

—Muy inteligente, tu mujer —fue el único comentario de Juan.

—No sabes ni la mitad —dijo William—. Y ya verás mañana, en el desayuno, cuando conozcas a Artemisia.

Justo cuando William estaba subiendo a acostarse, sonó el teléfono. El inconfundible acento bostoniano de James Buchanan le saludó desde el otro lado de la línea.

—Seguí su consejo, señor —dijo, directo al grano—, e informé de mis descubrimientos al director del colegio, que me prometió que investigaría el asunto.

—¿Y lo hizo?

—Imposible que haya hecho nada —dijo James—, porque mi amigo tiene un estudio en el mismo pasillo que yo, en Harvard.

—Seguro que has encontrado una explicación convincente de por qué el director ha hecho caso omiso de tus averiguaciones.

—Sí, pero es circunstancial solamente, y no se sostendría ante el tribunal.

—Déjame que sea yo quien lo juzgue —dijo William.

—Resulta que un chico de mi curso, que en teoría tenía todo a su favor para entrar en Harvard, fracasó estrepitosamente.

—No es una prueba válida, a no ser que tu amigo esté dispuesto a admitirle al director, con dos testigos como poco, que ha tenido algo que ver con esto.

—El padre de mi amigo fue presidente del comité de recaudación de fondos de Choate en un año en el que batieron todos los récords.

—Sigue sin ser una prueba, pero hace que el móvil tenga más peso.

—Además estuvo en Choate y en Harvard al mismo tiempo que el director.

—Como tantos otros... —dijo William sin tomárselo en serio.

—Me recuerda usted al director, que, cuando por fin le pregunté qué decisión había tomado, se limitó a decir: «No había absolutamente ninguna prueba sólida que respaldara sus acusaciones, Buchanan».

—Y tenía razón —dijo William con una sonrisa burlona—. Eso sí, me encantará saber dónde termina tu amigo.

—Seguramente, en la cárcel, con el suyo...

—Y tú habrás aprendido la importancia de recabar pruebas irrefutables antes de pensar siquiera en exponer tu caso. Una lección que te será muy útil si todavía quieres ser el Director del FBI en vez de presidente de la naviera Pilgrim.

—Mi padre es ahora el presidente de la compañía —dijo James, haciendo una pausa antes de añadir—: Pero no es mi abuelo.

Después de colgar, William se quedó un buen rato pensando en esta frase.

Ross ya estaba en su mesa, enfrascado en el *New York Times,* cuando el señor y la señora Pugh entraron en el comedor y el atento *maître* los acompañó a su mesa. Pugh seguía despotricando sobre lo sucedido aquella mañana en el banco mientras ella parecía escuchar con actitud comprensiva. Ross reparó en que no mencionó que su tarjeta de crédito había sido rechazada cuando intentaba comprar las dos cajas de puros.

Pugh intentó persuadirla una vez más de que les convenía abrir una cuenta conjunta, pero a Ross le bastó con pillar alguna que otra palabra suelta para saber que la mujer no acababa de tenerlo claro. Cuando Pugh dijo que pensaba volver a la mañana siguiente para cerrar su cuenta, de manera que en el futuro fuese el mismo banco el que se ocupase de los asuntos de ambos, su mujer asintió con la cabeza pero se abstuvo de hacer ningún comentario.

Ross ya había decidido que no iba a seguir a Pugh al banco por la mañana, sino que se quedaría en el hotel con la esperanza de retener unos minutos a su mujer y —como diría el comandante— «ponerla al corriente».

En la mesa contigua, la conversación viró hacia una velada teatral programada para el día siguiente. Pugh confirmó que el hotel había conseguido sacarles entradas de primera fila de palco para *Les Misérables.* La señora Pugh parecía encantada con la noticia, y aunque Ross solo pillaba palabras sueltas, las risas y el chinchín de las copas sugerían que el ambiente entre los recién casados había cambiado. Cuando el camarero les hubo tomado nota, Pugh se inclinó y susurró algo que pilló a Ross por sorpresa.

—Se te ha torcido un poco la peluca, amor mío.

La señora Pugh se levantó lentamente y dijo:

—No tardo, cielo. —Y se marchó sin decir más.

Ross reajustó el espejito de la pitillera y vio que Pugh se sacaba una boquilla de un bolsillo interior, cosa rara porque aún no les habían servido el primer plato.

Pugh desenroscó la boquilla, sacó un puro y lo dejó sobre la mesa. Miró con cautela la abarrotada sala antes de volcar la boquilla y echar unos polvos blancos en su copa de vino. Removió el vino con el mango del tenedor antes de encajar de nuevo el puro en la boquilla y metérselo en el bolsillo. Después, echó otro vistazo en derredor y cambió la copa de su mujer por la suya. No tardó ni un minuto en perpetrar el engaño.

Ross cruzó una mirada con el *maître*, que estaba acompañando a unos huéspedes a su mesa. Garabateó unas palabras al dorso de su menú y se llevó un dedo a los labios mientras el *maître* se acercaba a él y, acto seguido, se desplazaba con aire despreocupado a la mesa contigua. El señor Pugh estaba mirando de hito en hito la entrada del restaurante.

—Perdone que le moleste, señor —dijo el *maître*—, pero le llaman del extranjero. Puede ir a recepción, la llamada está en espera.

—¿Le ha dado un nombre? —preguntó Pugh.

—No, señor. Es una señora. Dice que es urgente.

Pugh se levantó rápidamente y salió a toda prisa del restaurante. En cuanto hubo salido, Ross dejó caer al suelo su ejemplar del *New York Times*. Se agachó a recogerlo y, al erguirse, volvió a cambiar las copas de los Pugh con un juego de manos que habría dejado pasmado al mismísimo Jimmy el ratero. Después se dirigió hacia el bar y se cruzó con un malhumorado Pugh, que pasó de largo como un huracán y se sentó. Instantes después, volvió su mujer.

Ross se sentó en un taburete en la otra punta de la barra, pidió un café y siguió leyendo. Miró a Pugh y vio que levantaba la copa para brindar, y que su mujer respondía alegremente. El señor Pugh apuró su copa y ella dio un sorbito a la suya mientras les servían el primer plato.

Pugh acababa de coger el cuchillo y el tenedor cuando su cara se tornó de un color ceniciento. Empezó a temblar y se desplomó sobre la mesa echando espumarajos por la boca.

—¡Un médico, un médico! —gritó la señora Pugh histéricamente.

Un hombre que estaba sentado a varias mesas de distancia dio un salto y acudió corriendo, pero bastó que hiciera un reconocimiento superficial para que todos los presentes comprendieran que no podía hacer nada por ayudar.

Ross observaba el desarrollo de los acontecimientos. Al poco rato aparecieron dos camareros con una camilla, acompañados por el *maître*. Algunos huéspedes se dieron la vuelta mientras otros seguían mirando con morbosa fascinación mientras tendían el cuerpo inerte y lo sacaban de la sala, seguido por la desconsolada viuda.

Ross aprovechó el jaleo para marcharse discretamente. Al cruzarse con el *maître*, le deslizó un billete de cien rands que este aceptó con una leve inclinación de la cabeza. Desde el vestíbulo, Ross vio cómo sacaban la camilla a una ambulancia, en la que dos paramédicos, sobrantes a estas alturas, tomaron el relevo. La señora Pugh se echó a llorar mientras uno de ellos comprobaba el pulso de su difunto marido, le cerraba los ojos y le tapaba delicadamente la cabeza con una sábana.

Ross se había topado con numerosas viudas desconsoladas a lo largo de los años, y no albergaba la menor duda de que las lágrimas de la señora Pugh eran sinceras, lo cual le sorprendió. ¿Era posible que realmente hubiese amado a aquel personaje detestable? Tal vez habría sentido otra cosa distinta de haber sabido que era ella y no él quien se suponía que debía estar yendo hacia la morgue en estos momentos. Mientras la ambulancia se alejaba, Ross fue a recepción a por su llave.

—Hay un mensaje para usted —dijo la recepcionista.

Abrió el papelito y, después de leerlo, murmuró:

—Muy listo, Monaguillo. Muy listo.

—¿Disculpe? —dijo la recepcionista.

—¿Podría decirme a qué hora sale el próximo vuelo a Londres?

—El primer vuelo de la mañana es a las nueve —respondió ella, y luego, mirándose el reloj, añadió—: Pero si se da prisa, señor, quizá le dé tiempo a coger el vuelo nocturno que sale dentro de un par de horas.

—Prepáreme la cuenta, por favor, y resérveme una plaza en primera. También voy a necesitar un taxi para ir al aeropuerto.

Ross subió de dos en dos las escaleras hasta el tercer piso, donde abrió la puerta de su habitación a todo correr. Después de tirar atropelladamente todas sus cosas a la maleta, bajó a recepción y pagó la cuenta. Un botones le metió la maleta en un taxi que le estaba esperando con el motor en marcha. Estimulado por la promesa de una propina de cien rands si llegaba a tiempo al aeropuerto, el taxista se saltó todos los límites de velocidad. Ross fue el último pasajero en embarcar aquella noche.

—¿Va a querer cenar, señor? —preguntó la azafata una vez que hubieron despegado.

—No, gracias —dijo Ross—. Solo quiero un antifaz.

—Sí, por supuesto.

Como no había ningún Larry T. Holbrooke Tercero sentado a su lado, Ross esperaba dormir como un lirón. Si todo iba bien, llegaría a tiempo para desayunar con Jimmy el ratero en el café Putney Bridge antes de personarse ante el inspector jefe Warwick en Scotland Yard. Se preguntó cuánta información tendría ya el Monaguillo.

28

—¿Eres el agente Pocaprisa? —preguntó Peter cuando Juan bajó a desayunar a la mañana siguiente.

—No —dijo Juan sentándose enfrente de los gemelos—. Mi hija pequeña me dice que no soy tan listo como el agente Pocaprisa porque no resuelvo todos los casos inmediatamente. Dice que me parezco más al inspector Fisgónez.

Artemisia soltó una risita mientras Beth dejaba un plato de beicon con huevos delante de su invitado.

—Mi padre se va a poner celoso cuando le diga lo que he desayunado esta mañana —dijo Juan cogiendo los cubiertos.

—¿Tu papá no desayuna? —preguntó Artemisia.

—No hables con la boca llena —dijo William.

—¿Quién robó el collar de perlas? —preguntó Peter.

—No lo sé —reconoció Juan.

—Nos enteraremos esta noche cuando vuelva papá y nos lea el último capítulo —dijo Artemisia.

—Si es que papá vuelve esta noche… —dijo William en el mismo instante en que empezaba a sonar el teléfono del vestíbulo.

—¿Quién será a estas horas de la mañana? —preguntó Beth.

—El Halcón, seguramente —dijo William levantándose y dirigiéndose hacia la puerta.

—El agente Pocaprisa —susurró Juan.

—Ojalá —dijo Artemisia—, así puede ayudaros a resolver…

William cerró la puerta a sus espaldas y cogió el teléfono en la mesita del vestíbulo.

—William Warwick.

—Buenos días. Geoff Duffield, del departamento de seguridad de Heathrow. El inspector Hogan ha llegado de Ciudad del Cabo esta mañana a primera hora, y acaba de pasar el control de pasaportes.

—Gracias, Geoff. Bueno, un problema menos. Gracias —dijo, y después de colgar volvió a la cocina.

—¿Tú has conocido al agente Pocaprisa? —le estaba preguntando Peter a Juan.

—No, pero me gustaría, porque a vuestro padre y a mí no nos vendría nada mal que nos ayudase en estos momentos.

—Era él al teléfono —dijo William sumándose al juego—. Va de camino a Scotland Yard, así que más vale que nos pongamos en marcha.

—Papá, eres un pillín. El abuelo dice que hay que comerse todo el desayuno antes de ir a trabajar.

—Yo estoy de acuerdo con tu abuelo —dijo Juan, que siguió disfrutando de los huevos con beicon mientras William se rendía y volvía a sentarse.

—Disculpa —dijo Beth—. Artemisia tiende a repetir todo lo que oye.

—No se disculpe —dijo Juan—. Recuerde que tengo tres hijas.

—Y otra de camino, según me ha dicho William.

—¿Qué habré hecho yo para merecer esto? —dijo Juan.

—Buenos días, inspector —dijo Jimmy el ratero—. ¿Desayuna usted conmigo?

—No tengo tiempo —dijo Ross mirando con envidia el plato vacío de Jimmy antes de que lo retirasen—. Pero si todavía quieres que te dé las doscientas que faltan, asegúrate de estar enfrente del Queen's Theatre, en Wardour Street, a las diez y media de esta noche.

—Tendré que consultarlo con mi agenda —dijo Jimmy echando un tercer terrón de azúcar al té.

—Si no estás allí —dijo Ross—, vendré a desayunar contigo cada mañana hasta que me devuelvas las doscientas libras que ya te he dado.

—Me ha convencido con ese encanto irlandés que tiene, inspector —dijo Jimmy echando una cucharada grande de mermelada sobre una tostada. Cogió el cuchillo, y cuando empezó a extenderla el inspector ya se había marchado.

El teniente Sánchez desplegó un gran mapa de Cataluña sobre la mesa, y el equipo se puso a su alrededor para mirarlo más de cerca.

—En cuanto el inspector jefe Warwick y el inspector Ross aterricen en Barcelona —empezó diciendo—, serán trasladados a una casa de seguridad de las afueras de la ciudad, donde daré la última sesión informativa antes de que nos preparemos adecuadamente para una misión nocturna.

—¿Y cuándo es la hora bruja? —preguntó el comandante.

—A medianoche, señor —contestó Sánchez—. Saldremos de la ciudad en un coche camuflado, y nos bajaremos a un par de kilómetros del límite de la finca de Faulkner.

William asintió con la cabeza mientras Sánchez señalaba una «X» que había marcado en el mapa.

—¿Está seguro de que Faulkner sigue ahí? —preguntó.

—Tenemos cámaras en la carretera que lleva a la finca y patrullas en la playa que hay al pie del acantilado, y por ahora nadie ha dado señales de vida, así que estamos bastante seguros de que sigue escondido en la casa.

—No olvide que sabemos que Booth Watson ha reservado plaza en un vuelo a Barcelona para este lunes —interrumpió Rebecca—. ¿Por qué iba a molestarse en hacer el viaje si Faulkner no estuviera allí?

—Bien visto —dijo William—. Pero sospecho que la razón de la visita de Booth Watson es que va a dar los últimos retoques a la salida no programada de su cliente, así que puede que esta sea nuestra última oportunidad antes de que vuelva a desaparecer.

—Vamos a necesitar al inspector Hogan para que nos lleve desde aquí —el dedo de Sánchez se posó sobre la linde del bosque— hasta aquí —terminó, desplazándolo hasta la puerta principal de la casa.

William negó con la cabeza.

—No. Ross está convencido de que la mejor manera de entrar en la casa sin que nos vean es por una de las ventanas de las dependencias del servicio, en el cuarto piso. Cuando estuvimos allí, se fijó en que tres ventanas se quedaban abiertas durante el día. Esta, esta y esta. Esta de aquí —añadió desplazando el dedo índice sobre el plano— está al lado de la salida de incendios.

Sánchez asintió con la cabeza, pero añadió:

—Aun así, todavía nos queda por saber qué ha planeado el inspector Ross para cuando lleguemos al límite del bosque. Me temo que nos encontraremos con que está lleno de alarmas, trampas y otras sorpresas para las visitas inoportunas.

—Debe de estar al caer —dijo William mirándose el reloj.

—¿Por qué estás tan seguro? —quiso saber el Halcón.

—Su avión ha aterrizado en Heathrow hace un par de horas. De hecho, me sorprende que…

Y justo entonces la puerta se abrió de golpe y entró Ross con aire resuelto.

—Perdón por el retraso. Ha habido un imprevisto.

O una persona, pensó William, pero se limitó a decir:

—Precisamente ahora el teniente Sánchez nos estaba contando a qué vamos a enfrentarnos cuando lleguemos a Barcelona.

—Yo solo puedo ir hasta el final de la carretera que lleva a la finca, a partir de ahí tendrán que hacerse cargo ustedes —admitió Sánchez.

Ross ocupó su asiento y empezó a explicar con todo lujo de detalles su plan de llevar a tres de ellos desde el límite del bosque a la salida de incendios de la otra punta de la casa sin hacer que saltara ninguna alarma. Nadie le interrumpió. Por fin, William dio por concluida la reunión cuando vio que empezaban a repetir las mismas preguntas por tercera vez.

—Todavía queda por resolver el problema de la puerta impenetrable —dijo el Halcón levantándose.

—Esta tarde tengo una cita con la única persona aparte de Faulkner que sabe cómo abrir esa puerta —dijo Ross—. Le mantendré informado.

—Entonces, mañana a las ocho de la mañana nos volvemos a reunir todos —dijo William— para repasar el plan una última vez.

—A las ocho tengo una reunión a la que no puedo faltar —dijo Ross sin dar explicaciones—. Pero le llamaré esta tarde para ponerle al día.

—De acuerdo —dijo William sin más, para sorpresa de todos. Pero es que sabía exactamente dónde iba a estar el inspector Hogan a las ocho de la mañana siguiente, porque tenía la intención de estar él también.

—¿Qué sabes tú que yo no sepa? —preguntó Beth mientras Christina se sentaba al otro lado de su escritorio.

—Poca cosa —reconoció Christina—, salvo que estoy convencida de que allá donde esté el Caravaggio, es donde encontrarás a Miles.

—¿Y también el Frans Hals?

—Me temo que sí, y si tuviera la más mínima idea de dónde es, te lo diría, créeme.

Beth no la creyó, así que siguió el consejo de William y se limitó a escuchar, escuchar y escuchar.

—Lo único que sé con toda seguridad es que Booth Watson piensa volar a Barcelona el lunes por la mañana. No puede ser una coincidencia que el yate de Miles vaya a zarpar de Montecarlo el sábado por la noche. No me sorprendería que los dos terminasen en el mismo lugar.

—Lo cual solo puede significar que Miles debe de estar otra vez en movimiento —dijo Beth.

—Eso es. Y si está el yate de por medio, significa que la colección también estará en marcha.

—¿De dónde estás sacando la información?

—Del excomisario Lamont, que está que no cabe en sí de gozo por tener más de un pagador.

—Esperemos que Miles no lo descubra jamás —dijo Beth—, porque no es partidario de los contratos blindados, a no ser que sea él quien controle los términos.

—Bueno, pues ahora ya sabes lo mismo que yo —dijo Christina levantándose para marcharse.

Beth lo dudaba, pero aun así pensaba llamar a William en cuanto se marchara. Se imaginaba perfectamente la reacción de su marido cuando le pasara la información que acababa de revelarle Christina: «Todavía no tengo claro de parte de quién está esa mujer».

Nosey Parker era el nombre que figuraba sobre la puerta del número 114A de Charing Cross Road. Un establecimiento que rara vez atendía a más de uno o dos clientes al día, y eso solo mediante cita previa con el propietario. Ross entró enérgicamente en la tienda con cinco minutos de adelanto y se acercó nervioso al mostrador.

—Descanse, cabo —dijo una voz que jamás podría olvidar. Hacía casi diez años que nadie se dirigía a él de esa manera, pero todavía era incapaz de relajarse en presencia de su antiguo jefe.

—Me entristeció mucho enterarme de la muerte de su mujer —dijo el coronel Parker con un tono de voz mucho más suave que los que le había oído Ross en sus cuatro años de servicio en el Servicio Aéreo Especial—. Pero ahora, cabo, tenemos que pensar en el futuro —dijo retomando la voz de autoridad.

—¿Han conseguido sus cerebritos instalar la modificación que pedí para mi videocámara?

—Ha sido relativamente fácil —repuso el coronel sacando una caja sin marcar de debajo del mostrador—. Esto le permitirá detectar cualquier tipo de alarma o de trampa explosiva a la vez que sigue grabando toda la operación en tiempo real.

A punto estaba Ross de preguntar por la puerta cerrada y sin cerradura cuando el coronel dijo:

—¿Qué tal funcionó mi cochecito de niños modelo Silver Cross de los años cincuenta?

—Mejor imposible, señor. Pasé de largo por la zona objetivo sin que nadie se volviera a mirarme. Llevé a cabo la operación conforme con el plan, y escapé sin que se fijasen en mí ni las bandas ni la policía.

—Disfruté mucho leyendo el reportaje del *Times* sobre el incidente —dijo el coronel, sonriendo por vez primera—. ¿Y la pitillera?

—Funcionó a las mil maravillas. Aunque a partir de ahora ya no me fiaré de una mujer que se esté empolvando la nariz.

—De las mujeres no hay que fiarse nunca, y punto —dijo el coronel.

Una observación con la que Ross habría estado de acuerdo hasta que conoció a Jo.

—Ahora que ya ha resuelto estos problemas, ¿acierto al pensar que necesita mi ayuda para su próxima misión?

—Sí, señor. Hace poco, durante una misión en el extranjero, me topé con una gran puerta de hierro que no tenía ni picaporte, ni cerradura ni dial de ningún tipo. En la esquina inferior izquierda estaban grabadas las letras «NP».

—La Caja de Seguridad de Sésamo —dijo el coronel—. Perfeccionada por un antiguo miembro de la Stasi que huyó de Alemania Oriental y se incorporó a la empresa.

—Pero ¿cómo se abre la caja si no hay código?

—Hay un código, cabo, pero solo cuando el dueño está en la misma habitación.

—Entonces tiene que ser el reloj de pulsera... —dijo Ross, explicándose de repente los golpecitos que había dado Faulkner a la esfera justo antes de entrar en su estudio.

—Puede ser —dijo el coronel sin responder a la pregunta—. Eso sí, lamento haber tenido trato con ese caballero. Decía que había sido capitán de marina durante la campaña de las Malvinas, pero, francamente, lo dudo, porque el tipo se portó como esos sinvergüenzas que dejan un pufo en la cantina del cuartel.

Menudo canalla, quiso añadir Ross, pero se lo pensó mejor.

—De hecho, aún no ha pagado la factura final de la Caja de Sésamo que le instalamos hace un par de años. De todos modos, con el paso del tiempo necesitará cambiar las pilas del reloj, y entonces tendrá que ponerse al día de los pagos, porque las pilas también son exclusivas.

—¿Y a cuánto asciende la factura pendiente? —preguntó Ross temiéndose un consejo de guerra por atreverse siquiera a sacar el tema.

—Me temo que está fuera de su alcance, amigo.

—Póngame a prueba.

—Con cinco mil libras se saldaría la deuda.

Ross sacó la chequera, cogió un bolígrafo del mostrador y empezó a escribir.

—Qué, ¿hemos ganado la lotería?

—No, señor. He perdido una esposa —dijo Ross dándole el cheque.

—Le pido disculpas —dijo Parker, sinceramente compungido. Se dio la vuelta, introdujo un código que abría una pequeña caja fuerte que estaba empotrada en la pared, sacó un reloj con una esfera en blanco y le dio unos toquecitos. La esfera se iluminó al instante y apareció fugazmente la hora en números llamativos antes de que se apagase la lucecita. Le entregó el reloj a su antiguo compañero de armas.

—De poco puede servirme —dijo Ross— si no me sé el código.

—¿Qué hora es, cabo?

—Las tres y veinte —dijo Ross echando un vistazo al reloj de pared que había detrás del mostrador.

—¡Piense como un soldado! —vociferó el coronel.

—Quince veinte.

—Mes y año.

—Nueve, ochenta y ocho.

—Correcto. 15 20 09 88.

—La hora, la fecha y el año... ¡Más sencillo no podía ser!

—Y lo que tiene de bueno es que la hora cambia a cada minuto, así que el código también. Pero, cabo, no olvide que, aunque puede que su adversario no sea ni un oficial ni un caballero, va usted a tener que madrugar mucho para pillarle dormido.

—Eso es exactamente lo que pienso hacer —dijo Ross abrochándose el reloj.

La detective Pankhurst estaba sentada frente al ventanal de una vinoteca de Wardour Street. Había escogido cuidadosamente el lugar. El pequeño bar, situado encima de un restaurante, estaba abarrotado de jóvenes que habían salido a divertirse, pero ella seguía de servicio. Desde su sitio, podía ver a Darren Carter sin perderle la pista. Después de catorce días de vigilancia, Pankhurst no solo conocía su rutina de trabajo, sino también las tareas no escritas que desempeñaba. Carter era, principalmente, el portero del club Eve. Él, y solo él, decidía a quién se daba acceso al local, y en las dos últimas semanas sus prejuicios le habían quedado perfectamente claros a Rebecca.

Carter daba la bienvenida a extranjeros de mediana edad que paseaban sin rumbo fijo y parecían tener dinero y disposición a desprenderse de él. Si habían bebido más de la cuenta, era un punto más a su favor. Los «indeseables» —jóvenes tatuados vestidos con pantalón vaquero, sobre todo si iban en grupo— eran cortésmente rechazados, y de vez en cuando no tan cortésmente. «Disculpe, señor, esto es un club privado» solía bastar para que siguieran su camino, y, en caso contrario, la sugerencia de lo que podía suceder a continuación convencía a los más decididos. Alguno había que no se daba por vencido tan fácilmente, y entonces se topaba con una mirada amenazadora y, si era tan estúpido como para tentar a la suerte, recibía un firme empujón, aunque Rebecca aún no había presenciado nada que pudiera definirse como «lesiones corporales graves» y justificar, por tanto, una detención.

Rebecca aceptaba que iba a tener que ser como una paciente pescadora de caña, dispuesta a pasarse horas a la espera de pillar algo. Al menos estaba sentada dentro de un bar calentito y saboreando una copa, y no apostada en la orilla de un río bajo una lluvia torrencial. Pero era plenamente consciente de que sus informes escritos eran cada día más breves. De hecho, últimamente lo único que variaba era la fecha. Se preguntó cuánto tiempo faltaría para que su jefe la asignase a otra misión.

Al menos, tenía tiempo de sobra para pensar en Archie. A Rebecca le encantaba su trabajo y formar parte de un equipo de élite altamente cualificado, pero sabía que pronto iba a tener que tomar una decisión sobre su futuro. Archie había empezado a hablar de su vida en común como si fuera una relación consolidada. En este momento estaba pasando una temporada en Irlanda del Norte, y Rebecca era absolutamente consciente de que un joven oficial del ejército podía contar con que lo destinarían al extranjero de manera habitual. «Gajes del oficio, corazón», le había dicho Archie, dejándole claro con su habitual dulzura que daba por hecho que ella querría dejar el cuerpo de policía, ya que, evidentemente, no podía estar en dos lugares a la vez.

Si se casaba con él, tendría que renunciar al trabajo que tanto amaba para convertirse en la esposa de un militar y traer al mundo los hijos reglamentarios; su mayor ilusión sería ayudar a la esposa del comandante a organizar cócteles para los «gerifaltes» —como los llamaba Archie— que venían de visita. La sacó de sus cavilaciones sobre el futuro un animado grupo de personas que salían en tropel del Queen's Theatre y se disponían a volver a sus casas. El recordatorio cotidiano de que también ella tenía que ir pensando en dar por terminado el día.

—¿Otro vino, señorita?

* * *

—Buenas tardes, inspector —dijo Jimmy el ratero, como saliendo de la nada—. Si trae usted el material, yo estoy dispuesto a ganarme las otras doscientas libras.

Ross se puso de espaldas a los transeúntes y sin mediar palabra le pasó sigilosamente tres paquetitos y un fajo de billetes usados. Jimmy volvió a fundirse con la multitud.

Instantes después, Ross le vio en la acera de enfrente mezclándose con el público que salía del teatro. Después se detuvo a la puerta del club y le pidió al portero que le indicase cómo ir a Leicester Square.

—¿Qué te crees que soy, tío, un puto guía turístico?

—Perdón por molestarle —dijo Jimmy agachándose a coger un reloj de pulsera de la acera—.¿No será esto suyo, por casualidad?

—Sí —dijo el portero, echando mano de su reloj y poniéndoselo de nuevo en la muñeca sin una palabra de agradecimiento.

Jimmy el ratero siguió caminando mientras Ross se metía en una cabina telefónica y marcaba un número.

Enseguida contestó una voz:

—Inspector Watts al habla.

—Acabo de salir del club Eve, y el portero ha intentado venderme droga. He pensado que convenía que lo supieran.

Colgó antes de que pudieran rastrear la llamada. Los magníficos conductores de la Policía Metropolitana consideraban que cuatro minutos eran una rápida respuesta a una llamada de emergencia, de manera que cuando un coche patrulla entró de repente en Wardour Street tres minutos y cuarenta y dos segundos más tarde, Ross se permitió una sonrisa.

* * *

Al principio, Rebecca apenas se fijó en el coche patrulla que entraba a toda velocidad por la calle. Tenía poco de sorprendente, pensó, ya que en el Soho había altercados todas las noches. Pero empezó a prestar más atención al ver que se detenía con un frenazo a la puerta del club Eve. Cuatro agentes uniformados se bajaron de un salto y rodearon a Carter, cuya expresión de *shock* parecía auténtica.

En la acera de enfrente empezó a arremolinarse un corrillo de gente mientras dos agentes inmovilizaban a Carter contra la pared y un tercero le registraba el abrigo y sacaba varios paquetitos y un fajo de billetes usados. El cuarto agente, un inspector al que Rebecca no reconoció, arrestó a Carter y le aclaró sus derechos antes de que lo esposaran y se lo llevaran. Sus gritos de protesta se seguían oyendo mientras le metían en la parte de atrás del coche.

Empezó a escribir todo lo que había presenciado, interrumpiéndose solo cuando el dueño del club salió corriendo y blandiendo el puño contra el coche patrulla que se alejaba. La muchedumbre se había dispersado para cuando Jimmy el ratero volvió a aparecer al lado de Ross, incapaz de contener una sonrisita.

—Bien hecho, Jimmy —dijo Ros, deslizándole las otras doscientas en la palma de la mano.

—Encantado de poder ayudar —dijo Jimmy—. Es exactamente el tipo de escoria que tiene que estar en chirona.

Ross estuvo a punto de soltarle lo de la sartén y el cazo cuando Jimmy añadió:

—Menudo reloj fardón que lleva, inspector. Pero ¿cómo se ve la hora?

Sin darle tiempo a responder, Jimmy se había perdido en la noche. Ross se llevó la mano a la muñeca y comprobó con alivio que el reloj seguía ahí.

* * *

Una vez que Rebecca hubo completado su informe, apuró la copa, pagó la cuenta y se fue. Habría llamado al jefe a casa de no haber sido tan tarde. Tendría que esperar al día siguiente por la mañana. Entonces recordó dónde iba a estar a las seis de la mañana del día siguiente y se corrigió: de esta misma mañana.

29

Primero se oyeron seis pitidos y después una voz anunció los titulares de las noticias, pero ninguno de los dos estaba prestando atención.

—No me gusta esto de espiar a un colega —dijo Jackie—. Sobre todo uno que me cae bien y al que admiro.

—No puedo estar más de acuerdo —dijo William—. Pero cuando el peor enemigo de uno es uno mismo, necesita amigos.

—¿Sigues convencido de que estuvo implicado en los asesinatos de Roach y Abbott?

—Reconocerás que la muerte de su mujer le proporcionó un móvil de peso. Simplemente, demos gracias por que el caso Abbot/Roach se haya cerrado. Pero el caso Sleeman sigue abierto, así que es importante que intentemos mantenernos un paso por delante de Ross. Y también de Verenich, ya que estamos.

—Puede que también te interese saber lo último que he averiguado sobre Clive Pugh —dijo Jackie mientras seguían observando por la ventanilla del coche una puerta roja que había al fondo de la callejuela.

—Ilústrame —dijo William sonando como el comandante.

—Ayer me llamó mi nuevo amigo del departamento de policía de Ciudad del Cabo. Me dijo que estaba completamente equivocada, y que ya no tenía que preocuparme más por la señora Pugh.

—¿Y eso?

—Porque su marido se desplomó durante la cena hace un par de noches y se murió antes de que llegase la ambulancia. Al menos sabemos que Ross no puede haber tenido nada que ver con esa muerte.

—De manera que al final Pugh no consiguió echarle la zarpa a su dinero...

—Pues ahí está la cosa —dijo Jackie—. Al parecer, la señora Pugh olvidó mencionarle a su difunto esposo que ya había estado casada dos veces, y que entre el primero y el segundo la habían dejado a dos velas. Daba por supuesto que, como Pugh siempre corría con los gastos de todo, tenía que ser rico. Se quedó destrozada al descubrir que él también estaba sin blanca. Resulta que ni siquiera puede pagar la cuenta del hotel.

—Pues el Mount Nelson no es precisamente barato...

—¿Cómo sabe que se alojaban allí?

—¿La policía local sospecha que la señora Pugh pudo estar implicada en la muerte de su marido? —preguntó William, evitando responderle.

—No, señor. De hecho, han emitido un comunicado diciendo que no hubo circunstancias sospechosas, y han permitido a la desolada viuda acompañar al cadáver de vuelta a Inglaterra. Clase turista. Así que va usted a tener que buscarme otro caso imposible para que lo resuelva.

—Concéntrate en este —dijo William a la vez que se encendía una luz en casa de Jo. Durante la hora siguiente hubo más luces que se encendían y se apagaban, pero William había aprendido con el paso de los años que vigilar era como jugar al gato y al ratón, y que la paciencia era el queso de la trampa.

Oyeron en la radio las noticias de las siete, y cuando dieron las de las ocho todo seguía igual. A lo largo de esa hora vinieron los repartidores a entregar la leche, la prensa y el correo, pero la puerta principal seguía cerrada.

William empezaba a pensar que «el primer día del mes» tal vez no fuera una pista tan importante como había sugerido uno de los informantes de Paul, hasta que un Toyota negro se detuvo ante la casa y aparcó en línea amarilla. Al abrirse la puerta del copiloto, ninguno de los dos necesitó un retrato robot para saber quién era el hombre que se dirigía hacia la puerta de la casa.

—Santo cielo, menudo tanque —dijo Jackie.

—Uno noventa y cinco, cien kilos, y prácticamente vive en el gimnasio —dijo William mientras el gigante llamaba a la puerta.

Verenich esperó unos momentos, echando alguna que otra ojeada en ambas direcciones, antes de llamar de nuevo. Esta vez, con un poco más de firmeza. Enseguida apareció Ross, en chándal.

—No parece que tenga pensado venir hoy a trabajar —dijo Jackie mientras Ross le entregaba un grueso fajo de billetes a Verenich, que se tomó su tiempo en contarlos.

—Todavía pienso impedir que lleve a cabo sus planes, sean los que sean —dijo William mientras Verenich miraba a Ross con algo remotamente parecido a una sonrisa, se embolsaba el dinero y regresaba al coche.

William encendió un radiotransmisor que le conectaba con el resto del equipo.

—El coche de Verenich se dirige hacia el semáforo del cruce con Merton Street. Ya os diré por dónde dobla. Acordaos de mantener las distancias.

—Entendido —dijeron tres voces muy despiertas. También ellos llevaban esperando con impaciencia ir a trabajar desde las seis de la mañana. A punto estaba William de seguir al Toyota cuando Ross salió corriendo de la casa, se subió a su coche y salió disparado.

—El objetivo está doblando a la izquierda —dijo William—, así que es todo tuyo, Danny, y el inspector Hogan no anda muy lejos de él. Mantenedme informado, pero dejad a Verenich cuando llegue a su próximo cliente. Paul tomará el relevo.

—Entendido —dijeron dos voces mientras el Toyota adelantaba a un taxi que nunca cogía a pasajeros de los que pagan.

William sonrió al ver que Ross torcía a la izquierda en el semáforo y seguía a Verenich.

—Agente Markham.
—Dígame, señor.
—Va conduciendo un Volkswagen azul marino…
—Fichado, señor.

Ross veía el Toyota un poco más adelante, y se puso detrás de un taxi. El semáforo del siguiente cruce estaba en verde, pero no sabía si iba a poder llegar a tiempo. Pisó el acelerador.

El conductor de Verenich dobló a la derecha y el taxi le siguió, pero el semáforo empezó a cambiar en el mismo momento en que Ross se acercaba a ellos. Se lo saltó, y al instante se topó con un policía que levantó la palma de la mano derecha y con un gesto exagerado del brazo le indicó que se arrimase al bordillo. Mientras paraba, Ross soltó una sarta de improperios por detrás de las ventanillas cerradas del coche.

El joven agente se acercó lentamente mientras Ross bajaba la ventanilla sin apagar el motor.

—¿En qué puedo ayudarle, agente? —preguntó mientras Verenich desaparecía por la siguiente esquina.

—¿Se da cuenta, señor, de que acaba de saltarse un semáforo en rojo?

—No he hecho semejante cosa —dijo Ross quebrantando una regla de oro.

—Mi colega y yo —dijo el agente mirando a su izquierda— le hemos visto violar la Sección 36-1 de la Ley de Tráfico Rodado de 1988. ¿Me permite su carné de conducir, por favor?

Ross le dio su tarjeta de identificación.

—Esto no es el carné, señor —dijo el agente devolviéndosela.

—No lo llevo encima.

—Entonces voy a tener que tomarle los datos, señor —dijo el agente sacando una libreta y un boli del bolsillo superior.

—Que sospecho que ya conoce, agente.

—No tardamos nada —dijo el agente ignorando el comentario.

—¿Cuánto? —dijo Ross.

—¿Disculpe, señor?

—¿Cuánto tiempo le han dicho que me entretenga?

—No sé de qué me está hablando, señor.

—¿Cuánto? —repitió Ross.

—Diez minutos, señor —reconoció el agente.

Ross no pudo menos que admirar a Warwick. Puede que tuviera cara de monaguillo, pero no se andaba con miramientos. Empezaba a creer que, en efecto, tal y como había sugerido Jackie, era el sucesor natural del Halcón. Aun así, todavía le tenía reservada una sorpresa al inspector jefe para antes de que acabase el día.

—¿Puedo irme ahora que ya ha hecho lo que tenía que hacer? —preguntó Ross con tono inocente.

El agente se miró el reloj.

—Sí, por supuesto, señor. Pero de aquí en adelante debería conducir con más cuidado.

Paul llamó para decir que a Verenich le había bastado con apretar el puño para que el segundo cliente de Sleeman apoquinase lo que le debía.

—Aprovéchalo —dijo William—. Habla con el hombre y mira a ver si consigues sacarle una declaración que pueda sostenerse ante un tribunal.

—Voy para allá.

—El Toyota acaba de adelantarme —dijo Rebecca—. Volveré a llamar cuando llegue a su siguiente punto de recogida.

—¿En qué situación estás tú, Danny?

—Voy a hacerle el relevo a la detective Pankhurst en cuanto salga Verenich.

—Lo que no acabo de entender —dijo Jackie a la vez que William apagaba la radio— es por qué siempre están en casa cuando aparece Verenich.

—Si no estuvieran, serían sus mujeres las que abrirían la puerta —dijo William—, y entonces tendrían problemas por las dos partes.

Al ver que parpadeaba una luz roja, William dio a un interruptor.

—Buenos días, señor. Aquí el inspector Watts, de la brigada antidroga. ¿Tiene un momento?

—Ahora mismo estoy un poco liado, inspector, así que a no ser que sea importante…

—Es en referencia a un tal Darren Carter, señor, pero puedo volver a llamar más tarde.

—Soy todo oídos, inspector.

—Anoche detuve a Carter en la puerta del club Eve, donde estaba trabajando, y le acusé de posesión e intento de venta de cincuenta gramos de heroína, cuatro bolsitas de cocaína de calidad superior y varias bolsas de cánnabis.

—Tan bobo no puede ser… —dijo William.

—Jura por lo más sagrado que se lo hemos colocado todo para incriminarle, pero el soplo nos lo dio un ciudadano anónimo, y lo tenemos todo grabado en una cinta.

—¿La llamada le llegó a usted directamente, inspector, o desde la centralita del teléfono de Emergencias?

—Directamente, señor. —Watts hizo una pausa—. ¿Por qué lo pregunta?

—Se lo diré cuando haya oído la grabación. Bueno, y ¿dónde está Carter ahora?

—En el trullo, y ahí va a seguir hasta que comparezca esta tarde ante el juez y pida libertad bajo fianza.

—El juez le va a decir que se vaya al carajo.

—Lo mismo pensaría yo, señor, si no fuera porque le representa el señor Booth Watson, Consejero de la Reina. Confieso que eso me cogió un poco por sorpresa.

—A mí no me sorprende —dijo William—. Carter no es más que una atracción secundaria. Los honorarios de Booth Watson los pagará un tal Staples, el dueño del club Eve, que perdería la licencia si condenasen a su portero por vender drogas de clase A. Asegúrate de mencionar siempre que puedas los antecedentes del acusado, incluida su condena por homicidio involuntario, porque tengo la esperanza de acabar consiguiendo dos por el precio de uno. Mantenme informado.

—Lo haré, señor.

—¿Cree que pudo ser Ross el que le colocó las drogas? —dijo Jackie cuando apagó la radio.

—Él no se arriesgaría —dijo William—. Pero conoce a un montón de pringados que podrían haberlo hecho en un santiamén.

—Si es que no me puedo creer que… —empezó a decir Jackie.

—No te lo quieres creer, mejor dicho —matizó William a la vez que el radiotransmisor volvía a cobrar vida.

—Aquí la detective Pankhurst, señor. Verenich acaba de cobrar al tercero. Ha tenido que entrar en la casa a la fuerza y ha salido a los pocos minutos con un enorme televisor bajo un brazo y una bolsa de plástico muy abultada bajo el otro. Y ni rastro del dueño.

—Hazle una visita, Rebecca, y trata de engatusarle para que haga una declaración. Necesito que este caso no tenga resquicios. Danny, ¿dónde está Verenich ahora?

—Volviendo a la oficina de Sleeman, con mucha pasta y con el maletero lleno de todo lo que ha saqueado. ¿Vuelvo a Scotland Yard, señor?

—No, quédate donde estás —dijo William—, porque puedes estar seguro de que Verenich aún no ha hecho la última visita de la jornada.

—¿Qué hacemos ahora, señor? —dijo Jackie.

—Armarnos de paciencia, porque a los clientes más vulnerables, esos que no pueden pagar, les llegará el turno más tarde, cuando haya anochecido y se reduzcan las posibilidades de que haya testigos. Todavía tenemos que recabar las pruebas suficientes para entorpecerle el trabajo a Booth Watson todo lo que podamos. Es más… —dijo mientras la lucecita roja del radiotransmisor empezaba a parpadear de nuevo.

Al oír el suave deje irlandés, no le hizo falta preguntar quién estaba al otro lado de la línea.

—Ya sé cómo abrir la puerta del estudio de Faulkner —dijo el inspector Hogan—. Se lo habría dicho antes, señor, si un joven agente con exceso de celo no me hubiese entretenido. De todos modos, seguro que nos encontramos en el cementerio después de que Verenich haga su última visita del día.

—¿Qué cementerio? —preguntó William.

—Ese en el que reposa la antepasada sufragista de la detective Pankhurst —dijo Ross antes de cortar la comunicación.

—¿Qué demonios ha querido decir? —preguntó Jackie.

—Sabe algo que nosotros no sabemos —dijo William dándole a un interruptor—. ¿Rebecca?

—Sí, señor.

—¿Dónde estás?

—Estoy en Kensington, en casa del caballero al que me ha pedido que interrogue.

—¿Dónde está enterrada Emmeline Pankhurst?

—En el cementerio de Brompton. ¿Por qué lo pregunta?

—Termina la charla y vete directamente allí. Avisa si te topas con cualquier cosa sospechosa.

—¿En qué tengo que fijarme?

—No lo sé —admitió William.

—Ahora sí que me he perdido —dijo Jackie mientras William apagaba la radio.

—No es difícil llevarles la delantera a Sleeman y Verenich —reflexionó William—, pero seguirle el hilo a Ross es muchísimo más complicado.

—Sobre todo cuando trata con usted, señor —dijo Jackie.

William estaba a punto de responder cuando volvió a oír a Danny por el radiotransmisor.

—Acaba de hacer su cuarta visita, señor. Y Paul ha entrado después a interrogar al cliente.

—Bien. Mantente al aparato. Es muy probable que haya un cambio de planes.

Sleeman salió sigilosamente de su oficina poco después de marcharse Verenich a hacer su última visita. Para cuando el cuerpo estuviera enterrado, él ya estaría pasando, como poco, por Swindon.

Caminó un par de manzanas antes de parar un taxi. «Estación de Euston», se limitó a decir.

Una vez en la estación, se puso a la cola de las taquillas y compró un billete de primera para Edimburgo en coche cama. Antes de pagar, le preguntó en voz muy alta a la mujer que estaba detrás del mostrador que cómo tenía la caradura de cobrarle sesenta y tres libras.

El hombre que estaba tras él presenció el desagradable altercado, pero no dijo nada. A continuación, Sleeman se abrió paso hasta el andén número siete, y a punto estaba de subir al tren cuando dos agentes de policía le impidieron pasar y le arrestaron.

—¿De qué se me acusa?

—Para empezar, de amenazar a una empleada del ferrocarril, aunque me huelo que de alguna otra cosa más —dijo el comandante, que no recordaba la última vez que había detenido a alguien.

Informó al inspector Warwick.

Había dos líneas abiertas al mismo tiempo.

—Soy la detective Pankhurst, señor. Al fondo del cementerio hay una tumba recién cavada, y el jefe de enterradores me dice que él no ha dado su autorización.

—Que no te vea nadie —dijo William—. Estaremos contigo enseguida. Danny, ¿dónde estás?

—Verenich acaba de presentarse en una casa de Chiswick y está llamando a la puerta.

—Mantenme informado —dijo William—. El resto, id al cementerio de Brompton, en Kensington. En cuanto lleguéis allí, aseguraos de que no os ve nadie, porque Verenich no andará muy lejos. —Apagó la radio y dijo—: Venga, en marcha.

Jackie metió primera y aceleró.

—Supongo que sabrás adónde vas —dijo William.

—No, señor. Pero espero que usted sí.

Esconder a diez detectives de paisano en un cementerio no resultó difícil, sobre todo con la complicidad del jefe de enterradores. Había monumentos más que de sobra, panteones privados y grandes cenotafios que habrían podido esconder a un ejército entero.

Una vez colocados todos en su sitio, el reto más difícil era guardar silencio. Un estornudo a esas horas de la noche habría sonado como un volcán en erupción. El silencio solo se rompió con la llamada de Danny.

—Verenich acaba de salir de la casa de Chiswick y ahora mismo está metiendo a empujones en el Toyota a un cliente protestón. Llegarán al cementerio en unos veinte minutos, más o menos. Cuando usted me diga, jefe, embisto con el coche al cabrón ese para que puedan venir los chicos a detenerlo.

—No —dijo William—. Quédate donde estás. Si te ve, la operación entera se nos va al traste —añadió mientras Jackie entraba en el cementerio, apagaba los faros y dejaba el coche detrás de un grupo de árboles.

—Pero ¿y si se equivoca usted y se lo están llevando a otro sitio…?

—Es un riesgo que voy a tener que correr —dijo William, y al oírle Danny recordó por qué él nunca había querido un ascenso.

—Mantén silencio radiofónico —fue la siguiente orden de William.

A medida que pasaban los minutos, William miraba cada vez más su reloj. Aún no sabía si Ross se encontraba entre los ángeles que estaban a su alrededor en estos momentos o si estaba en la otra punta de Londres, preparando otro entierro por su cuenta. En cualquier caso, detener a Verenich mientras le explicaba su derecho a permanecer en silencio no era algo que pudiese dejarle contento.

William soltó un largo suspiro de alivio al ver que entraba un Toyota negro por la zona norte del cementerio. El conductor no había puesto las luces para iluminar la noche sin luna... sabía perfectamente adónde iba. Diez jóvenes agentes, pura testosterona, esperaban la orden de William, pero este ni se inmutó hasta ver que el coche se detenía.

El conductor abrió la puerta de atrás mientras Verenich sacaba a su gimoteante víctima y empezaba a arrastrarla hacia una tumba abierta.

—¡Dios mío! —exclamó Jackie—. ¡Van a enterrarlo vivo!

William bajó de un salto y echó a correr hacia la tumba a la vez que aparecían diez agentes de todas partes.

El subinspector Adaja adelantó rápidamente al inspector Warwick y le hizo un placaje al conductor, que había tirado su pala al suelo y trataba de escapar. Paul lo sujetó el tiempo suficiente para que otros dos agentes lo inmovilizaran contra el suelo mientras la subinspectora Roycroft lo esposaba.

William siguió dirigiéndose hacia Verenich, y este, arrojando a un lado a su víctima, que no paraba de gritar, le plantó cara con actitud desafiante. Pero en el preciso instante en que William estaba a punto de lanzarse sobre Verenich, salió una pala de la tumba y, con un experto swing de golf, se estampó contra los tobillos de Verenich y le hizo caer de rodillas. Cuando intentaba levantarse, un segundo golpe le dio de lleno en un lado de la cara, derribándolo y haciéndole caer de cabeza a la tumba. Ross elevó la pala por encima de su cabeza para administrar el golpe definitivo, pero William agarró el mango con las dos manos y fue arrastrado a la fosa, aterrizando encima de Verenich.

Ross tuvo que limitarse a mirar mientras dos agentes sacaban sin ceremonias a Verenich, lo tendían todo lo largo que era en el suelo y lo esposaban. A continuación, salió gateando William, con la pala todavía en la mano. Miró el cuerpo postrado y le alivió comprobar que los ojos de Verenich se abrían parpadeando y le miraban con aire perplejo.

El subinspector Adaja informó a los dos prisioneros de que estaban detenidos bajo sospecha de conspiración de asesinato, y les leyó sus derechos antes de que se los llevaran. Mientras Rebecca intentaba calmar a la traumatizada víctima, Ross le señaló a William que había tres tumbas sin identificar.

—Cada cosa a su debido tiempo —dijo William, consciente de que iba a necesitar una orden judicial para exhumar los cuerpos que, estaba convencido, les aportarían todas las pruebas necesarias para acusar a Verenich de asesinato y a Sleeman de cómplice suyo.

Ross asintió secamente con la cabeza mientras se llevaban a los dos prisioneros.

—Debería haberme dejado que lo matase.

William pasó por alto el comentario y se limitó a preguntar:

—¿Puedo suponer, inspector, que por fin has saciado tu sed de venganza?

—No, no puede —dijo Ross—. Mientras Faulkner siga vivo, no.

El Halcón, que estaba solo en un rincón oscuro del cementerio, había observado con interés el desarrollo de la escena. Cuando el telón bajó al fin, comprendió que tenía dos alternativas: o suspender temporalmente al inspector Hogan a la espera de una investigación detallada, o recomendarle al jefe de la Policía Metropolitana que le concediese una segunda Medalla de la Reina al Valor. No le hizo falta tirar una moneda al aire.

30

Al embarcar en el abarrotado avión, William se encontró a Ross ya sentado al lado de la ventanilla. Se sentó a su lado, pero para un observador casual no habría sido evidente que eran compañeros de trabajo. Durante el vuelo a Barcelona, ni una sola vez hablaron de Caravaggio, ni de Beth, ni de los gemelos ni de Jo júnior —como llamaba Ross a su hija—, ni de la futura exposición de Frans Hals en el Fitzmolean, ni siquiera de la fragilidad de la defensa del equipo de West Ham o de la brillantez del ataque del Chelsea, según quién opinara.

Guardaron un amigable silencio. A William le habría gustado preguntarle a Ross cómo se las había apañado para colarse en la tumba sin que nadie lo viera, pero sospechaba que habría obtenido la callada por respuesta. Eso sí, se fijó en que Ross ya no llevaba el Rolex que le había dado Jo de regalo de bodas. El vulgar reloj de esfera negra que había ocupado su lugar no era, en opinión de William, un sustituto digno, pero cuando se trataba de Ross siempre había una razón.

Mientras el avión se dirigía hacia su rampa después de tocar tierra española, William miró por la ventanilla y vio al teniente Sánchez enfrente de un coche negro camuflado que estaba a un lado de la pista con la puerta de atrás abierta.

Los dos detectives fueron los primeros pasajeros en desembarcar. Aunque llevaban sendas bolsas de viaje, no tenían ninguna intención de prolongar su estancia hasta el día siguiente.

Juan los saludó y subieron al coche, que cruzó la salida de seguridad y se plantó en la autopista antes de que la mayoría de los pasajeros hubiese llegado siquiera a la terminal del aeropuerto.

William se apresuró a poner al teniente al día de los últimos retoques del plan y a responder a todas sus preguntas mientras Ross intercalaba algún que otro comentario.

La casa de seguridad resultó ser un discreto edificio de dos pisos en una tranquila calle del oeste de la ciudad. Juan los llevó hasta el centro de operaciones, una sala grande en la que había una mesa circular con seis sillas, además del inevitable tablón de corcho —cubierto de mapas, diagramas y fotografías— que ocupaba casi una pared entera.

El teniente empezó la última sesión informativa pidiéndoles que se fijaran en varias fotografías aéreas de la finca de Faulkner. Ross aprovechó la oportunidad para volver a familiarizarse con la tortuosa ruta sin señalizar —cruzando el bosque y el puente hasta llegar a la puerta de la casa— que había seguido el carrito de golf en su primera visita, cuando llevaron los *Pescadores de hombres*.

Una vez seguro de que conocía hasta el último centímetro de la ruta, Ross volvió con William y Juan. Estaban estudiando una gran maqueta de cartón de la casa que estaba colocada en el centro de la mesa. Juan señaló los peldaños de la cocina, en el lado oeste, y después la salida de incendios que llevaba al cuarto piso, donde los tres dormitorios cuyas ventanas se habían dejado abiertas previamente estaban marcados con grandes cruces rojas.

—Nos basta con que esta noche esté abierta una de ellas para ir de aquí a aquí —dijo Juan desplazando el dedo por un pasillo y por una ancha escalera que bajaba hasta el descansillo del dormitorio principal.

—Esperemos que la puerta del dormitorio esté cerrada por dentro —dijo William—, porque así sabremos que él está ahí.

—Y en el caso de que se las haya apañado para bajar a su estudio —dijo Ross pasando el dedo por la escalera y por el pasillo de la planta de abajo—, creo que podré llegar hasta allí antes de que le dé tiempo a abrir la puerta metálica.

—Esté o no en la cama —dijo Juan—, para entonces mi brigada de refuerzos ya habrá rodeado la casa.

—También tenemos que barajar la posibilidad de que ya esté en su estudio —dijo William—, y que para cuando llegue Ross ya haya abierto la puerta de metal y se haya vuelto a esfumar.

Ross se mordió la lengua. Si Faulkner huía mientras sus colegas seguían en el primer piso, pensaba abrir la puerta metálica y reunirse con él al otro lado, antes de que llegasen ellos. Un pequeño detalle que había omitido contarle a William.

—¿Y si no está en el dormitorio ni en su estudio —dijo Juan—, sino que ya ha salido de la casa?

—Es poco probable —dijo Ross—. Booth Watson vuela mañana por la mañana a Barcelona, y el yate de Faulkner fue visto por última vez a unos quinientos kilómetros de distancia, es decir, que su hora estimada de llegada es mañana por la tarde a eso de las siete. Me imagino que es entonces cuando tiene pensado zarpar hacia horizontes lejanos.

—Tenemos que asegurarnos de que Faulkner está encerrado bajo siete llaves mucho antes de que llegue Booth Watson —dijo William—, porque a este hombre se le ocurrirán mil maneras de liberarle.

—Venga, repasemos una vez más la secuencia —dijo Juan—. Saldremos de aquí a medianoche, así que se supone que para cuando lleguemos a la casa, Faulkner y la mayoría de sus empleados estarán durmiendo como angelitos.

—Pero los guardas no… —les recordó William.

—En total hay seis guardas —dijo Juan—. Trabajan día y noche en turnos de ocho horas. Habrá una pareja patrullando desde las diez de esta noche hasta las seis de la mañana. Sabemos que tardan catorce minutos en hacer la ronda completa de la casa, y que se toman un descanso de quince minutos a eso de las dos de la madrugada.

—¿Cómo has obtenido una información tan valiosa? —preguntó Ross.

—Uno de mis hombres aún no sabe si quiere ser jardinero o policía, así que lleva tres semanas siendo las dos cosas.

Una infrecuente mirada de respeto asomó al rostro de Ross.

—Bueno —dijo William—, repasemos el plan una última vez. Juan, no dude en pedir explicaciones del más mínimo detalle que no le convenza, porque si de algo podemos estar seguros es de que no se nos va a conceder una tercera oportunidad.

Se sentía como un montañero empeñado en conquistar el Everest. Había planeado la expedición y los iba a llevar al campamento base, donde Ross, en calidad de jefe de escalada, se pondría al mando con el objetivo de llevarlos hasta la cima, en este caso una ventana abierta del cuarto piso de la casa. Una vez dentro del edificio, William asumiría de nuevo el mando.

Cuando todos hubieron recibido, por enésima vez, instrucciones sobre sus responsabilidades personales, hicieron un alto para almorzar. Pero entre la creciente expectación y la descarga de adrenalina, apenas probaron bocado.

Por último, se vistieron con ropa más propia de delincuentes que de defensores de la ley: camisetas de tirantes negras, pantalones de chándal negros, calcetines negros, deportivas negras, incluso cordones negros.

—Conmigo al mando, no —dijo Juan cuando Ross se quitó la chaqueta y vio la pistola enfundada que llevaba debajo—. Mi jefe me ha dejado bien claro que no puede haber armas de fuego en esta operación.

—Espero que su jefe se lo haya mencionado a los guardas de Faulkner —dijo Ross.

—No nos darán problemas cuando vean que somos agentes de policía —dijo Juan.

—Ya, claro —dijo Ross—. Vamos, que en cuanto les diga usted que somos polis, simplemente van a subir las manos y a decir, «Vale, me has pillado, jefe».

—Inspector Hogan —dijo William con tono áspero—, no olvide que en este país somos unos invitados, y que el éxito de esta operación depende por completo de la cooperación de la policía local.

—Sí, señor —dijo Ross entregándole a regañadientes la pistola a Sánchez. Pero le costó un gran esfuerzo contenerse para no añadir, «Entonces tendré que estrangularlo, ¿no?».

Pasaron la siguiente media hora dando vueltas por la sala como animales desesperados por salir de la jaula, sobre todo Ross, que no tenía la menor intención de ceñirse al guion una vez que se levantase el telón.

—Vamos —dijo Juan cuando el primero de varios relojes de campanario empezó a dar las doce, lo que recordó a William que estaban en un país católico.

El mismo coche negro camuflado los estaba esperando en la calle. Se subieron y, ya sin necesidad de seguir hablando del plan, guardaron un silencio expectante mientras se dirigían hacia el objetivo.

El conductor salió de la autopista en la salida nueve, y al cabo de varios kilómetros se detuvo en el arcén. Los tres hombres de negro se bajaron y se quedaron mirando en silencio mientras el conductor daba media vuelta y se marchaba.

William había calculado que, a pie y en la oscuridad, tardarían unos cuarenta minutos en cubrir los cinco kilómetros que los separaban de la linde del bosque. Se puso en cabeza, y Ross en la retaguardia. Avanzaron lentamente y en silencio por el estrecho sendero, alerta a cualquier posible peligro. Tan solo una liebre sobresaltada se detuvo a mirar más detenidamente a la comitiva mientras un búho se empeñaba en proclamar su opinión a los cuatro vientos.

Cuando la densa barrera del bosque se alzó amenazadoramente ante sus ojos, William levantó la mano, la señal convenida para que Ross le tomase el relevo. Se puso rápidamente en cabeza, sacándose la videocámara modificada de Nosey Parker de la mochila. La encendió y se adentró con cautela por la tupida maleza. Los tres avanzaban como soldados en marcha lenta, conscientes de que un solo paso en falso podía activar una alarma, iluminar el terreno y dar a Faulkner tiempo de sobra para huir.

Tardaron casi una hora en recorrer la larga y tortuosa ruta exigida por la videocámara. Al llegar al río, cruzaron con cuidado el puente, y no mucho después, nítidamente siluetеado bajo la luz de la luna, apareció ante sus ojos el intimidante edificio de piedra gris.

Cuando estaban a punto de salir del bosque, Ross indicó a sus compañeros con un firme gesto de la mano que volvieran a bajar. Había dos guardas vigilando el lado norte del edificio; los amplios haces de luz de sus linternas peinaban en círculo el terreno vacío.

Ross observó cada paso que daban los guardas antes de que doblaran a la izquierda en la punta oeste de la casa y siguieran por su camino. Gracias a las pesquisas de Juan, sabía cuánto tardarían los guardas en volver. Señaló en silencio un grupito de matorrales situado a cincuenta metros de la casa que aparecía destacado en el mapa que les había dado el entusiasta jardinero. Se pusieron en marcha de nuevo, esta vez arrastrándose por el sotobosque, y llegaron a la arboleda tan solo unos segundos antes de que reaparecieran los guardas. Pasaron tan cerca de ellos que incluso en la oscuridad pudo ver Ross que iban armados. Uno tenía un cigarrillo colgando de la comisura de los labios. El coronel Parker le habría abierto un expediente y lo habría confinado en el cuartel.

Para evitar que se activase una alarma que pudiera despertar a su pagador, los guardas circulaban por un sendero demarcado. Ross sabía más o menos de cuánto tiempo disponían ellos tres para llegar hasta la cocina, donde podrían esconderse debajo de un empinado tramo de escalones de piedra y dejar que los guardas pasaran por segunda vez antes de intentar entrar en la casa. Empezaron a dirigirse por el césped hacia el transitado camino, conscientes de que solo les quedaban unos segundos antes de que reaparecieran los guardas y pillaran in fraganti al trío de intrusos.

En cuanto los guardas desaparecieron de su vista, Ross, seguido de cerca por William y Juan, salió disparado hacia el edificio.

Sabían exactamente dónde hacer la próxima parada, ya que la escalera de la cocina se les había quedado grabada gracias a la maqueta que habían visto en la casa de seguridad. Aquí, en cambio, si algo no había era seguridad. Cuando llegaron a la escalera, Ross bajó seguido de cerca por William y Juan, y después se puso en cuclillas delante de una puerta en la que ponía «Entrada de servicio».

William contuvo la respiración. Solo se oía las pulsaciones —que no eran precisamente setenta y dos por minuto— mientras los guardas pasaban a unos pocos metros por encima; después, doblaron la esquina más lejana del edificio y desaparecieron.

El siguiente paso era la salida de incendios. Ross echó un vistazo al cuarto piso y le alivió comprobar que una de las tres ventanas marcadas en el plano con cruces rojas estaba abierta. Se acercó a la salida de incendios, sin necesidad de volver la cabeza para comprobar si sus dos sabuesos seguían ahí, y, agarrando ambos lados de la escalera de hierro, inició el ascenso con la destreza de un avezado ladrón de pisos. William y Juan, que no eran tan expertos como él, le seguían a varios peldaños de distancia.

Al llegar al cuarto piso, Ross pasó ágilmente al antepecho más cercano y se coló por la ventana abierta, aterrizando sin hacer ruido sobre el suelo de madera. La mirada se le fue a una cama situada en el extremo opuesto del dormitorio, en la que una joven dormía plácidamente. «Estás a punto de tener una pesadilla», pensó Ross, avanzando con cautela hacia ella.

William entró gateando por la ventana en el mismo instante en que Ross le tapaba la boca a la joven con la mano. Ni siquiera a la tenue luz de la luna se le escapó el horror que asomaba a sus ojos mientras se echaba a temblar descontroladamente.

Juan, que había caído en la habitación con un ruido sordo, se precipitó hacia la cama y habló a la joven en su idioma, lo cual pareció tranquilizarla porque dejó de temblar. Asintió con la cabeza cuando Ross —de nuevo ayudado por Juan, que le aseguró que no le pasaría nada si se mantenía callada— le indicó que iba a retirar la mano. Pero Ross no quiso correr ningún riesgo: le ató las muñecas y las piernas mientras William la amordazaba con una de sus medias.

Juan volvió a la ventana y se asomó por detrás de la cortina mientras los dos guardas pasaban tranquilamente otra vez, sus linternas soltando destellos en todas las direcciones a excepción de la casa. Cuando dejó de verlos, se reunió con William y Ross en la puerta. William la abrió con cautela unos centímetros y esperó un momento antes de sacar la cabeza al oscuro pasillo. Nadie a la vista. Cerraron la puerta silenciosamente y enfilaron hacia la derecha, rumbo a la escalera.

William encabezó el lento descenso por la escalera enmoquetada, aunque todos conocían la distribución de la casa como si fuera suya. Se detuvieron al llegar al descansillo que llevaba al dormitorio principal. William y Juan se quedaron quietos mientras Ross continuaba bajando por los anchos peldaños de mármol hasta la planta baja.

Mientras Juan y él avanzaban de puntillas por el pasillo, William ni siquiera echó un vistazo a los magníficos cuadros que adornaban las paredes. Apenas vaciló antes de poner la mano sobre el picaporte. Lo giró despacio, sin hacer ruido, y al ver que no estaba cerrado dio un empujoncito y abrió. Pero nada más poner el pie en la habitación se disparó una alarma ensordecedora, y unas inmensas lámparas de arco voltaico iluminaron inmediatamente el exterior, inundando la casa de luz. William encendió la luz del dormitorio y se encontró con una cama grande y vacía, en la que no había dormido nadie. Era evidente que Faulkner había previsto el Plan A. Ni corto ni perezoso, Juan se conectó por radio con su equipo.

Abajo, en su estudio, Faulkner se levantó de un salto de su cama improvisada nada más sonar la alarma. No se inquietó al oír las fuertes pisadas que reverberaban por el pasillo de mármol que llevaba hasta el estudio. Tenía tiempo de sobra. Se acercó a la puerta de metal y dio unos toquecitos a la esfera del reloj que nunca se separaba de su muñeca. Cuando se iluminó, introdujo los números 0343, las cuatro primeras cifras del cronograma. Acababa de añadir 0988, el mes y el año, cuando oyó girar una llave en la puerta que tenía detrás. Pero ¿cómo? ¡No era posible! Se metió corriendo en la caja de seguridad en el mismo instante en que Ross irrumpía en el estudio y se iba derecho hacia él, dispuesto a embestir. Cuando estaba tan solo a una zancada de distancia, Faulkner cerró de golpe la inmensa puerta, y soltó un suspiro de alivio al oír cómo se deslizaban los pesados pestillos de acero.

A punto estaba Ross de introducir en su propio reloj el código que abriría la caja fuerte cuando oyó unos pasos que se acercaban corriendo por el pasillo. Decidió esperar al Monaguillo y al teniente para llevar a cabo la ceremonia de apertura.

También Faulkner estaba sonriendo, lo cual era comprensible porque pensaba que el tiempo jugaba a su favor. Booth Watson iba a llegar esa misma mañana, y si para entonces no se habían marchado ya los intrusos, una llamada telefónica de su abogada española bastaría para echarlos rápidamente. Y lo que sus perseguidores no sabían era que el general Franco había abierto un túnel que salía desde el estudio subterráneo y atravesaba un acantilado que daba a una minúscula cala. Allí le estaría esperando su yate. Esta vez, el capitán le llevaría a algún lugar que no tuviera un tratado de extradición con Gran Bretaña.

Tocó el reloj para ver la hora: 03:45. El código que le abriría la puerta exterior y le permitiría descender a la seguridad de su otro mundo. Esta vez, lo primero que había que introducir era el año, 88; después, el mes, 09, y por último la hora, que acababa de cambiar a 03:46. Iba a tener que esperar unos segundos para introducir el nuevo código. Esperó a que la luz se apagara antes de tocar de nuevo la esfera para poder iniciar otra vez todo el proceso. A continuación, metió el 88, pero la luz empezó a parpadear, se atenuó y se fue. Volvió a dar unos toques a la esfera, pero solo llegó a meter el 03 antes de que la luz volviera a apagarse. Insistió con más fuerza, pero el reloj se resistía a iluminarse. Siguió dándole con el dedo, pero en vano. Se lo arrancó de la muñeca y lo sacudió con violencia, pero de nada sirvió. La pila se había gastado.

William, jadeante, entró corriendo en el estudio de Faulkner y se encontró a Ross con la vista clavada en la puerta.

—No he llegado a tiempo —dijo Ross.

William estaba echando pestes cuando entró Juan como una exhalación.

—Mis muchachos han rodeado el edificio y están cogiendo a los guardas —dijo Juan, resollando—. Así que no tiene ninguna posibilidad de salir.

—Pero nosotros no podemos entrar —dijo William mirando la puerta metálica.

Ross, sin decir esta boca es mía, se limitó a subirse la manga izquierda del chándal y a tocar la esfera del reloj, que inmediatamente se iluminó.

Comprobó la hora, 03:48, y estaba a punto de meter el código cuando Collins, vestido con traje de chaqueta, pantalón de rayas, camisa blanca almidonada y corbata de seda gris, entró tranquilamente.

—Buenos días, caballeros. Me temo que el señor Sartona aún no ha vuelto de su viaje de negocios. Si hay algo que pueda hacer yo para ayudarles, por favor no duden en pedírmelo.

Ross se giró bruscamente con el puño apretado y avanzó hacia el mayordomo, pero Juan se interpuso rápidamente entre ambos y consiguió separarlos por los pelos. Ross le soltó una ristra de improperios a Collins, que, impasible, permaneció clavado en el sitio.

—¡Silencio! —gritó de repente William. Se acercó a la puerta metálica, se puso de rodillas y pegó la oreja.

Toc.

Se esforzaron por oír el tenue sonido, que se repitió a los pocos segundos.

Toc, toc...

—¡Dios mío! —exclamó Collins; la fachada que había conseguido mantener por fin se desmoronaba—. El señor Faulkner se ha quedado encerrado ahí dentro.

—Entonces, por el amor de dios, díganos cómo podemos sacarle antes de que sea demasiado tarde —dijo Juan.

—No lo sé —dijo el mayordomo—. Es la única persona que tiene el reloj.

Ross sonrió.

Toc, toc, toc...

—Tiene que haber otro reloj —insistió Juan.

—No, no hay más —dijo el mayordomo—. La única persona aparte del señor Faulkner que sabe siquiera quién lo construyó es su abogado, el señor Booth Watson, y no se le espera hasta las doce.

Toc, toc, toc...

Todas las miradas estaban concentradas en la caja de seguridad.

—¿Cuánto tiempo puede sobrevivir ahí dentro? —dijo William casi como si hablara solo.

Toc... toc...

—Cuatro horas, quizá cinco como mucho —dijo Ross bajando el brazo para taparse la muñeca con la manga del chándal.

Toc...

toc...

toc.

—Vamos a tener que avisar a un especialista —dijo William dirigiéndose a Juan— si queremos sacarle antes de que se asfixie.

—No es tan sencillo —dijo Juan—. La señora Martínez ha conseguido una orden judicial que prohíbe que nadie excepto Faulkner o su abogado toque siquiera la caja.

—Entonces llámela ahora mismo —insistió William—. Explíquele lo que ha pasado exactamente y las consecuencias que habrá si no podemos abrir la puerta.

—Pero es que la abogada no llegará a su despacho hasta poco antes de las nueve, y para entonces será demasiado tarde —dijo Juan.

—Seguro que Collins tiene el teléfono de su casa —dijo William mirando en derredor. Pero no se veía al mayordomo por ningún sitio.

—¿Dónde diablos se ha metido? —dijo Ross a la vez que se encendía una luz roja en el teléfono del escritorio de Faulkner.

—Otra vez se nos ha adelantado —dijo Juan—. Menos mal que Faulkner no se fía de nadie —añadió llevándose un dedo a los labios y pulsando el botón del altavoz.

—¿A santo de qué me despierta a estas horas de la mañana, Collins? —bramó una voz que William reconoció al instante.

—Siento despertarle, señor —dijo Collins—, pero el señor Faulkner se ha quedado encerrado en la caja de seguridad, y no tengo modo de sacarle.

—Llame inmediatamente a Isobel Martínez —dijo Booth Watson espabilándose de golpe—. Ella puede conseguir que levanten la orden judicial. Y después llame a los bomberos. Tendrán el equipo necesario para taladrar un agujero en la puerta; así al menos podrá respirar y ganaremos un poco de tiempo. Pero ¿qué demonios estaba haciendo ahí dentro, para empezar?

—El inspector Warwick , el teniente Sánchez y un tercer agente han aparecido en plena noche.

—El inspector Hogan, sin duda —dijo Booth Watson—. La señora Martínez tendrá que hacerse cargo de ellos también. Dígale que voy a coger el primer vuelo a Barcelona.

—Para eso tengo que volver al estudio y buscar su número en la agenda del jefe. ¿Qué le digo a Warwick si…?

—Dígale que está llamando a su abogada. No pueden impedírselo —dijo Booth Watson, colgando de golpe y levantándose de la cama.

—Yo puedo sacarlo de ahí —dijo Ross mirando la puerta—, pero necesito que no esté Collins —añadió sin dar más explicaciones en el mismo instante en que el mayordomo volvía y se iba derecho al escritorio de Faulkner.

Sánchez le cortó el paso.

—Queda usted detenido, señor Collins.

—¿De qué se me acusa?

—De obstaculizar la labor policial —dijo Sánchez a la vez que dos agentes uniformados daban un paso al frente y agarraban a Collins de los brazos—. Llévenlo a comisaría y enciérrenlo. Asegúrense de que no habla con nadie antes de que yo llegue.

—Tengo derecho a llamar a mi abogada —protestó Collins—. Lo dice la ley.

—Ya la ha llamado —dijo Juan mientras los dos agentes lo sacaban a empujones de la habitación.

William esperó a que se cerrase la puerta del estudio para decir:

—Bueno, Ross, cuéntame, ¿cómo te propones abrir la puerta metálica?

—Cada cosa a su momento —dijo Ross pasando las hojas de la agenda que había sobre el escritorio de Faulkner. Encontró el nombre que buscaba y marcó un número.

—¿Quién es? —respondió una voz soñolienta.

—Soy el secretario particular del señor Faulkner. Me ha pedido que le informe de que ha habido un cambio de planes. Está enfermo, nada grave, pero quiere volver a Londres cuanto antes para ver a su médico. ¿Para cuándo cree que podrá tener listo su avión para el despegue?

—Para dentro de un par de horas, tres como mucho —dijo una voz que ya no sonaba dormida—. Avisaré inmediatamente a la tripulación, pero la hora de salida dependerá de que consigamos un hueco para aterrizar en Londres.

—Dígales que se trata de una emergencia —dijo Ross—. Nos reuniremos con usted en el aeropuerto.

—Entendido —dijo el piloto, que ya había salido de la cama antes de que Ross colgase.

—Es el reloj, ¿no? —dijo William recordando el reloj negro de marca desconocida que había sustituido al Rolex de Jo.

Ross sonrió.

—Ahora que nos hemos quitado de en medio a Collins, voy a sacar a Faulkner para que podamos llevarle al aeropuerto y devolverlo a Londres en su propio avión.

—Eso es un secuestro —dijo William—, que, por si lo has olvidado, es ilegal en ambos países.

—Y usted, inspector jefe —dijo Ross—, es evidente que ha olvidado que Faulkner exigió ver a su médico. Recuerdo claramente haberle oído decir «Harley Street».

—Desde luego, las autoridades españolas no van a pedir una orden de extradición para traerlo de vuelta... —dijo Juan como de pasada.

—Podemos tenerlo a buen recaudo en Pentonville para cuando Booth Watson aterrice en Barcelona —añadió Ross.

—Todavía no estoy seguro...

—Pues claro que no, Monaguillo, pero, como me recordaste hace poco, no estamos en Battersea sino en Barcelona, así que no decides tú.

Los dos se volvieron hacia el teniente. Juan asintió, pero no dijo ni pío.

Ross levantó el brazo izquierdo, se remangó e introdujo el número 04 11 09 88 en la esfera del reloj.

La mente de Booth Watson ya estaba funcionando a mil por hora incluso antes de que abriera el grifo de la ducha. No esperó a que los chorros de agua se calentasen para empezar a formular un plan. ¿Le convenía pasarse primero por su oficina y llamar a Isobel Martínez antes de ir al aeropuerto? Ni siquiera estaba seguro de tener el número de teléfono de su casa en el despacho. Decidió que iba a tener que confiar en que Collins la localizase y siguiera sus instrucciones mientras él se iba directamente a Heathrow y cogía el primer vuelo disponible a Barcelona.

Después de secarse, se puso una camisa limpia y el traje y la corbata de la víspera mientras pensaba en Warwick. El muy puñetero no se rendía jamás. Al terminar de vestirse bajó al estudio, cogió su maletín, se puso un gabán y abrió la puerta de la calle. Era una mañana fría y despejada. Cerró la puerta con dos vueltas y se quedó un rato esperando en la acera hasta que vio la palabra «taxi» brillando en la distancia.

Un coche patrulla camuflado se detuvo delante de una entrada privada del aeropuerto. Salió un guarda y el teniente Sánchez le enseñó su tarjeta de identificación. El guarda saludó sin apenas mirar dos veces a los tres hombres que iban en el asiento de atrás, y le indicó al conductor la dirección por la que tenía que ir.

El coche avanzó hacia una larga fila de aviones privados, uno de los cuales estaba repostando y tenía la escalerilla bajada, a la espera de su dueño.

William y Ross ayudaron a Faulkner a salir del coche. Todavía no se había recuperado de las tres horas de encierro en la caja de seguridad y caminaba con paso vacilante. Lo acompañaron hasta la escalerilla del avión. El piloto estaba esperando a la entrada, y no pudo disimular su sorpresa al ver a su jefe acompañado por tres hombres de negro a los que no había visto en su vida.

Juan hizo un aparte con él para explicarle que el señor Faulkner había insistido en volver inmediatamente a Londres en avión porque quería ver a su médico personal.

—Pero mire cómo está —dijo el piloto—. ¿No deberían haberle llevado a un hospital de aquí? —preguntó mientras subían a Faulkner y lo metían en el avión.

—Estoy completamente de acuerdo —dijo Juan—. Si quiere decírselo, adelante, es todo suyo.

—Si no llega vivo a Londres —dijo el piloto—, caerá sobre su conciencia.

—Me da que tal vez acierte usted a ese respecto —dijo Juan mientras el piloto volvía rápidamente a la cabina. William dio un caluroso apretón de manos a Juan antes de que este abandonase la aeronave.

Ross sentó a Faulkner en un cómodo asiento de cuero y le abrochó el cinturón mientras William dejaba un paquetito en un compartimento alto. Después, ambos ocuparon sus plazas a cada lado del prisionero. Las azafatas cerraron la puerta y a los pocos instantes el avión empezó a rodar hacia la pista sur.

—Maldita sea —dijo Booth Watson cuando el taxi se detuvo a su lado—. Maldita sea —repitió antes de decirle al taxista que había olvidado el pasaporte y que volvería en un par de minutos.

El taxista sonrió. Pocas veces le tocaba llevar a Heathrow a un pasajero sobrio a esas horas de la mañana.

Mientras Booth Watson abría la puerta de su casa, intentó recordar si se había dejado el pasaporte en el bufete. Se dirigió a su estudio prácticamente corriendo. La siguiente palabra que pronunció fue una sonora grosería.

Cuando el avión hubo llegado a la altura de crucero, William cogió el teléfono del reposabrazos de Faulkner y llamó a casa de Danny.

—Vete a Heathrow ya mismo —dijo sin que Danny pudiera articular palabra.

—¿A qué terminal, señor?

—A la uno, al estand de las aeronaves privadas. Calculo que llegaremos —se miró el reloj— a eso de las cinco.

—¿Voy en el taxi o en un coche patrulla?

—En un coche patrulla. Me niego a devolver a Faulkner a la cárcel en un taxi.

Después de colgar, echó un vistazo al prisionero, que parecía como si estuviese a punto de salir de un profundo sueño.

—¿Cuál de los dos va a llamar al comandante? —preguntó Ross con tono inocente.

—Yo —dijo William—. Pero no antes de que Faulkner esté encerrado a cal y canto.

Cincuenta minutos más tarde, el taxi dejó a Booth Watson en el aeropuerto de Heathrow. Lo primero que hizo al entrar fue mirar el panel de salidas. El primer vuelo a Barcelona salía en cuarenta minutos, y no había ninguno más programado hasta un par de horas más tarde, con British Airways.

Se dirigió al mostrador de Iberia, donde la empleada le dijo que la única plaza disponible estaba en la cola del avión. Booth Watson le dio de mala gana su tarjeta de crédito, consciente de que no podía arriesgarse a esperar para viajar en primera con British Airways.

Una vez acomodado en su asiento, intentó concentrarse en los problemas que iba a verse obligado a resolver cuando aterrizase en Barcelona. Pero era imposible: a un lado tenía a un niño chillón que viajaba con su madre, y al otro a un hombre que no paraba de debatir con un tipo que estaba al otro lado del pasillo acerca de la conveniencia de que el Arsenal despidiese al director técnico.

—¿Dónde estoy? —preguntó una voz medio despierta cuando el *jet* Gulfstream tocó tierra en Heathrow y echó a rodar hacia el fondo de la pista.

—Donde tiene que estar —dijo Ross, sin dar más explicaciones.

William miró por la ventanilla mientras el avión se detenía, y le tranquilizó ver a Danny esperándolos al lado de un coche patrulla.

—¡Ayuda, no se lo permitan! —gritó Faulkner a voz en cuello mientras le sacaban a la fuerza de su asiento y le dirigían sin ceremonias hacia la salida. La azafata corrió hacia la parte delantera del avión y aporreó la puerta de la cabina de mando mientras hacían bajar a Faulkner a empujones a la pista, donde dio un traspié y cayó en brazos de Danny como si fuera un amante al que llevaba siglos sin ver. Acto seguido llegaron William y Ross y metieron al prisionero en el coche mientras Danny se ponía al volante.

—Buenos días, señor —dijo Danny mirando por el espejo retrovisor—. ¿Quiere que espere a ver qué desean esos dos caballeros, antes de que arranquemos?

William y Ross miraron por la ventana de atrás y vieron al piloto y a un agente aeroportuario corriendo hacia ellos.

—No —dijo William con firmeza—. En marcha.

Danny no precisó más estímulos para salir disparado con las sirenas a todo volumen y las luces centelleando.

Cuando el avión por fin aterrizó en Barcelona dos horas más tarde, Booth Watson recordó lo lento que podía ser el desembarque cuando no viajabas en primera. La misma cola le esperaba en el control de pasaportes, y tardó un buen rato en pasar por aduana y salir al sol de la mañana, donde le esperaba otra larga cola delante de la parada de taxis.

Cuando llegó su turno, se subió a un taxi y miró la hora. Lo primero que se preguntó fue si seguiría vivo Miles. Lo segundo, qué le convenía hacer si no lo estaba.

—El vuelo de Booth Watson desde Heathrow acaba de aterrizar —dijo Sánchez colgando el teléfono—. Así que puede soltar a Collins y llevarle de vuelta a la casa. Asegúrense de que llegan los dos más o menos a la misma hora.

El agente de guardia abrió la puerta de la celda y se apartó para que saliera el furioso preso. Se había dejado el desayuno sin tocar. Cuando Collins terminó de subir las escaleras, se encontró con que el teniente Sánchez le estaba esperando. Le miró a los ojos y dijo:

—Si muere, caerá sobre su conciencia.

Collins era la segunda persona que se lo decía esa misma mañana, y Juan se maliciaba que, cuando informase más tarde a su capitán, oiría la misma opinión expresada por tercera vez.

Faulkner no paró de protestar mientras el coche patrulla salía disparado del aeropuerto y se incorporaba a la arteria principal. William y Ross tuvieron que hacer acopio de fuerzas para refrenarle, hasta que Ross decidió poner en práctica una táctica dilatoria y le hincó un codo en la ingle. Faulkner se dobló de dolor, y sus protestas se convirtieron en un gimoteo.

—¿Era necesario? —preguntó William.

—Puede que no, señor —admitió Ross—, pero tenía mis razones para pensar que estaba a punto de atacarle.

William volvió la cabeza hacia la ventanilla para evitar que Ross le viera reírse.

Faulkner se había recuperado plenamente para cuando Danny, con la sirena todavía a todo volumen, llegó a la prisión de Pentonville Road. El gran portalón de madera empezó a abrirse lentamente a medida que se acercaban.

—Han cometido un error terrible —protestó Faulkner—. Soy el capitán Ralph Neville, de la Marina Real.

—Y yo soy la Madre Teresa de Calcuta —dijo Ross.

Esta vez, William no pudo contener la risotada.

Danny pasó por las puertas de la cárcel y se encontró con un comité de recepción. Cuando detuvo el coche, el director de la prisión dio un paso al frente.

—Bienvenido a casa, 0249 —dijo mientras sacaban al preso del coche patrulla—. Me temo que su antigua celda está ocupada en estos momentos, pero le hemos encontrado una más grande, que tendrá que compartir con un par de condenados a cadena perpetua. El uno mató a su madre, y el otro es un heroinómano que, pobrecito, no consigue conciliar el sueño por la noche. Aunque, bueno, en la cama superior de la litera no creo que corra usted ningún peligro. —Miró a Faulkner con una cálida sonrisa antes de añadir—: Dé gracias por no estar incomunicado. Pero, si en algún momento lo prefiriera, no dude en hacérmelo saber.

—Exijo hablar con mi abogado.

—Me temo que en estos momentos ha salido del país —dijo William a la vez que dos guardas agarraban al preso por los brazos y lo llevaban al ala de alta seguridad—. Pero me encargaré de comunicárselo en cuanto vuelva.

Collins se bajó del coche de policía en el mismo instante en que un taxi entraba por la verja principal.

—¿Le ha sacado a tiempo de la caja de seguridad? —fueron las primeras palabras de Booth Watson nada más bajarse del coche.

—Estaba a punto de llamar a la señora Martínez cuando he visto que entraba su taxi.

—¡Pero si hace horas que le dije que la llamara! —dijo un exasperado Booth Watson mientras esperaba a que Collins abriera la puerta de la casa.

—Y lo habría hecho —contestó con tono irritado Collins— si Sánchez no me hubiese arrestado presentando cargos falsos contra mí. Acabo de volver ahora mismo; he sido víctima de un flagrante montaje.

—Entonces, no podemos perder ni un segundo —contestó bruscamente Booth Watson mientras Collins entraba corriendo y seguía por el pasillo hasta detenerse ante la puerta del estudio. El mayordomo esperó a que un jadeante Booth Watson le diera alcance para entrar en la habitación, y lo primero que vieron fue que la pesada puerta de metal seguía firmemente cerrada. Collins se precipitó hacia el escritorio del jefe y se puso a hojear su agenda de teléfonos.

—¿Cuánto tiempo lleva ahí metido? —preguntó Booth Watson señalando la caja de seguridad.

—Más de cuatro horas —respondió Collins—. Puede que aún estemos a tiempo de salvarlo, pero tendremos que darnos prisa.

Collins estaba marcando el teléfono de la abogada española de Faulkner cuando Booth Watson dijo:

—¿Qué instrucciones dio el señor Faulkner antes de que se presentase la policía?

—Me dijo que embalase todos sus cuadros y los metiera en la bodega del yate en cuanto llegue hoy por la tarde.

—Entonces, cumpla sus órdenes, y déjeme a mí hablar con la señora Martínez.

El mayordomo le pasó el teléfono a regañadientes.

—Si alguna vez se lo pregunta alguien, Collins, dirá usted que el señor Faulkner falleció en Suiza el año pasado. Y que allí le incineraron, cosa que yo puedo confirmar ya que asistí al funeral junto con el inspector Warwick.

—Despacho de la señora Martínez —dijo una voz mientras Collins cerraba la puerta al salir.

Booth Watson colgó silenciosamente.

—¡Te dije que me informases de todo lo que estuvierais tramando! —dijo el comandante a pleno pulmón—. ¡Y todo es todo!

—Pensé que no querría que le despertase en mitad de la noche, señor —contestó William de manera poco convincente.

—Pues te equivocaste, Warwick. Presentaos los dos en mi despacho inmediatamente… ¡inmediatamente! —repitió el Halcón antes de colgar de golpe.

Su mujer se dio la vuelta, parpadeó y le vio levantarse de la cama.

—¿Por qué sonríes? —preguntó, pero el Halcón ya había cerrado la puerta del cuarto de baño y estaba dando puñetazos al aire.

La sonrisa no se le iba de la cara.

AGRADECIMIENTOS

Quiero agradecer los inestimables consejos y la ayuda documental de Simon Bainbridge, Michael Benmore, Jonathan Caplan QC, Kate Elton, Alison Prince y Johnny Van Haeften.

Un agradecimiento especial a:
Subinspectora Michelle Roycroft (retirada)
Comisario jefe John Sutherland (retirado)
Inspectora jefe Jackie Malton (retirada)

CPSIA information can be obtained
at www.ICGtesting.com
Printed in the USA
LVHW040409250722
724222LV00001B/2